SILVIA CINELLI

L'ELISIR DEI SOGNI

LA SAGA DEI CAMPARI

Rizzoli

Pubblicato per

Rizzoli

da Mondadori Libri S.p.A.

ISBN 978-88-17-18054-2

Prima edizione Historiae Rizzoli: febbraio 2024

Realizzazione editoriale: Studio editoriale Littera, Rescaldina (MI)

L'ELISIR DEI SOGNI

Per Adele e Ettore, che sanno vedere
le meraviglie del mondo.
Per Gabriele, che prova a spiegarle.

Historiæ
Rizzoli

E dove non è vino non è amore; né
alcun altro diletto hanno i mortali.

EURIPIDE, *Le Baccanti*

1

Milano, autunno 1882

A dicembre l'orto botanico di Brera è un rigoglio in potenza, una promessa di riscatto. Dal suo banco accanto alla finestra, Davide osserva l'arboreto spoglio, gli arbusti sfoltiti di rose e camelie, il tronco nudo del glicine, le vasche d'irrigazione gonfie di pioggia. Questo fazzoletto di terra incastonato come una gemma tra le mura della città non è sempre stato un giardino ornamentale: tre secoli fa, quando il palazzo ospitava un convento, i gesuiti lo coltivavano a ortaggi e piante officinali. Al ragazzo sembra quasi di poterli vedere, i venerandi padri, chini sulle aiuole, a sradicare erbacce, a smuovere la terra, a irrigare, a lucidare i loro tesori botanici con la stessa devozione con cui si recitano le orazioni. Agrumi, rosmarino, anice, menta, genziana: quegli uomini savi e laboriosi conoscevano i segreti racchiusi nelle piante e se li tramandavano da tempo immemore di padre in padre, di fratello in fratello.

Di certo era il Signore a infondere principi medicamentosi ed essenze aromatiche in frutti, foglie, semi e radici, e di certo era sotto la sua benedizione che i frati manipolavano quei doni, nel chiuso dei laboratori erboristici e ne ricavavano farmaci e ogni sorta di rimedi per la cura del corpo mortale. Ma chissà se era sempre Lui, o il Maligno, a suggerire loro che quegli stessi ingredienti, macerati in alcol e passati in botti e alambicchi, potessero diventare distillati e liquori sopraffini, sollazzo per il palato e panacea per lo spirito.

«Pssst!»

Una gomitata di Edoardo Brambilla riporta Davide all'interno dell'aula. Con un cenno del mento il compagno di banco gli indica il quaderno sul quale, dal pennino che ha in mano, è colata una grossa macchia d'inchiostro. Davide prova in tutta fretta a tamponarla con un fazzoletto, ma ormai il danno è irrecuperabile. Nel silenzio della stanza, il rumore della carta strappata sembra lo scroscio di un temporale. Dalla cattedra il professore di lettere aguzza lo sguardo sopra gli occhiali, cerca invano la fonte del disturbo tra gli alunni chini sul compito, lui appallottola svelto il foglio e rituffa il naso nel secondo libro dell'*Eneide*.

Ergo age, care pater, cervici imponere nostrae;
ipse subibo umeris nec me labor iste gravabit.

Recupera il pennino, lo intinge cauto nel calamaio e traccia la traduzione sulla pagina immacolata.

Su dunque, caro padre, salimi sul collo;
ti sosterrò con le spalle e il peso non mi sarà grave.

Quo res cumque cadent...

Il silenzio è rotto di nuovo da qualcuno che bussa alla porta. Alcune teste si sollevano dai banchi e il professore pronuncia un contrariato «Avanti!». Con deferenza, un inserviente fa capolino sulla soglia.

«Scusate, professore, il signor Campari è atteso in cortile.»

Tutte le ventotto teste della classe si voltano all'unisono verso Davide.

«Cosa c'è?» domanda lui, restando seduto. I modi stranamente affabili di quell'uomo lo rendono guardingo, gli sembra di cogliere della compassione nel suo sorriso affettato.

«Su, ragazzo, prendi le tue cose. Andiamo.»

Davide si alza e lo segue senza domandare altro lungo i corridoi del palazzo, fino al cortile d'ingresso, dove lo aspetta Maruchèt, il garzone con la faccia da africano. Quel giovane dalla carnagione bruna e dal fisico imponente è da sempre al servizio della famiglia Campari, ma la sua eccezionale apparizione nel chiostro del liceo, ora, ha un che di lugubre, di allarmante. Intabarrato in un pastrano nero è anche lui una macchia scura tra le righe bianche del colonnato, una presenza fuori posto, uno sbaglio. La pancia urla di fermarsi, di cancellare tutto, ma i piedi gli vanno incontro. Quando gli è di fronte, Maruchèt tira fuori una mano dal soprabito e gliela abbatte pesante sulla spalla, poi dice soltanto: «*El tò pà*».

Il tragitto da Brera alla Galleria Vittorio Emanuele II lo fanno quasi correndo.

«*L'em trovàa giò in tera, bianc com'una strascia, Madunina. La tò màma l'ha ciamà el dottor, el gà de ves giamò rivàa*» riferisce il garzone, tenendo dietro al ragazzo.

Il Caffè Campari, all'angolo tra la Galleria e piazza del Duomo, è insolitamente chiuso. Alcuni clienti, sorpresi dall'inattesa serrata, stazionano ancora accanto all'ingresso in un clima di disgrazia appena avvenuta. Qualche habitué riconosce Davide, gli rivolge un impacciato saluto. Lui accelera il passo, infila il portone di casa pochi metri più avanti e sale al piano ammezzato facendo i gradini a due a due, mentre Maruchèt si ferma di sotto a riprendere fiato e imprecare.

Entra in casa come un vento, attraversa il vestibolo chiamando sua madre a gran voce, ma è Antonietta, la sorella maggiore, ad andargli incontro. Sotto la chioma fulva, il viso di solito espressivo e solare ha assunto la fissità del marmo.

«La mamma è dentro con il dottore» gli dice, torturando un fazzoletto già intriso di lacrime. E, prendendolo per mano, lo accompagna in salotto dove Eva, Giuseppe e Guido sono già riuniti. In attesa.

Mezz'ora più tardi, la diagnosi del medico cala su di loro come una mannaia: attacco cardiaco. Dopo aver accompagnato il dottore alla porta e averlo ringraziato per essere venuto così in fretta, Letizia torna in salotto. È una donna minuta ma non gracile, che una formidabile capigliatura rossa sottrae forzatamente all'anonimato. Siede sul canapè di velluto, tra i cinque figli che l'hanno ormai superata in altezza – tutti, tranne l'ultimo, che ha dieci anni – senza per questo sembrare piccola.

«Ce la farà» dice, guardandoli a uno a uno nella penombra della stanza, a malapena rischiarata dalla fiamma del camino. «Vostro padre è forte, ha la scorza dura, ma bisogna pregare e avere fede. Molto in Dio e anche un po' nella scienza.»

A questa bugia, però, crede solo Guido, che è ancora un bambino. Antonietta è una donna adulta, ha ventidue anni, Eva e Giuseppe sono solo di poco più giovani di lei: tutti e tre hanno vissuto abbastanza per sapere cosa succederà. Davide guarda le loro facce scolorire e diventare pallide, capisce di aver capito e si scopre improvvisamente grande.

Quella notte non riesce a prendere sonno. Nel buio, i suoni della casa gli arrivano come amplificati: il russare di Guido nel letto accanto, le voci di sua madre e degli altri fratelli, anche loro insonni, oltre le pareti sottili, il ticchettio di un tarlo. Si gira di lato, si gira ancora, prova a contare fino a cento. Arriva a quaranta e poi si alza di scatto.

La stanza in fondo al corridoio è rischiarata dalla fioca luce di una candela. Davide cammina a piedi scalzi rasentando il muro e si affaccia sulla soglia. Nella penombra, sotto le coperte, si staglia l'inconfondibile sagoma di suo padre, quel corpo tondo e tarchiato di cui è sempre andato fiero: «Io mi sono fatto da me e mi sono fatto bello grosso».

Entra e siede accanto al capezzale. Il volto familiare gli appare improvvisamente appassito, come se tutti i dolori e le fatiche di una vita vi si fossero impressi d'un colpo. Cerca di visualizzarlo più giovane, di recuperare qualche lontana immagine nella memoria, ma si accorge di averla alquanto offuscata.

Quando lui è nato, quindici anni fa, la famiglia si era appena trasferita in Galleria e Gaspare lavorava giorno e notte per avviare il Caffè. Della sua prima infanzia, Davide ricorda molto bene il frusciare delle gonne della mamma tra i tavoli del locale, la chioma allora di un rosso fulgente, le dita che tamburellavano sulla cassa e quel sorriso speciale, che puntualmente presentava ai clienti insieme al conto. Ma non ha conservato quasi niente di suo padre. Gaspare era sempre nello scantinato a preparare liquori, a miscelare, distillare e imbottigliare, una presenza fantasmagorica, sotterranea e inafferrabile: c'era, da qualche parte sotto il pavimento, ma non si poteva vederlo.

«Papà sta lavorando, guai a te se vai a disturbarlo» lo ammoniva Letizia, e lo piazzava a sedere su uno sgabello troppo alto perché potesse scendere da solo. Lui allora dondolava le gambe e si metteva a osservare il viavai dei clienti: signori eleganti e impiegati azzimati, nobildonne ingioiellate e signorine troppo truccate, compagnie allegre e avventori solitari approdavano ai tavoli e al bancone del bar, tutti in preda a un'inspiegabile sete. Per placarla occorrevano innumerevoli assaggi delle specialità della casa: Elixir Lunga Vita, Olio di Rhum, Liquore Soprafino Rosa, Latte di Vecchia, Doppia Crema di Cacao alla Vaniglia, Fernet Liquore Febbrifugo, Vermifugo, Tonico Calefacente, Anti cholerico. A forza di sentire i camerieri snocciolare quei nomi, Davide li aveva imparati come una preghiera. Ma il nome che sentiva invocare più spesso, quello che risuonava su ogni bocca a ogni ora del giorno, era il Bitter all'uso d'Hollanda, che molti già chiamavano più semplicemente Bitter Campari.

Quel liquido rosso sanguigno era per il bambino la prova più tangibile dell'esistenza di suo padre e in esso immaginava racchiusa l'essenza stessa dell'uomo: una bevanda che ne portava il nome e che – ne era convinto – doveva essere spremuta direttamente dal suo enorme corpo, là sotto in cantina. I clienti ne prendevano e ne bevevano tutti e, man mano che buttavano giù bicchierini, i loro umori si amplificavano e si alteravano: chi era felice diventava allegro, chi era triste si avviliva ancora di più, ma poteva anche darsi che un timido prendesse coraggio o che uno sventurato si mettesse a ridere dei propri guai. Qualunque cosa cercassero, erano puntualmente soddisfatti di ciò che trovavano all'altare di Gaspare e, dopo averne sorbito la linfa in abbondanza, se ne andavano via grati e rigenerati, come fedeli alla fine di un rito.

«Ci vediamo presto, Carotolin» dicevano a Letizia, passando in cassa a lasciare l'obolo. E continuavano a tornare.

Davide non sapeva tante cose, allora, ma una l'aveva capita: suo padre possedeva un dono, un segreto che piaceva a tutti.

Nel silenzio della stanza, un rantolo secco, un respiro affannoso.

Davide si riscuote dal torpore in cui è caduto e vede suo padre agitarsi nel letto in cerca di aria. Si affretta a sollevarlo e gli sistema i cuscini dietro la schiena.

«Papà.»

Gaspare ha gli occhi aperti ma non lo vede, annaspa nel buio.

D'istinto, Davide gli afferra una mano. Se potesse, lo tirerebbe fuori di peso dal baratro in cui sembra sprofondato. Prova a guidarlo con la propria voce.

«Papà, sono qui.»

Torna, vorrebbe dirgli, non te ne andare. Era venuto per parlargli, per dirgli cose importanti, come "perdonami" o "ti perdono", ma non è più sicuro di averne il tempo o il coraggio.

Finalmente un barlume si riaccende nelle pupille dell'uomo. Si volta verso la presenza che ha accanto, la mette a fuoco.

«Davide...» La voce è un filo esile.

«Eccomi, papà.» Il ragazzo scatta sollecito, gli avvicina l'orecchio alle labbra, in ascolto. Basterebbe una sua parola per rimetterlo in pace, per spazzare via le altre, aspre, rabbiose, che si sono detti di recente e per rimediare a tutte quelle che in una vita non hanno mai pronunciato. Anche una richiesta, un comando, va bene, qualcosa che gli dimostri di valere ancora per suo padre. *Ergo age, care pater*: è pronto a caricare il suo vecchio sulle spalle.

Ma Gaspare prende un respiro faticosissimo e, con lo sguardo rivolto nel vuoto, mormora: «Va' a chiamare tua madre».

Qualche minuto dopo, Letizia ha raggiunto il moribondo. Giuseppe è stato inviato in tutta fretta a cercare il prete, mentre, fuori dalla stanza, Antonietta ed Eva pregano sedute su una panca, le lunghe trecce abbandonate sugli scialli di lana. Davide è con loro, appoggiato contro il muro, e si osserva i piedi nudi, ormai freddi come pezzi di ghiaccio. Oltre la porta, a un tratto, arrivano brevi rumori, c'è un po' di trambusto. Si sente la voce di Letizia chiamare Gaspare, soffocare un lamento. Poi, un atroce silenzio.

Come spuntato dal nulla, Guido appare in fondo al corridoio. È in camicia da notte, con i capelli castano dorati schiacciati sulla fronte e il viso ancora gonfio di sonno.

«Che ci fate tutti qui?»

Davide non ce la fa a rispondere, ma allunga un braccio per attirarlo a sé. Il bambino si stringe contro il suo fianco e si mette a piangere sommessamente. Ora, sì, ha capito anche lui.

2

Milano, 16 dicembre 1882

Un self-made man, titola il «Corriere della Sera» quella mattina. Tra un articolo su una Fiera di beneficenza e il resoconto di un incidente di omnibus a cavalli, in trentasei righe è riassunta tutta la vita di Gaspare.

> *Per i frequentatori assidui della Galleria è stato ieri un avvenimento la chiusura della bottiglieria Campari, di solito frequentatissima.*
>
> *Gaspare Campari era un uomo che aveva fatta la sua fortuna da sé – un self made man, come dicono gli inglesi. Era di Novara e parecchi anni or sono aveva tentato di mettere su un piccolo negozio di liquori nella sua città natale. Gli affari gli andavano male e venne a Milano con 60 lire con l'intenzione di mettersi a fare il cameriere di caffè o d'albergo. Invece trovò chi lo aiutò e poté aprire un piccolo negozio di liquori in via Rastrelli. Lì cominciò a far fortuna, allora trasportò le tende di fianco al Duomo dove ora sono i portici nuovi. A forza di assiduità e di vigilanza continua il suo commercio prosperò tanto bene che poté poi andare ad occupare la gran bottega d'angolo all'ingresso della Galleria, bottega nella quale si consuma adesso giornalmente una fenomenale quantità di liquori, e dove una diecina d'inservienti sono occupa-*

ti dalle 8 della mattina alla mezzanotte a contentare gli avventori. La vita sedentaria aveva reso il Campari soverchiamente pingue. Lascia cinque figli e un bel patrimonio di circa mezzo milione.

Letizia sbatte il giornale sul marmo del tavolo e si mette a preparare la colazione con gran clangore di pentole.

Eva si affaccia sulla porta della cucina ancora in vestaglia. «Cosa c'è, mamma?» domanda cauta. Tutta quell'agitazione la disorienta.

«Niente» risponde svelta lei e posa la bottiglia del latte sul piano come se volesse romperla.

Eva prende posto a tavola continuando a studiarla: la presenza di sua madre a casa il sabato mattina è un fatto inconsueto, di solito è sempre al Caffè a servire, ma all'improvviso tutte le abitudini sono saltate, il mondo si è capovolto e tutti loro sono sospesi nel vuoto, aggrappati l'uno all'altro per non cadere giù.

Quando nota il giornale con l'articolo dedicato a suo padre, lo avvicina per leggerlo.

«Hai visto? Hanno messo papà sul...»

«Avanti, leggilo!» sbotta Letizia. «Vedrai che è tutto sbagliato.»

Eva ci prova, anche se i commenti della madre le fanno continuamente perdere il segno.

«"Gli affari gli andavano male"! Vorrei sapere da dove l'hanno tirata fuori, questa. Intanto, tuo padre era di Cassolnovo, non di Novara, e a Novara aveva il caffè più elegante di tutti.»

«Certo, mamma.»

«E non siamo venuti a Milano perché si impiegasse come cameriere, niente affatto! La verità è che gli affari gli andavano *troppo* bene, io ero stufa di stare in provincia, Novara mi stava stretta e volevo tornarmene nella mia città. Ecco com'è andata. Gaspare Campari è venuto a Milano per amore di sua moglie. E non ha mai dovuto chiedere niente a nessuno, nossignore!»

«Però, qui se ne dice anche un gran bene...»

Ma Letizia tira dritto imperterrita.

«Prima di tuo padre i milanesi bevevano al più Scottum e Rusumada, è stato lui a portargli la moda di Torino. E il direttore di quel giornale dovrebbe saperlo bene, visto che viene quasi ogni giorno a fare l'aperitivo. Ma la prossima volta mi sente!»

«Mamma, non credo sia il caso di prendersela col signor Torelli-Viollier. Un necrologio sul suo giornale è un onore, mica una cosa per cui offendersi.»

«"Soverchiamente pingue", poi! Come si permette?»

Solo lo sfrigolio del latte che cola dal bricco mette fine all'invettiva. Letizia corre a soffiare sulla schiuma e a spegnere il fornello, poi si preme pollice e indice sugli occhi per impedire che anche le lacrime trabocchino.

Stamattina, lei e la Celestina, la domestica, sono entrate presto nella stanza da letto e hanno preparato Gaspare per il suo ultimo viaggio. Le membra che erano state così calde, così piene di vita, così mobili, le sono ricadute tra le mani fredde e pesanti come blocchi di pietra. Il corpo che è ora disteso sulle coperte con il vestito buono, le scarpe di vernice e la scriminatura di lato non è già più suo marito, e lei lo rivuole indietro così tanto che si metterebbe a urlare fino a spaccare i vetri. Ha vissuto per più di vent'anni in simbiosi con lui, come fossero un solo organismo, e ora che si trova mutilata di una metà le sembra di dover reimparare tutto: a respirare, a camminare, a sentire e pensare. E non è sicura di ricordare come si fa, da sola.

Riempie una tazza e la mette davanti a Eva.

«Dov'è la Celestina?» le chiede lei, premurosa. Di solito è la domestica a preparare la colazione.

«L'ho mandata a ritirare gli abiti neri dal sarto, dovrebbe arrivare a momenti. Adesso mangia qualcosa e poi vai a svegliare i tuoi fratelli.»

Eva prende un sorso di latte e si scotta la lingua. La maschera dura di Letizia, allora, si crepa in un mezzo sorriso. È da quando sua figlia era piccola che quella scena si ripete, ogni mattina identica. Le siede accanto e le fa una carezza sul viso fresco e tondo, così simile a quello di suo padre: ha vent'anni, ormai, ma è ancora pura come una bambina. Deve aver pensato che la mamma fosse folle ad arrabbiarsi tanto per un articolo sulla carta stampata. Non può immaginare, Eva, che tra tutte le bugie scritte lì sopra è stata una verità ad averle fatto più male: quei cinque figli e quel mezzo milione di lire che Gaspare le ha lasciato e di cui lei, ora, non sa proprio che fare.

I funerali si celebrano nella chiesa di San Raffaele, dietro casa, nel primo pomeriggio. Vengono in tanti a rendere omaggio al *sciur* Campari, il maestro dell'aperitivo. Ci sono gli amici e i clienti, i parenti di Cassolnovo, i compagni di classe dei ragazzi e i loro genitori, perfino il Biffi, lo Gnocchi e il Savini, proprietari di caffè concorrenti. Il rito è officiato da don Biagio Ferreri, che è stato insegnante di lettere di Giuseppe al liceo Parini e a cui l'ex allievo è rimasto legato da stima e affetto profondi.

È una fredda giornata di fine autunno. All'uscita dal Cimitero Monumentale, dove famigliari e amici hanno accompagnato il feretro, il vento fa volare i cappelli, s'infila sotto i vestiti e rincorre le persone fin dentro le carrozze. Letizia, che nel suo abito nero sembra chiusa in un'armatura, invita i più intimi a prendere un tè a casa. In molti accettano perché sanno che quella cortesia serve più a lei che a loro.

Mentre la vettura viaggia verso il centro, Davide osserva la madre e non riesce a scorgere in lei segni di cedimento: i capelli rossi sono perfettamente acconciati sotto il cappellino e, dietro la veletta, la sua faccia potrebbe essere quella di un giorno qualunque, non fosse per una piccola ruga che le increspa la fronte. Da quando suo marito è morto, due giorni fa, Carotolin non si è concessa un attimo di tregua: ha dato disposizioni alla Celestina per aprire la casa ai visitatori, a Maruchèt per la chiusura del locale, è andata di persona dal becchino e dal parroco, ha ordinato gli abiti a lutto, ha scritto telegrammi ai parenti, ha preparato lei stessa i pasti per i figli e li ha spronati a farsi coraggio. Ancora adesso le sue mani corrono instancabili a chiudere il cappotto di Guido o a porgere il fazzoletto a una delle ragazze.

La carrozza accosta davanti ai Portici Settentrionali, illuminati a giorno dalle lampadine a incandescenza. Al confronto, i lampioni a gas della piazza sembrano pallide lune. Mentre gli altri spariscono nel portone di casa, Davide si ferma davanti al Caffè: non si ricorda l'ultima volta che l'ha visto con le saracinesche abbassate, di sabato. Sulla porta c'è il cartello appeso da Maruchèt: CHIUSO PER LUTTO. È lo stesso che hanno usato in occasione della morte di Garibaldi, in giugno.

Accanto al cartello, nel riflesso della vetrina, coglie un volto estraneo. Gli specchi di casa sono stati coperti da lenzuoli bianchi perché l'anima di Gaspare non ci restasse imprigionata dentro; sarà per questo che stenta a riconoscersi. O forse qualcosa è effettivamente cambiato in lui. I capelli rossi di sua madre, gli occhi tondi e scuri di suo padre, la magrezza da spirito inquieto: tutto sembra uguale a prima, eppure non lo è. Il dolore cambia i connotati.

Una mano gli si posa sulla spalla, leggera. Si gira di scatto e incontra un altro volto, questo sì, familiare.

«Ciao, Davide.»

Una nuvola bionda e, sotto, due lampi di luce nera. Quintilia Poggeschi, detta Tilia, è la migliore amica di Antonietta e, nonostante sia una presenza abituale in casa Campari, ogni sua apparizione suscita un violento turbamento in Davide. La conosce da sempre – quando lui è nato lei aveva già nove anni – e non saprebbe dire quando tutto questo abbia avuto inizio, ma quelle pozze scure che ha al posto degli occhi non riesce più a fissarle troppo a lungo: ogni volta che se le ritrova davanti ha la sensazione di cascarci dentro, e comincia ad agitarsi e ad annaspare come se stesse annegando.

Da un giorno all'altro, si è accorto che i tratti di Quintilia non solo erano un insieme gradevole e armonioso, ma gli procuravano un dolore fitto e penetrante, e che bastava il rumore dei suoi passi e il suono della sua voce a rimescolargli il sangue. Si è reso conto che avrebbe passato ore a sentirla parlare e non solo per quel suo particolare timbro, basso e avvolgente, ma per il modo in cui sceglieva le parole e le accordava ai pensieri, che erano sorprendentemente numerosi ed elaborati. «Per essere una donna, è troppo intelligente» ha sentito dire da qualcuno. In effetti Tilia è sempre stata la prima della classe, finché lei e Antonietta sono andate a scuola. E anche dopo, quando la sua famiglia ha deciso che bastava così, che non serve una laurea per sistemarsi con un buon partito, non ha smesso di studiare e informarsi: adesso si fa procurare libri di storia e romanzi dal fratello Manlio che, invece, ha potuto iscriversi all'università, e qualche volta viene a leggerli con Antonietta.

Nei lunghi pomeriggi che trascorre da loro, Davide aleggia in casa come un'anima in pena, diviso tra il desiderio di stare nella sua stessa stanza e la voglia di nascondersi perché lei non si accorga di quanto è goffo e immaturo. Nell'orizzonte mentale di Quintilia lui è solo il fratello piccolo della sua amica, esiste a malapena, e né lei né nessun altro deve sapere quali spericolati pensieri, quali impudiche fantasie alleva in sé.

«Che fai qui, tutto solo?» gli domanda la donna, con la consueta familiarità e, in più, una massiccia dose di empatia.

«Niente, pensavo» risponde lui, scoprendosi per una volta legittimato a non sembrare altro, a non apparire migliore.

«Ti ho visto prima, in chiesa, ma non ho fatto in tempo ad avvicinarmi. Volevo farti le condoglianze. Mi spiace così tanto.»

Quintilia allunga verso di lui la mano guantata, Davide esita, poi ci depone dentro la sua e lei la trattiene con l'altra. Lo sguardo che di solito lo attraversa quasi fosse di vetro si posa su di lui come un manto caldo.

Avrebbe dato qualunque cosa, fino a ieri, per un momento come questo. Ma oggi ha perso davvero troppo.

3

Milano, 12 dicembre 1882

È la sera che il futuro arriva in piazza del Duomo. Sotto i Portici Settentrionali, al posto delle vecchie lampade a gas, l'amministrazione comunale ha fatto installare sessanta lampadine Edison, alimentate dalla centrale di Santa Radegonda, una delle prime centrali elettriche in Europa. La promessa è che presto il nuovo miracolo della tecnica arriverà a illuminare l'intera città.

Dopo il tramonto, i caffè e i negozi della Galleria si sono svuotati e una piccola folla si è riversata per strada, portandosi dietro bottiglie e bicchieri. Anche Gaspare e Letizia hanno lasciato le loro postazioni e hanno mandato a chiamare i figli perché assistessero allo spettacolo. Per l'occasione, i lampedè, *gli addetti all'accensione dei lampioni a gas, hanno lasciato spenta la piazza e ora, nel buio, tutti fremono d'eccitazione.*

All'improvviso, come in una silenziosa esplosione, l'impulso elettrico raggiunge le lampadine e tante piccole stelle si mettono a brillare di luce propria. Dalla folla abbagliata parte uno scrosciante applauso, si innalzano calici e grida entusiastiche. In questa notte sconfitta dalla nuova luce, viene naturale credere in un radioso avvenire.

Ma Davide, del suo avvenire, non è così sicuro. Se ne sta in un cono d'ombra e attende il suo momento.

Ha da poco compiuto quindici anni, l'età che, nelle sue aspettative, avrebbe dovuto spalancargli le porte del laboratorio e dare avvio all'apprendistato da liquorista. Così è stato per Giuseppe, il fratello maggiore, che da tre anni riceve l'iniziazione, e così credeva dovesse essere per lui. Aspetta quel giorno da quando aveva i calzoni corti e non arrivava con la testa al bancone, ma quelle speranze si sono infrante contro i silenzi di suo padre. Non una parola, non un accenno. Oggi, perciò, ha deciso di affrontarlo, di chiedergli chiarimenti sui progetti che ha in serbo per lui. Quando Gaspare si stacca dalla folla per tornare al locale, si fa avanti e lo intercetta.

«Possiamo parlare?»

L'uomo si ferma e annuisce spiccio, l'aria di chi non ha tempo da perdere.

Davide manda giù la saliva e s'impone di superare la soggezione che sempre il genitore gli incute. «Ecco, io... non credi sia arrivato il tempo d'insegnarmi il mestiere?»

L'altro inspira rumorosamente. Sperava che il figlio avesse capito, che seguisse spontaneamente le orme di sua madre, che si mettesse come lei al servizio dei clienti, dietro al bancone del Caffè. Avrebbe preferito non dover fare questo discorso, ma tant'è.

«Non c'è bisogno di altri liquoristi in famiglia. Ci siamo già io e tuo fratello» dice, come se fosse una verità evidente.

«Ma anch'io voglio imparare! Dopo la scuola posso venire in laboratorio, darvi una mano.» Davide odia la nota lamentosa che coglie nella propria voce, vorrebbe mostrarsi adulto e gli viene così male.

«Certo che puoi dare una mano» lo ammansisce il padre. «In sala, coi clienti, il Caffè ha bisogno anche di quello. Giuseppe in laboratorio, alla produzione, tu e Guido alla vendita, tra la gente: è così che l'ho sempre vista io.»

Sembrano parole semplici, dette in tono pacato, quasi affabile, ma, sotto la superficie morbida, Davide ne percepisce tutta la ferocia, l'inscalfibile durezza. Ora che il progetto paterno è dichiarato e i suoi peggiori sospetti hanno trovato conferma, può vedere distin-

tamente la gabbia che ha sempre avuto attorno, dal giorno in cui è nato, e si sente assalire da un improvviso senso di claustrofobia.

«Ma non è quello che voglio io. E Giuseppe...» Indugia per un secondo, poi butta fuori un'altra verità mai pronunciata ad alta voce: «Giuseppe non ha la passione per i liquori, lo sai anche tu!».

Gaspare inarca un sopracciglio. «Pensi di essere più bravo di lui?»

Quella domanda lo fredda. Non ha questa certezza, no, non può dire di essere più bravo di suo fratello, sa solo che ha molta più voglia di lui di imparare il mestiere di liquorista. Giuseppe ha accettato l'investitura paterna per puro senso del dovere, ma ha tutt'altri desideri nel cuore: gli piace studiare e ha voluto a tutti i costi iscriversi alla facoltà di Lettere e Giurisprudenza, anche se in famiglia fanno finta che sia solo un passatempo. È una tale pena vederlo, al pomeriggio, quando l'orologio segna l'ora di scendere in laboratorio, chiudere i libri con un sospiro, alzarsi dallo scrittoio e avviarsi giù per le scale con l'aria di un condannato al martirio. Mentre Davide darebbe qualunque cosa per essere al suo posto e lo invidia fino a odiarlo.

«Ti chiedo almeno una possibilità. Mettimi alla prova» incalza il padre, tra la rivendicazione e la supplica.

«Non c'è niente da provare, perché ho già deciso!» Il tono di Gaspare adesso è insofferente, collerico. Ha tirato su un'azienda dal nulla, ha garantito ai figli sicurezza e benessere, dovrebbero ringraziarlo e baciargli le mani invece di mettersi a questionare e sproloquiare di voglie e passioni. Almeno Giuseppe, il maggiore, ha la decenza di tenersele per sé, certe fesserie. «Io non mi sono messo a fabbricare liquori perché me ne era venuta la fantasia, non ho scelto questo mestiere perché ne sentivo la vocazione, l'ho fatto e basta, perché in casa eravamo in dieci e pane non ce n'era. Un uomo si rimbocca le maniche e fa quel che c'è da fare. Punto. Tu e i tuoi fratelli avrete ognuno il proprio posto nell'impresa, come e quando decido io.»

Fa una pausa, come ad accertarsi che al figlio sia passata la voglia di sfidarlo. Poi, soddisfatto del suo silenzio, aggiunge: «Questo è quanto. Se non ti sta bene, sei libero di prendere la tua strada e andartene». Quindi gli dà le spalle e si allontana, senza più voltarsi indietro.

Davide resta impotente e stupefatto sotto la volta scintillante del portico, il trionfo delle luci gli si abbatte addosso come una beffa crudele: non c'è nessun luminoso futuro per lui, nessuna bella speranza, solo il grigiore senza appello di un desiderio frustrato. Le sbarre della gabbia sono più salde che mai, il perimetro della sua esistenza racchiuso dentro una ferrea certezza: non essere abbastanza agli occhi di Gaspare.

Alza lo sguardo verso il Caffè, giusto in tempo per vederne la larga schiena sparirci dentro. La distanza tra loro è già abissale, i pochi metri che li separano uno spazio incolmabile. Da oggi e per sempre questo saranno l'uno per l'altro: un figlio ingrato e il padre che non l'ha scelto.

4

Milano, 16 dicembre 1882

La casa si è scaldata col calore dei corpi che l'hanno riempita. Sul tavolo ovale del salotto c'è una teiera ormai tiepida e le tazze da tè svuotate dagli ospiti, i cuscini delle sedie e del divano portano ancora impressa la sagoma delle natiche che hanno accolto. Antonietta si è tolta lo scialle e si è aperta il primo bottone della camicetta, Eva allarga le braci del camino, Guido sonnecchia accucciato contro il bracciolo di una poltrona. Ora che è sceso il silenzio, il ticchettio della pendola all'ingresso è tornato a farsi sentire. Sulla porta, Davide e Giuseppe si accomiatano dall'ultimo ospite, lo zio Paolo, uno dei tanti fratelli di Gaspare, e gli promettono di andare a trovarlo a Cassolnovo, in primavera. L'uomo ha gli occhi lucidi e affretta i saluti per non scoppiare in lacrime davanti ai nipoti.

«Salutatemi voi vostra madre.»

I due ragazzi si guardano intorno e si rendono conto solo in quel momento che Letizia non c'è.

Lo zio ha una spiegazione pronta: «Sarà andata a riposare, non è il caso di disturbarla».

Quindi calza il cilindro ed esce avvolto in uno sciarpone di lana. Appena la porta si è richiusa, Antonietta fa ritorno dalle camere, lievemente allarmata.

«La mamma non è nel suo letto.»

«Hai controllato che non sia in un'altra stanza?»

«Non c'è.»

Anche Eva si alza di scatto e Guido tira su la testa dal bracciolo.

«Possibile che sia uscita senza dirci niente?»

«Forse aveva bisogno di fare due passi, di starsene un po' per conto suo.»

«A quest'ora?»

«Io vado a cercarla.»

Davide è il primo a infilare il paltò, subito seguito da Giuseppe. Sono i maschi più grandi, tocca a loro andare a vedere che succede. Escono per strada e s'incamminano in direzioni opposte.

Letizia, in realtà, è molto più vicina di quello che pensano. Mentre tutti erano occupati in altro, è scesa al Caffè e poi in laboratorio. È stato Gaspare a condurla lì, perché in questi giorni non ha mai smesso di parlarle, di farle sentire la propria voce. Le ha detto di andare nel luogo che gli è appartenuto più di ogni altro, e lo ha fatto con una richiesta precisa.

Quando la luce si accende nello scantinato, la sua assenza si fa abbagliante. Il laboratorio è costituito da due stanze ampie, di cui una adibita a magazzino, con pavimento e muri di mattoni e alte finestre a bocca di lupo. Per terra ci sono ancora i frantumi della provetta che Gaspare ha rotto cadendo, sul tavolo un ricettario rimasto aperto alla pagina che stava consultando.

Letizia raccoglie i vetri e sfoglia il quaderno vergato con quella grafia svolazzante e un po' pretenziosa che sembrava incredibile potesse venire fuori dalla mano tozza di suo marito. Crema al Mandarino, Cacao alla Vaniglia, Acqua Regina. In quei fogli sono racchiusi decenni di ricerca e di studio, c'è tutto il sapere che Gaspare ha accumulato sin da quando, ragazzino, faceva il garzone al Caffè Bass di Torino e rubava il mestiere con gli occhi a venerabili liquoristi. Di tanto in tanto, tra una ricetta e l'altra, si trovano annotati una data e un breve resoconto: la nascita di un figlio, un dispiacere improvviso, i pro e i contro di una decisione da prendere. Gaspare fermava così i ricordi, come fossero gli ingredienti di una vita.

Letizia chiude con uno scatto il ricettario. Nessuno, a parte lei, ha mai potuto leggere il contenuto di quelle pagine. Come ogni liquorista, Gaspare era gelosissimo delle sue creazioni e ossessionato dall'idea che qualcuno potesse imitarle. «I monaci di Grenoble tengono nascosta la loro ricetta da secoli e ancora oggi nessuno la conosce per intero. E intanto tutti bevono Chartreuse!» Quello era il suo ideale, il modello a cui guardare. Perciò, alla fine di ogni giornata, riponeva i quaderni dentro una cassetta di legno, la chiudeva con un lucchetto e metteva la chiave in tasca. Il tesoro dei Campari doveva restare segreto.

Solo l'ultimo giorno della sua vita Gaspare non ha fatto in tempo a mettere i ricettari al sicuro e li ha lasciati così come sono ora, sparsi sul tavolo. Letizia è scesa in laboratorio proprio per fare quello che lui non ha potuto, e non si perdona di aver aspettato tanto.

Mentre mette via l'ultimo quaderno, nota all'angolo di una pagina una frase appuntata in stampatello: *FORTIOR ADVERSIS*. È sorpresa: Gaspare non conosceva certo il latino, aveva studiato fino alla terza elementare, e nemmeno lei è sicura di capire il significato di quelle due parole.

«Mamma?»

Davide alla fine l'ha trovata. Letizia si volta verso il figlio e, prima che possa farle qualunque domanda, gli mostra quella frase.

«Tu lo sai cosa significa?»

«Più forte nelle avversità» risponde, a sua volta incuriosito.

Letizia si rigira quelle parole in testa. Gaspare deve averle lette su un giornale o carpite dalla bocca di un notabile al bancone del bar. S'intenerisce all'idea di lui che se le appunta diligentemente sul quaderno, per non dimenticarle. *Più forte nelle avversità.* È così che voleva essere? È così che vorrebbe lei, ora? Ma le avversità alla fine hanno avuto la meglio e Letizia si sente tutt'altro che forte. Ha passato gli ultimi giorni a domandarsi cosa fare della sua vita e di quella dei suoi cinque figli, se portare avanti l'attività o cederla. Si era quasi convinta a vendere tutto. Una goccia cade sulla carta e forma una minuscola pozza.

Eccole, le lacrime di Carotolin, quelle che Davide aspettava da un po' e davanti alle quali, ora, si ritrova del tutto impreparato. L'abbraccia, cercando di rimediare allo smarrimento di entrambi.

«Dobbiamo andare avanti. Dobbiamo continuare quello che lui ha cominciato» la sente mormorare contro la sua spalla.

«Non pensiamoci adesso, mamma.»

«No!» Letizia si scosta da lui per guardarlo in viso. «Dobbiamo essere forti, come voleva *el tò pà*. Devi promettermi che riapriremo il Caffè il prima possibile e che tu farai la tua parte come lui aveva deciso.»

Il ragazzo tentenna, ma solo per un secondo. Potrebbe mai disattendere le volontà del defunto, disobbedire alla madre vedova? La morte ha cristallizzato ogni decisione, ha reso legge la parola del padre.

Dunque promette, perché il contrario non è contemplabile.

Letizia gli bacia la fronte e lo benedice, poi lo stringe di nuovo a sé, più forte di prima. Nell'abbraccio di sua madre Davide smette finalmente di lottare e si arrende al destino che altri hanno scelto per lui.

5

Milano, 22 dicembre 1882

Le dita della Celestina si colorano di rosso, strozzate dai lacci del busto. In piedi davanti allo specchio, Letizia l'aiuta trattenendo il respiro, mentre la domestica cerca di regalarle la silhouette a clessidra imposta dalla moda. La vita non è più sottile come una volta e quei maledetti lacci sembrano volersi rompere piuttosto che scorrere.

«Basta! Basta, per carità» sbotta infine Letizia. Trafficando con una mano dietro la schiena cerca di liberarsi da quella morsa. «Toglimi tutto, Celestina. Via questo inferno!»

La ragazza è perplessa.

«Signora... volete forse che lo allenti un po'?»

«No! Ho detto toglilo.»

La padrona è impaziente e la servetta si affretta a eseguire l'ordine. Fuori da quella gabbia fatta di osso e stoffa, Letizia prende un respiro profondo. Libera, finalmente. Si guarda allo specchio, posa una mano sul ventre tornato alla sua naturale forma e fa cenno alla Celestina di passarle la camicetta. Lei è titubante.

«Ma... volete metterla senza niente sotto?»

«Come, senza niente? Ci sono io sotto, *gandolla*!»

Visto che l'altra non si decide, in bilico tra stupore e scandalo, Letizia le toglie di mano l'indumento e lo indossa da sé. Basta, ha deciso. Vent'anni fa, sì, avrebbe stretto i denti e sibilato col poco fiato che le rimaneva: «Tira ancora!». Ha sempre tenuto all'eleganza, e non si è mai risparmiata in quanto a corsetti e crinoline. Era capace di caricarsi addosso chili e chili tra stoffe e impalcature di fil di ferro, pur di vedere il volume delle gonne aumentare e quello della vita diminuire. Ma ormai ha quarantasei anni, sette gravidanze e cinque figli all'attivo, un corpo che ne ha passate tante e non vuole più saperne di sacrifici e costrizioni. E ora l'aspetta almeno un anno di gramaglie. Che i sarti parigini vadano pure al diavolo.

«Aiutami solo a chiudere la gonna» chiede alla Celestina. «Poi vai ad avvisare il signor Perego che sono quasi pronta.»

Rimasta sola, Letizia infila il giacchino di velluto: i bottoni di madreperla che lo chiudono sul davanti sono l'unica nota chiara in tutto quel nero. Quindi si avvicina allo specchio per indossare gli orecchini e sistemare una ciocca di capelli scivolati via dallo chignon. Non sono più di quel vivace color carota che le è valso il soprannome "Carotolin", ora il rame si mischia all'argento. E anche le rughe sottili che le si disegnano attorno agli occhi sono lì per ricordarle che non è più tempo di frivolezze.

Lo sguardo cade su una foto incastrata tra lo specchio e la cornice, dove lei e Gaspare posano circondati da quattro dei loro figli: Guido non è ancora nato e Davide ha pochi mesi. Lui con l'espressione altera, da *pater familias*, lei con una severa treccia sulla testa e un sorriso serio. Erano così giovani e non lo sapevano. Avevano appena aperto il Caffè, lavoravano come dannati per pagare le spese che erano triplicate e navigavano nei debiti, ma si sentivano forti, non avevano paura. Lei si fidava ciecamente di lui, del suo fiuto e del suo talento. L'avrebbe seguito ovunque.

In salotto, Vincenzo Perego la accoglie alzandosi in piedi e accennando un baciamano. È un omino sottile, con la fronte stempiata e gli occhiali tondi, dietro ai quali balugina uno sguardo intelligente e schietto. Da anni si occupa dei bilanci dell'azienda e delle incombenze burocratiche: Letizia sa di poter contare su di lui, come suo marito ha fatto per tanto tempo, oltre ad averne adesso un disperato bisogno.

«Vengo ora dal tribunale» dichiara mentre le porge una busta chiusa.

Lei la apre e ne estrae un foglio su cui è scritto in forma ufficiale quanto già si aspettava: il tribunale di Milano l'autorizza "in concorso alla maggiorenne Antonietta a continuare il commercio nell'interesse dei minori figli Giuseppe, Eva, Davide e Guido Campari".

«Bene» conclude Letizia, rendendogli la busta. «Ora bisognerà scrivere ai fornitori e ai clienti per farlo sapere anche a loro.»

«Certo...» Perego china appena il capo in segno di condiscendenza.

Ma c'è un'esitazione in lui che non sfugge a Letizia. Considera molto azzardata la scelta di "continuare il commercio" e glielo ha detto apertamente, sicuro di fare il proprio dovere di contabile, oltre che di amico.

«Non siete ancora convinto, vero?» lo interroga la donna.

«Sapete come la penso.» Una piccola pausa, poi prosegue: «E a proposito... sono qui anche per dirvi che proprio ieri ho avuto un abboccamento con...».

«No» lo interrompe lei. «Non voglio saperlo.»

Nei giorni scorsi, Vincenzo ha provato a farle cambiare idea presentandole ben due offerte di potenziali compratori. Cifre importanti, a molti zeri. Che lei però ha rifiutato.

«Se mi permettete, questa volta la persona in questione propone a voi di fare il prezzo, e vi assicuro che è molto bene intenzionata» insiste Vincenzo. «Potreste garantire a voi stessa e ai vostri figli un futuro più che agiato e, soprattutto, tranquillo.»

Per non vacillare, Carotolin si aggrappa al proprio orgoglio. «Voi, o chi per voi, mi state chiedendo di dare un valore a qualcosa che un valore non ce l'ha. Ma qui non si tratta dei beni materiali, del Caffè, o della licenza, si tratta delle ricette di Gaspare, delle sue invenzioni, del suo ingegno. È questo il vero lascito di mio marito, ed è questo che garantirà il futuro dei miei figli.»

«Lo capisco benissimo, ma voi avete due belle fanciulle da sistemare e i maschi non sono ancora maggiorenni. Capitemi, donna Letizia... Due anni possono essere un'eternità per un'attività che va male e alla fine, Dio non voglia, potreste essere costretta a svendere.»

Su questo Perego ha ragione. Antonietta, la sola dei suoi figli che abbia raggiunto la maggiore età, sta per andare in sposa a Carlo Migliavacca, giovane rampollo di una famiglia di avvocati. Eva non è ancora fidanzata e in ogni caso ha la testa troppo tra le nuvole. Guido è solo un bambino, per quanto sveglio e volenteroso. Restano Giuseppe e Davide, ma l'uno dovrà aspettare due anni prima di entrare formalmente in azienda e l'altro sei. Certo, entrambi possono già darle una mano, in laboratorio e in sala, ma nel frattempo sarà sua la responsabilità di tenere dritta la barra del timone, di fare in modo che la clientela non si disperda, che i conti tornino, che il valore non precipiti. Ed è proprio questo il punto.

«La cosa che voi temete più di tutte non è la concorrenza, né la giovane età dei miei figli, né le cattive annate. Quello che vi preoccupa sopra ogni altra cosa è il fatto che io sia una donna.» Letizia sa bene che quello è il suo limite più grande agli occhi del mondo e tutto sommato Perego è stato gentile a girarci intorno: altri al suo posto le avrebbero consigliato senza mezzi termini di tornare a fare la calzetta.

«Non metto in dubbio le vostre qualità, sia chiaro» precisa l'uomo, deciso a indorarle la pillola. «In questi anni avete affiancato Gaspare e lo avete fatto in modo impeccabile. E capisco che onorare la sua memoria portando avanti l'attività di famiglia sia un'idea molto... romantica... ma...» Allarga le mani, come a discolparsi di qualcosa che non dipende dalla sua volontà, che è un puro dato di fatto. «Insomma, mettersi alla guida di un'azienda *non è cosa da donne*.»

Eccole qui le parole che non poteva più tenersi dentro.

Letizia non gliene vuole, anzi. L'uomo che ha davanti non sa di avere appena dato voce a dubbi che la tormentano da giorni e che non è ancora riuscita a tacitare del tutto. *Una donna. Da sola.*

L'idea di mettersi a gestire il Caffè-liquoreria potrebbe non essere solo romantica, ma semplicemente folle. Ha lavorato una vita accanto a Gaspare, è in grado di gestire il locale, di tenere la contabilità, si destreggia bene in laboratorio, suo marito le ha insegnato tutto, perché la voleva attiva su ogni fronte. Si è sentita sicura e padrona in casa propria finché c'era lui, ma adesso? Clienti e fornitori la tratteranno ancora con lo stesso rispetto? I dipendenti accetteranno ordini da lei? I creditori le accorderanno la stessa fiducia che riservavano al *sciur* Campari?

L'errore fatale potrebbe essere sopravvalutare le proprie forze, non vedere che senza un uomo accanto lei non è nulla, solo una povera illusa. Lo spettro del fallimento le alita sul collo giorno e notte, e non è tanto per sé che ha paura, ma per i suoi figli. Non si perdonerebbe mai di trascinarli nella rovina.

Eppure, in un angolo della sua mente, la voce di Gaspare continua a parlarle, un bisbiglio costante e tenace sotto il vociare dei dubbi. Certo che puoi farcela, le dice. Ce ne sono state altre, prima di te, e non erano necessariamente donne migliori della mia Carotolin. Non sono molte, ma ci sono mogli che, in assenza dei mariti, prendono in mano le sorti della famiglia e si mettono a fare mestieri maschili riuscendo perfino meglio degli uomini. Letizia può dubitare di tutto, tranne di una cosa: Gaspare avrebbe voluto che lei ci provasse. Si fidava di lei, proprio come lei si fidava di lui.

Perciò raddrizza la schiena e, badando a mantenere la voce ferma, ribadisce una volta per tutte la sua decisione: «Signor Perego, apprezzo i vostri consigli. Ma ve lo ripeto: la Gaspare Campari non è in vendita. Vi sarò molto grata se vorrete fare ciò che vi ho chiesto. Spedite quelle lettere e fate sapere a tutti che da domani il Caffè riapre i battenti».

Perego capisce che è il momento di cedere e stavolta il suo inchino è più un atto di sottomissione che di condiscendenza.

«Come desiderate, signora.»

È abbastanza intelligente da sapere che Letizia non cambierà idea e che, se ha una minima possibilità di riuscita, è proprio grazie a questa sua testardaggine. Dopo averle fatto un altro veloce baciamano, lascia la casa, diretto all'ufficio postale.

Letizia aspetta di sentire il portone chiudersi, poi si abbandona su una sedia. Emette un profondo sospiro e realizza di poterlo fare con inedita facilità, ora che si è sbarazzata del busto. Bene. Ha appena imboccato una strada tutta in salita, che almeno le si lasci il sacrosanto diritto di sospirare.

6

Milano, fine febbraio 1883

Passate le due del pomeriggio, dopo l'ora del pranzo, al Caffè c'è un momento di relativa calma. Il campanello sulla porta che segnala l'arrivo degli avventori smette di trillare freneticamente e si attesta su un ritmo più blando. Di domenica, che non si lavora, alcuni clienti si concedono un po' più di tempo a tavola e si attardano nelle sale per godersi la quiete postprandiale. Fuori c'è un freddo glaciale, ma all'interno gli arredi di legno e velluto rendono l'atmosfera calda, ovattata. La luce che entra dalle vetrate rivolte verso la piazza colpisce i pendenti di vetro dei lampadari e proietta una miriade di piccoli arcobaleni sulla carta da parati.

In piedi dietro al bancone in rovere lucido, le mani posate sui fianchi, Letizia ha il piglio di un capitano che dal cassero dirige le operazioni della nave. Le basta un cenno del capo o uno sguardo per indirizzare i suoi marinai. Uno dei camerieri, che si sta affrettando verso la cucina con una pila di piatti sporchi in mano, si sporge oltre il piano di legno per riferirle qualcosa all'orecchio, lei annuisce, poi lo rispedisce alle sue mansioni. Quanto ha appreso non le piace, è evidente, ma nel tragitto che compie dalla sala principale a quella adiacente riesce a rimodulare l'espressione del volto da decisamente contrariata a professionalmente cortese. Si avvicina a un tavolo dove due uomini, uno sulla settantina e l'altro sulla quarantina, sono immersi in una fitta conversazione, davanti a un bicchierino di liquore scuro. «Perdonate l'interruzione, signori.»

I due si azzittiscono subito per prestarle attenzione.

«Mi hanno detto che c'è stato qualche problema con le vostre pietanze.»

Il più anziano scuote la testa mentre la foresta bianca che gli ricopre la faccia si scompone in un sorriso benevolo. Anche i capelli sono folti e bianchi, tagliati sopra l'orecchio e spartiti di lato.

«Signora, non ve ne fate un cruccio. È stata cosa di poco conto» e scrolla la cenere dal suo sigaro.

«Se mi permettete, insisto. Ci tengo che ospiti illustri come voi siano trattati con il dovuto riguardo.»

Intanto la faccia del più giovane ha assunto un'espressione monellesca che gli fa brillare gli occhi dietro le lenti ovali, appuntate sul naso.

«Ma come, lasciate correre così?» domanda scandalizzato al commensale. «A me avete portato rancore per più di quindici anni, e per molto meno.»

L'altro si volta fulmineo a guardarlo. Gli occhi chiari, incassati sotto folte sopracciglia e separati da un naso adunco, sono pietre taglienti.

«Per molto meno, dite? Volete paragonare un'ode in cui mi si accusa di aver imbrattato l'Altare dell'Arte con una cotoletta cucinata male e una minestra servita fredda?»

Ecco, Letizia ha avuto l'informazione che cercava.

«Dunque è stato questo il problema...»

Ma i due la ignorano, presi ora da ben altra controversia. L'uomo più giovane sembra contentissimo di aver suscitato la permalosità dell'amico e ridacchia di gusto sotto i baffi sale e pepe.

«Dico solo che il vostro sdegno era sproporzionato rispetto all'offesa. Vi ho chiesto perdono in parole e musica per anni.»

«Almeno il vostro afflato artistico è stato impegnato in qualcosa di più edificante di certi poemetti da scapigliato!»

«Ecco. Ora mi rinfacciate il mio errore giovanile.»

Più il vecchio si mostra piccato, più il giovane gongola. L'impressione è che stia andando in scena un copione abituale che diverte molto entrambi. Ma Letizia non ha tempo per le commedie, prova a intromettersi di nuovo tossicchiando.

«Perdonate, signori. Mi par di capire che la cotoletta e la minestra non sono state servite a regola d'arte.»

I due si ricordano improvvisamente di lei.

«Dovete scusarci, signora. Siamo stati più a lungo nemici che amici, e ogni tanto ci piace ricordarlo. Ahinoi, abbiamo questo debole per il dramma.»

L'anziano fa un lungo tiro dal sigaro e chiosa con una risatina che fa uscire il fumo in piccoli sbuffi. Poi guarda Letizia con bonomia.

«A ogni modo, il pranzo era discreto. E, al contrario di quanto afferma il mio amico, non sono il tipo che si attacca al dettaglio.»

«Vi ringrazio molto. Tuttavia stornerò dal vostro conto i piatti in questione. Scusate ancora per l'inconveniente. Posso offrirvi un amaro?»

«Gradiremmo un altro bicchierino della vostra Crema al Cacao.»

«Lo faccio servire subito. Buon proseguimento, signori.»

Letizia fa un grazioso cenno del capo e si allontana lasciando i due uomini ai loro appassionati discorsi. Dietro al bancone incappa in Davide, di ritorno da un tavolo con una comanda.

«Prima di ogni altra cosa, porta due Creme al Cacao al signor Verdi e al signor Boito» gli ordina, e lo fa con una faccia scura che non sfugge al ragazzo.

«Che succede? Si sono lamentati per qualcosa?»

Letizia si mette a preparare un conto e risponde a mezza bocca.

«Loro no, ma sarò io a lamentarmi con qualcuno, stasera.»

Ovviamente il figlio non ha capito molto ma, senza concedergli il tempo di interrogarsi, lo sprona: «Vai! Non stare lì impalato!».

Davide esegue l'ordine e, poco dopo, mentre torna dalla sala con i bicchieri sporchi sul vassoio, viene quasi travolto dall'arrivo di Giuseppe.

«Attento!» gli sibila sottovoce, cercando di proteggere il fragile carico.

Il fratello maggiore lo aiuta frettolosamente a rimettere in piedi i calici.

«Scusa, scusa!» e getta un'occhiata furtiva verso la madre, che finge di non vedere.

Avrebbe dovuto essere in laboratorio da ore per preparare le miscele ma, come ogni domenica, è stato a messa da don Biagio Ferreri e, come succede sempre più spesso, ha tardato a rientrare. Così è stata Letizia a pesare gli ingredienti e a triturarli secondo la formula di Gaspare, e a dare incarico a Maruchèt di mettere il preparato – ormai indistinguibile – in infusione. Per proteggere la segretezza delle ricette, il marito ha stabilito sin dagli inizi un rigido protocollo: ai garzoni vengono affidati compiti di bassa manovalanza o le ultime fasi del processo, e nessuno, a parte i componenti della famiglia, può avere accesso ai ricettari. Qualche volta Davide si è offerto di sostituire il fratello latitante in laboratorio, ma Carotolin preferisce fare da sé e lasciargli, piuttosto, la responsabilità della sala. Anche su questo si attiene alle direttive di Gaspare.

«Mamma, mi metto subito al lavoro» la rassicura il figlio maggiore mentre si toglie cappello e soprabito e li appende a un gancio nel ripostiglio dietro la cassa. «Non sei arrabbiata, vero?»

«Non con te! Fila, adesso» taglia corto lei, e poi torna ai suoi calcoli.

Quella sera, gli ultimi clienti – un deputato della Camera e il suo seguito – vanno via che è passata da poco la mezzanotte. Letizia ha mandato a riposare Giuseppe e Davide, che l'indomani hanno la scuola e l'università, ed è rimasta a presidiare il locale. Mentre i camerieri sparecchiano i tavoli, chiude i conti e prepara le paghe.

Poi, presa con sé una mazzetta di banconote, attraversa la sala e si reca in cucina.

Pietro Barale, detto Fassone, è il cuoco di casa Campari da sempre, da quando il Caffè ha aperto, nel 1867, e la cucina è il suo dominio esclusivo, un territorio inviolato, dove perfino i proprietari mettono piede raramente. Perciò, quando vede Letizia comparire sulla soglia, è colto di sorpresa e fa sparire con un rapido gesto il bicchierino che stava tracannando.

«Donna Letizia! Non mi dite che i *politegón* vogliono ordinare ancora. Mi dispiace, ma io ho finito, non rimetto mano ai fornelli nemmeno per il re in persona.»

È esageratamente allegro e sarebbe malfermo sulle gambe, se non fosse appoggiato contro il lavandino di pietra con l'enorme mole da bovino.

«Nessuna ordinazione, Pietro, non datevi pena: sono andati via. Vengo a portarvi la vostra paga.»

«Ma che gentile. Non dovevate disturbarvi, sarei venuto io da voi, appena finito di... *nettà-sù*.»

Afferra dalle mani della donna la mazzetta di banconote e si mette a contarle avidamente, mentre tutto attorno camerieri e garzoni sono gli unici a *nettà-sù* per davvero. Alla fine del conteggio, sul volto da avvinazzato compare un lampo di contrarietà che però si smorza subito in un sorriso mellifluo.

«Ma guarda un po'. Dovete essere molto stanca, madama, perché certi errori non sono proprio da voi. Qui mancano ben...» Apre le grosse dita una dopo l'altra per aiutarsi con il calcolo.

«Nessun errore, mio caro» lo previene lei, senza dargli il tempo di concludere l'operazione. «È quanto vi spetta questo mese, tolti i due piatti che avete sbagliato oggi e le bottiglie di Bitter che vi siete scolato.»

Fassone inclina la testa, stupito. Gli occhi liquidi, interrogativi. Questa proprio non se l'aspettava: nessuno ha mai osato contestarlo, in tanti anni lì dentro, è sempre stato trattato coi guanti bianchi, perfino dal padrone. Con Gaspare si erano conosciuti sul campo di battaglia durante la guerra contro gli austriaci del '48 ed erano diventati grandi amici, poi, quando aveva aperto il Caffè in piazza del Duomo, era stato il Campari stesso a insistere perché andasse a lavorare da lui. Pietro non ha mai avuto nulla da ridire con l'amico e non gli ha mai dato modo di lamentarsi del suo operato: con lui ha sempre rigato dritto. Solo, ha qualche difficoltà in più con la sua signora: per essere una donna, dà un po' troppi ordini.

«Madama, io non ho sbagliato proprio un bel niente» dichiara, candido come un serafino. «I clienti vanno guidati e consigliati. Se voi non avete il polso per farlo, è normale che poi se ne vadano scontenti. E per quanto riguarda il Bitter... da quando in qua non ci si può nemmeno concedere un bicchierino mentre si suda sui fornelli? Non è mai stato un problema, prima, Gaspare non è mai stato così tirchio.»

Fassone scambia il silenzio di Letizia per arrendevolezza e le rimette le banconote in mano. Si sente protetto da un'aura di intoccabilità in virtù della storica amicizia con Gaspare, ed è certo che la moglie non oserebbe mai invertire la rotta tracciata dal marito. Non l'ha mai vista disfare ciò che lui ha fatto.

«Mia cara signora, facciamo così: io vedrò di non offendermi per le vostre questioni da bottegaia e voi mi darete la mia paga, tutta intera.»

Letizia era venuta con l'idea di dare solo un avvertimento, ma la tracotanza di quell'uomo, la sua strafottenza, le si è rovesciata addosso come acqua bollente. Con la pelle che le brucia dalla testa ai piedi si avvicina al banco e ci sbatte sopra il denaro più forte che può. I presenti, che seguivano lo scambio pur senza averne l'aria, scattano per la sorpresa e si rimettono al lavoro con rinnovato zelo.

Lei si fa sotto al cuoco, che la sovrasta di almeno due spanne.

«Fassone, siete licenziato» gli comunica, lapidaria. Quindi lancia agli altri uno sguardo torvo – sia chiaro che la lezione vale per tutti – ed esce dalla cucina.

Perfetto.

Da domani, oltre a supervisionare la sala, accogliere i clienti, fare di conto e tappare i buchi in laboratorio, dovrà mettersi ai fornelli, almeno finché non troverà un nuovo cuoco.

Ecco cosa comporta essere la *sciura* padrona.

7

Milano, primavera 1885

Ogni giorno, prima di scendere in laboratorio, Giuseppe passa davanti a una parete del Caffè e alza gli occhi per verificare, con un rapido sguardo, che la targa sia sempre appesa lì, al suo posto:

ESPOSIZIONE NAZIONALE DEL 1881 IN MILANO
IL CONSIGLIO DEI GIURATI CONFERISCE
LA MEDAGLIA DI BRONZO
A
CAMPARI GASPARE – MILANO

La prima Esposizione industriale di Milano, quattro anni prima, era stata una grandiosa celebrazione, un po' enfatica ma genuinamente entusiastica, dei progressi tecnici e scientifici compiuti negli ultimi vent'anni dalla manifattura italiana. Pirelli, Cantoni, Breda, Richard, de Angeli, Polenghi, Elvetica, i più famosi imprenditori lombardi avevano messo in piedi quella vetrina per presentare al mondo i prodotti delle loro modernissime industrie e Gaspare Campari, allora titolare di una fabbrica di liquori di medie dimensioni, con sei lavoranti alle sue dipendenze, non si era sentito per nulla inibito nel candidarsi a membro di quella prestigiosa enclave. Il suo unico problema era l'italiano.

A Cassolnovo, da bambino, era riuscito a prendere il diploma di terza elementare, ma la famiglia non poteva permettersi di fare a meno delle sue braccia, e così non aveva avuto modo di proseguire gli studi: sgrammaticature ed errori erano assicurati ogni volta che impugnava la penna. E non si poteva certo pensare di inviare una lettera di presentazione che fosse meno che perfetta per candidarsi all'Esposizione. In quel frangente, avere un figlio "letterato" si era rivelata una gran fortuna.

Giuseppe aveva provato un brivido di soddisfazione quando suo padre gli aveva chiesto di redigere la domanda di partecipazione. Scrivere era l'unica cosa che sapesse fare meglio di lui e non vedeva l'ora di dimostrargli che cinque anni di liceo non erano trascorsi invano.

Carico di orgoglio, aveva dato fondo a tutta la sua eloquenza: "Non certo per fuorviare con artificiose declamazioni il giudizio dei signori Giurati, ma per fornire loro, per così dire, una guida all'esame degli articoli da esso esposti, si permette il sottoscritto esponente di dirigere loro queste poche parole...". A seguire, aveva infarcito la domanda con una descrizione dettagliata e altisonante dei distillati: Bitter all'uso d'Hollanda, Acqua Regina, Fernet, Doppia Crema al Mandarino, Doppia Crema di Cacao alla Vaniglia. I veterani di casa Campari schierati per l'occasione. A Gaspare brillavano gli occhi mentre leggeva i fogli redatti in brutta copia dal figlio e li riportava in bella con la sua grafia. Anche i signori giurati, per fortuna, si erano lasciati convincere e gli avevano assegnato una postazione. Giuseppe se lo ricorda ancora, suo padre, in piedi davanti all'espositore, la faccia compiaciuta e le mani dietro la schiena, mentre una quantità mai vista di persone veniva a degustare i suoi prodotti: i visitatori della fiera erano stati in tutto oltre un milione e mezzo, gli avevano detto poi. E, alla fine, la medaglia di bronzo.

Quella è stata una delle poche volte, senz'altro l'ultima, in cui si è sentito davvero utile all'impresa di famiglia. Sono passati quattro anni da allora, e due e mezzo dalla morte di Gaspare. In tutto questo tempo il primo figlio maschio dei Campari ha fatto ciò che da lui ci si aspettava: mettere da parte gli studi per vestire il camice da liquorista. E il suo mestiere lo fa anche bene: le bevande che manda su dallo scantinato sono in tutto e per tutto identiche a quelle di suo padre, fedeli riproduzioni delle sue ricette. Mancano solo di un piccolo, fondamentale ingrediente: la passione. Sì, perché Giuseppe, nella penombra del laboratorio, è un esecutore senz'anima, un automa che compie gesti vuoti, meccanici, con il pensiero perennemente rivolto altrove e la coscienza sporca. Non c'è peccato più triste agli occhi di Dio del non amare ciò che si fa, e lui quel peccato lo reitera ogni giorno.

«La passione non serve. Servono metodo e dedizione» gli diceva sempre Gaspare.

Aveva capito che il figlio si sottoponeva all'apprendistato con spirito di sacrificio e cercava d'incoraggiarlo. Nemmeno lui, spiegava, aveva scelto il mestiere di liquorista: se lo era ritrovato tra le mani quasi per caso, dopo anni di gavetta tra le sale e i retrobottega dei caffè di Torino.

A Giuseppe, però, non sfuggiva il lampo che gli guizzava negli occhi quando si metteva a creare una nuova miscela, e la soddisfazione che trasudava da tutti i pori quando i clienti mostravano di apprezzare. Quella volta che il re Umberto I, durante una delle sue trasferte milanesi, era venuto con la bella Bolognina a degustare il suo Bitter, Gaspare per poco non scoppiava d'orgoglio. La stessa partecipazione, la stessa smania creativa, che riconosce in Davide ogni volta che, con una scusa qualunque, lo raggiunge in laboratorio e si mette a sollevare coperchi e rimestare miscele, facendo domande e offrendo il proprio aiuto. Quello che per lui è un amaro calice, per il fratello minore è il frutto proibito, Giuseppe lo sa bene. C'era anche lui quella notte, in piazza, pochi giorni prima che Gaspare morisse, ha visto padre e figlio discutere, scaldarsi, lasciarsi con rabbia, e ha intuito ogni singola parola, anche se era troppo distante per sentirli. Da allora, prova uno strano senso di colpa nei confronti di Davide: si sente un usurpatore, anche se ha usurpato qualcosa che non ha mai voluto e di cui, anzi, avrebbe fatto volentieri a meno. E poi lo ammira per quel tentativo di opporsi al volere paterno, per quella protesta tenace, tanto più coraggiosa quanto più velleitaria.

Lui, al contrario, ha scelto da subito la strada della sottomissione e ha provato attivamente a aderire al ruolo che gli è stato dato, a farsi piacere almeno un poco il mestiere che gli è toccato in sorte. E forse, col tempo, si sarebbe pure acconciato a passare la vita tra botti e alambicchi. Se solo non avesse sentito un'altra *chiamata*.

Ogni domenica mattina, don Biagio Ferreri va a dire messa alla parrocchia di San Lorenzo a Monluè, fuori dai bastioni spagnoli. Un tempo Monluè faceva parte dei Corpi Santi, i borghi agricoli che circondavano Milano, ma oggi è un quartiere periferico e alle cascine si sono affiancati caseggiati e baracche fatiscenti, abitati da contadini e operai delle fabbriche. Un posto sordido e mal frequentato, dove di solito non capitano i giovani borghesi del centro. Ma è qui che da anni Giuseppe passa i suoi momenti migliori, i più veri.

La gente del posto ormai ha smesso di domandarsi chi sia quel bel forestiero, taciturno e distinto, che tutte le settimane viene a sedersi tra loro e che è sempre l'ultimo a lasciare la chiesa. Alla fine di ogni celebrazione, Giuseppe aspetta che don Biagio riceva i parrocchiani, per poi avere l'onore di riaccompagnarlo a casa. Siede in disparte sui banchi e intanto guarda sfilare davanti alla porta della sagrestia la processione dei postulanti: uomini e donne induriti dalla fatica, consumati da turni di lavoro di dodici, sedici ore, che, invece di tornare a casa a godersi il riposo domenicale, si mettono disciplinatamente in fila e attendono il loro turno per parlare con il prete. Cercano un consiglio, una parola di conforto, una semplice benedizione, e nelle mani callose o nelle tasche rattoppate quasi tutti hanno un segno della propria gratitudine: polli, uova, ortaggi. Don Biagio ha provato in ogni modo a dissuaderli, ma davanti alla loro ostinazione non ha trovato di meglio che accettare quei doni per poi ridistribuirli, sotto banco, a chi ne ha più bisogno. Così, per un abile gioco di prestigio, pur prendendo tutto, riesce a non tenere niente.

È una gelida domenica di fine marzo e, dopo la messa, Giuseppe sta riaccompagnando don Biagio in centro. Dal finestrino della carrozza guardano sfilare via i campi e le cascine ancora assopiti nel letargo invernale, uno in armonia con il creato, l'altro in guerra con se stesso.

«Sarà una Pasqua fredda.» È Giuseppe a rompere il silenzio. I lineamenti fini del suo viso sono tirati da una dolorosa inquietudine.

«La neve di gennaio diventa sale, quella d'aprile farina, dicono i contadini.» Don Biagio resta interlocutorio. Si accarezza la barba brizzolata con le mani affusolate e poi le ripone allacciate sul ventre. Da sotto le sopracciglia sporgenti, però, occhieggia il ragazzo: ha capito che ha un grosso bolo da sputare fuori e vuole che trovi il coraggio da solo.

«Tra una settimana mia madre e io abbiamo appuntamento dal notaio. Ora che sono maggiorenne bisogna ufficializzare la mia posizione in azienda.»

«È un passo importante. *Deo gratias.*»

«Diventerò a tutti gli effetti l'erede di mio padre...»

Giuseppe esita, freme, e finalmente lo dice: «Ma io non voglio. Io desidero farmi prete, come voi».

Don Biagio non è del tutto sorpreso: per come lo conosce, il giovane Campari è sempre stato uno spirito contemplativo e il suo sentimento religioso è qualcosa che va al di là della semplice devozione.

Ma il desiderio non è ancora vocazione.

«Cosa ne pensa la tua famiglia?»

«A casa non ho detto nulla. Ho voluto parlarne prima con voi. Ho la vostra approvazione?»

«Stai chiedendo a me qualcosa che non sei ancora pronto a concedere a te stesso, temo.»

Le parole di don Biagio, come sempre, lo toccano dentro. Giuseppe si muove a disagio sul sedile di legno, un animale impastoiato.

«Loro contano su di me. Come faccio ad abbandonarli?»

La domanda rimane sospesa nell'aria. La carrozza sta rallentando, il conducente si ferma davanti alla *gesa de San March* di Brera, come gli è stato ordinato. Don Biagio tira fuori un libro dalla borsa e lo consegna al ragazzo.

«Prega, figliolo. Prega e studia. La risposta arriverà.»

Quindi raccoglie la tonaca per scendere dal predellino e, una volta a terra, fa cenno al conducente di ripartire. Giuseppe lo guarda sparire dal riquadro del finestrino, poi abbassa gli occhi sul volume che ha in mano. *Massime di perfezione cristiana* di Antonio Rosmini. Lo apre. Sulla prima pagina c'è scritto: "Desiderare unicamente e infinitamente di piacere a Dio, cioè di essere giusto".

«Ho qualcosa da dire a tutti voi» annuncia la mattina di Pasqua, quando la famiglia è riunita attorno al tavolo per la colazione.

Eva e Antonietta stanno sfogliando una rivista femminile, Davide e Guido si contendono l'ultimo pezzo di crostata e nessuno gli dà molta importanza. Solo Letizia ha intuito che sta per succedere qualcosa di grosso e guarda il figlio con una punta di apprensione.

«La prossima settimana parto per Domodossola» dichiara Giuseppe con la calma di chi ha affrontato il proprio calvario e non ha più paura di niente. «Entro in seminario presso i padri rosminiani.»

Nei giorni precedenti ha letto e riletto il libro di don Biagio, fino a consumarlo. Le massime di Rosmini sono in tutto sei, ognuna ampiamente spiegata nelle sue lezioni, ma è la prima quella che ha piantato in lui il seme della decisione: "Piacere a Dio". Non alla madre, non al padre, non ai fratelli, ma unicamente e infinitamente a Dio. Per questo il suo annuncio suona perentorio, inappellabile, non ammette contraddittorio e non vuole sentire ragioni perché trae la propria forza dall'inamovibilità della fede.

«Vai a farti prete?» chiede conferma Eva, stupita.

Lui annuisce.

«Be', mi sembra una cosa meravigl...» Guarda gli altri cercando sui loro volti il suo stesso entusiasmo, ma una stretta di Antonietta intorno al braccio la gela. Nella stanza cala il silenzio. Dunque non è una buona notizia quella che hanno appena ricevuto?

Mentre Guido con furbizia infantile ne approfitta per accaparrarsi la fetta di crostata contesa, sguardi increduli e preoccupati corrono a Letizia. Lei porta a termine una deglutizione diventata improvvisamente complessa, poi si pulisce la bocca con il tovagliolo.

«E dimmi, Giuseppe... quando avresti deciso tutto questo?»

Lui le parla come se dovesse perdonarla di una colpevole, protratta cecità. «Sono mesi, anni, che mi preparo a questo, mamma. Tu mi conosci, hai sempre saputo chi sono.»

Sì, è vero, Letizia conosce suo figlio e ha sempre saputo che è molto più a suo agio tra i libri di una biblioteca o nel silenzio di una chiesa, piuttosto che in una fabbrica di liquori. Solo non ha potuto permettersi, in questi anni, di fare a meno di lui, di essere una madre altruista.

«E noi? Hai pensato a cosa faremo noi?» gli domanda in tono severo. Ma in fondo ha già capito di aver perso contro qualcosa di più grande di lei.

«Voi starete meglio senza di me, perché il posto che mi avete dato non mi spettava e avrei solo potuto deludervi, se fossi rimasto» risponde Giuseppe. «Però c'è qualcuno che quel posto lo vuole da sempre e lo merita molto più di me.»

Davide ha ascoltato fin qui a capo chino, giocherellando con le briciole di crostata sulla tovaglia. Sotto al tavolo le gambe si aprono e si chiudono nervosamente, trasmettendo un fremito a tutto il corpo. Quando gli sguardi degli altri si appuntano su di lui, è come se gli appiccassero fuoco: il sangue corre al volto e vi stampa in rosso quel desiderio che doveva restare nascosto. Vuole ancora, ardentemente, fare il mestiere di suo padre, non ha mai smesso di volerlo, solo si era imposto di rispettare gli equilibri famigliari e non si aspettava che sarebbe stato proprio il fratello più maturo e più giudizioso a farli saltare, di punto in bianco. Alza gli occhi a incontrare quelli di sua madre e non ha bisogno di dire niente.

Letizia stritola il tovagliolo. *Ammutinamento.* È questa la parola che le viene in mente. Gaspare aveva stabilito una rotta e a quella lei si è attenuta con scrupolo ma, proprio adesso che pensava di aver condotto la nave in porto, i figli si ribellano e si mettono a disfare tutto. Sarebbe successo lo stesso se suo marito fosse stato ancora lì, con loro? Giuseppe avrebbe dato la stura al malcontento con altrettanto coraggio? E cosa deve fare, lei, ora? Imporsi, riportarlo all'ordine, o lasciarlo andare?

«Perdonami, mamma. So che puoi farlo.» Suo figlio risponde alla domanda come se gliel'avesse letta in fronte.

Le ferma la mano che lotta ancora con la stoffa del tovagliolo, la porta alle labbra e la bacia. Quindi si alza ed esce dalla stanza.

Li sta abbandonando, è vero, ma deve farlo. Per piacere a Dio, per essere giusto.

8

Milano, 15 maggio 1885

Caro Monsieur Jourde,
spero che questa mia trovi voi e la vostra famiglia in serenità e buona salute.
Se vi scrivo è perché ho da chiedervi un importante favore. Come sapete, da quasi tre anni il mio Gaspare non è più tra noi, la sua perdita è stata una prova durissima e la sua mancanza si fa sentire ancora, ogni giorno. Ma lungi da me suscitare la vostra pietà: abbiamo accettato il volere di Dio e siamo andati avanti. Sono stata io, in questo tempo, a farmi carico dei nostri cinque figli e dell'azienda di famiglia. Gaspare non aveva avuto il tempo di preparare la sua dipartita da questo mondo e di pensare a organizzare il futuro delle sue attività, ma aveva già cominciato a istruire il nostro figlio più grande, Giuseppe, alla liquoreria. E infatti è stato lui ad affiancarmi e ad alleviare le mie fatiche, in un primo momento. Solo che nostro Signore si adopera a volte a scombinare i nostri piani, forse per non farci peccare di superbia e insegnarci che niente, su questa terra, dipende dalla nostra volontà. Sarà per questo che ha inviato il suo spirito presso Giuseppe e gli ha indicato la via del sacerdozio. Quel santo ragazzo si trova ora presso i padri rosminiani di Domodossola, dove ha cominciato il suo noviziato.

Gaspare era un uomo lungimirante, ma non al punto da immaginare l'imponderabile, e non ha pensato a trasmettere il mestiere anche al nostro quartogenito, Davide. Nei suoi progetti, lui e il più piccolo, Guido, avrebbero dovuto occuparsi del Caffè e dello spaccio dei nostri prodotti, una volta raggiunta la maggiore età. Ma ora l'imponderabile è accaduto e io mi trovo con questo figlio che ha un desiderio smisurato di ripercorrere le orme paterne ma nessuna esperienza per farlo. In questi anni, Davide si è occupato del servizio in sala, proprio come gli è stato chiesto, e se ha imparato qualcosa sulla preparazione dei liquori lo ha fatto rubando qua e là con gli occhi, accontentandosi anche di svolgere mansioni da garzone pur di passare un po' di tempo in laboratorio. Ha acquisito da autodidatta i rudimenti del mestiere e questo forse sarebbe anche sufficiente se il suo compito si esaurisse, ora, nel replicare le ricette di Gaspare. Se così fosse, Monsieur Jourde, io non sarei qui a rubare il vostro tempo.
Il fatto è che la vita mi ha impartito un grande insegnamento: mai sedersi sul passato. La nostra è una piccola azienda in confronto alla vostra, ma grazie a Dio procede molto bene. E Davide, per poterla guidare, per poterla proteggere dalle insidie del presente e dalle incognite del futuro, deve avere una preparazione solida, come e più di suo padre.
Insomma, Monsieur Jourde, io ho pensato a voi come suo maestro, come la persona che può prenderlo per mano e guidarlo in un percorso di iniziazione al mestiere di liquorista. Nessuno che io conosca potrebbe svolgere meglio questo delicato compito, per la vostra impareggiabile esperienza e per la vostra squisita sensibilità. Se ho l'ardire di farvi questa richiesta, è perché so che le nostre famiglie non sono legate solo da proficui scambi commerciali ma da qualcosa di ben più solido e prezioso a cui non temo di dare il nome di amicizia.
Il mio Davide sta per concludere gli studi liceali, a giugno conseguirà il diploma. Sarebbe meraviglioso se voi poteste acco-

glierlo per qualche mese presso la vostra casa, a Bordeaux, per permettergli di abbeverarsi alla fonte del vostro sapere e di acquisire tutti gli strumenti che gli serviranno per affrontare l'arduo compito che l'aspetta.

Che Iddio vi benedica,
Letizia Campari

P.S. Insieme a questa lettera vi arriverà una cassa dei nostri prodotti. Un preventivo omaggio alla vostra benevolenza.

***

Bordeaux, 5 giugno 1885

Madame,
sarà un vero piacere per me accogliere Davide in casa mia. Mandatelo pure alla fine di agosto, verrà trattato come un figlio.

Cordiali saluti,
G.A. Jourde

P.S. Ho apprezzato moltissimo i vostri prodotti e il Bitter all'uso d'Hollanda è semplicemente geniale!

9

Milano, agosto 1885

Al Caffè Campari c'è festa grande, stasera. Voci e risate risuonano fino sulla piazza del Duomo, insieme alle note del pianoforte. Le finestre sono tutte aperte nella speranza di far circolare l'aria, ma l'afa di fine estate non concede scampo agli invitati. Le signore in abiti leggeri si sventagliano freneticamente facendo tintinnare i braccialetti e svolazzare i capelli fuori dalle acconciature, mentre i signori incravattati, una volta esauriti i fazzoletti, hanno preso a detergersi il sudore coi tovaglioli. In pochi osano avvicinarsi al buffet, per quanto invitante: arrosti di maiale e tacchino, gelatine alla cacciatora, pasticci di fegato di cacciagione, prosciutti di Westfalia, pasticceria assortita. Il ragazzo che faceva da secondo a Fassone, un bergamasco secco e risoluto che tutti chiamano Svelt – scheggia –, si è dimostrato un cuoco ben più talentuoso e affidabile del suo predecessore.

Il bancone da mescita è preso d'assalto, i tre camerieri che lo presidiano non fanno in tempo a riempire e ritirare i bicchieri, mentre altri trottano avanti e indietro dalla cucina con vassoi carichi di sorbetti e gelati.

Nonostante le avverse condizioni climatiche, l'atmosfera è allegra, frizzante. Alcuni tra i più giovani si sono tolti la giacca e sono rimasti in camicia: è stato Davide il primo a infrangere l'etichetta e in molti hanno seguito il suo esempio. Letizia ha lanciato un'occhiataccia al figlio, che si aggirava per il locale con le maniche arrotolate sulle braccia come un contadino, ma è stata subito ammansita da un sorriso.

Stasera è lui il festeggiato. Stasera il mondo è suo.

Domani prenderà il treno per Bordeaux e comincerà l'apprendistato presso Monsieur Jourde. Questa festa è per celebrare la partenza, ma anche l'inizio della sua vita adulta: quando tornerà, toccherà a lui assumersi la responsabilità dell'azienda e della famiglia.

Sono tutti lì, amici e parenti. Mancano solo Eva e Giuseppe. Eva perché è al settimo mese di gravidanza – lei e suo marito Giovanni aspettano il loro primogenito – e il medico le ha consigliato riposo assoluto, Giuseppe perché il noviziato ha regole ferree. Il maschio più anziano dei Campari ha mandato un biglietto da Domodossola, coi suoi migliori auguri e parole d'affetto per la madre e i fratelli. Da quella mattina di Pasqua sembra passato un secolo: Letizia ci ha messo un po' a perdonarlo, ma alla fine lo ha lasciato andare con la sua benedizione e una piccola rendita per mantenersi agli studi. Prima, però, lo ha costretto a scrivere per lei la lettera a Monsieur Jourde: non ha mai avuto una tata francese, a differenza dei suoi figli. Ma si è davvero pacificata solo quando ha ricevuto la risposta affermativa da Bordeaux. Esistono mali peggiori di un prete in famiglia, ha concluso. E tutti hanno tirato un sospiro di sollievo.

In attesa che Davide torni dalla Francia, sarà lei a occuparsi del laboratorio, e per fortuna gli affari vanno bene, così ha potuto permettersi un aiuto. Anche Guido, che ormai ha tredici anni e sembra cresciuto nel giro di una notte, comincia a rendersi utile. «*Ij fieuj a son na cavagna 'd fastidi e ën sëstin ëd piasì*»: lo diceva sempre Gaspare, i figli sono un canestro di fastidi e un cestino di piaceri. Ma per Letizia canestri e cestini sono tutti finiti per aria, adesso, e prima di tirarlo lei, un sospiro di sollievo, deve ancora sistemare parecchie cose.

Gli invitati continuano ad arrivare. Davide stringe mani e incassa pacche sulle spalle, non era così tanto al centro dell'attenzione dal giorno della sua confermazione. C'è chi gli fa le raccomandazioni, chi gli decanta le meraviglie dell'Aquitania e gli elenca i posti che deve assolutamente vedere, chi gli consiglia i vini bordolesi migliori, chi gli strizza l'occhio parlando delle donne francesi. Lui ascolta tutto e subito dimentica. Vuole che quel viaggio sia suo e suo soltanto.

Quando, in fondo alla sala, vede comparire Quintilia, appena arrivata insieme a suo fratello Manlio, il brusio attorno a lui per un attimo sfuma via. La testa bionda di lei spicca tra le altre per quel suo modo di portarla perfettamente dritta sul collo, con le spalle ben aperte, a sfidare il mondo. L'abito di seta verde, aderente al busto e ampio sui fianchi, scopre molto poco ma non riesce davvero a nascondere. Davide si fa coraggio e si divincola dagli altri ospiti con l'intento di raggiungerla, ma Edoardo Brambilla gli piomba addosso con due calici di vino. «Non abbiamo ancora brindato, io e te» gli dice, piazzandogliene uno in mano. È madido di sudore e la pelle del viso, solitamente diafana, ha virato a un preoccupante color bordeaux, segno che nel frattempo si è dato da fare da solo.

Fanno cozzare i bicchieri, poi Edoardo scola il suo tutto d'un fiato. Soddisfatto, prende Davide sotto braccio e assume un'aria confidenziale: «Allora, dimmi un po', come ci si sente quando dall'essere nessuno si passa a essere il numero uno?».

La brutalità è senza dubbio il maggior pregio di Brambilla. Davide si sforza di pensare a una risposta che sia abbastanza epica, ma l'amico è già sgusciato via per andare a unirsi a un gruppetto di ex compagni di scuola che sta massacrando il pianoforte.

Meglio così. Si guarda attorno ma non vede più Quintilia e incappa invece nel ritratto di suo padre, che sembra fissare proprio lui, dalla parete dietro il registratore di cassa. Letizia lo ha voluto lì, a vegliare su di loro come un nume tutelare.

Allora, come ci si sente? sembra domandargli. Ad aver vinto.

A esserci riuscito per un puro caso. Certo, Giuseppe direbbe che è stato il volere di Dio, ma la sostanza non cambia. Tutto doveva andare diversamente nei piani del capofamiglia, e invece eccola qui, la grande speranza di casa Campari. O il piano di riserva, lo scarto?

Davide svuota il bicchiere in un sorso e decide di ignorare quella voce molesta. Non presterà orecchio alle sirene dei dubbi e delle paure, non stasera. Abbandona il calice vuoto su un tavolo e raggiunge Edoardo e gli altri. Antonietta è stata costretta a furor di popolo a sedersi al piano e sta intonando una vecchia canzone.

«*Addio, mia bella, addio...*»

Tutti le sono andati dietro con gran sfoggio di voci virili: «*L'armata se ne va! Se non partissi anch'io sarebbe una viltà!*».

Davide si unisce al coro stonando clamorosamente, accolto da abbracci camerateschi e strette vigorose. L'energia che stanno liberando è più di un canto, è la forza dei loro diciotto anni, è la voglia sfrenata di conquistarsi una parte di mondo. Ora che hanno finito il liceo, alcuni erediteranno le professioni dei padri, altri si iscriveranno all'università, altri ancora viaggeranno all'estero per imparare le lingue. Brambilla si arruolerà nell'esercito: dice che, grazie agli accordi stretti con la Germania e l'Austria, l'Italia entrerà presto in possesso di Massaua per dare vita a una colonia nel Corno d'Africa. E lui vuole essere dell'impresa.

Due occhi scuri e curiosi, da un angolo della sala, osservano la compagnia dei goliardi: Guido. Sulle labbra carnose penzola un sorriso di ammirazione, ma non osa farsi avanti, i cinque anni che lo separano da Davide e dai suoi amici sembrano una distanza siderale. Quelli lì sono uomini fatti e finiti, alcuni hanno già barba e baffi, mentre lui è un bambino allungato con la pelle tormentata dall'acne e una ridicola peluria ai lati della bocca. Guarda suo fratello, il pelo rossiccio che s'intravede sotto la camicia aperta, il collo e gli avambracci muscolosi, le grosse vene in evidenza, e prega di diventare presto come lui. Quest'anno ha anche voluto lo stesso taglio di capelli, corto sui lati e sulla nuca e più lungo sopra; peccato che i suoi non stiano su come quelli di Davide e gli ricadano fastidiosamente sugli occhi, costringendolo a soffiarli via di continuo con uno sbuffo. «Almeno i tuoi non sono color carota e nessuno ti chiamerà mai "Malpelo"» gli ha detto suo fratello per consolarlo. Hanno letto insieme la novella di quello scrittore siciliano squattrinato e dall'aria malinconica che frequentava il loro Caffè. No, Guido non ha avuto in sorte i colori sgargianti della mamma, in compenso ha preso da lei una genuina socievolezza.

«Avanti, vieni!»

Davide gli arpiona le bretelle per tirarlo dentro la baldoria, lui si mostra restio, ma la verità è che non desiderava altro. Si aggancia con un braccio alle spalle del fratello e con l'altro a quelle di Edoardo. Quei corpi ribollono. Un'ondata di sudore e ormoni lo investe in pieno naso, ma non importa: «*Non è fraterna guerra la guerra ch'io farò. Dall'italiana terra lo straniero cacceeeeerò!*».

L'allegria è contagiosa, a patto di dimenticare il motivo per cui sono tutti lì, quella sera. Domani Davide se ne va, e senza di lui Guido si sentirà molto più solo.

Più tardi, la festa è straripata fuori dalle mura del locale, qualcuno è già andato via e la confusione all'interno è scemata. Al bancone, Davide s'intrattiene con un paio di amici ma intanto perlustra la sala con lo sguardo, ancora in cerca di una testa bionda. Finalmente la trova: Quintilia è insieme a suo fratello e stanno entrambi salutando Antonietta, li raggiunge che sono già sulla porta.

«Ah, ecco qui il nostro festeggiato!» lo apostrofa Manlio, amichevole. «Vieni, fatti dare un ultimo saluto.»

Davide stringe la mano al ragazzo ma con gli occhi bracca la sorella, che gli sta accanto. Vuole disperatamente trattenerla e non sa cosa dirle. Sperava nell'aiuto dell'alcol, ma qualunque cosa gli venga in mente gli sembra troppo sciocca o infantile.

«Non penserete di andare già via?» biascica Brambilla, per una volta meravigliosamente a proposito. Il colore del viso è tornato su toni meno allarmanti, ma l'articolazione delle parole lascia ancora a desiderare.

«Quintilia deve essere a casa entro mezzanotte, ordini dall'alto» si schermisce Manlio.

Edoardo tira fuori dal taschino l'orologio e lo mostra in modo plateale. «Mancano ancora dieci minuti a mezzanotte! E tu, mia cara, accetti questa ingiustizia senza battere ciglio?» arringa Quintilia. «Ci vorranno sì e no due minuti per arrivare a casa vostra da qui. Tuo fratello ti sta togliendo ben otto minuti di divertimento.»

Lei sta al gioco. «Mi stai forse suggerendo di ribellarmi, caro Edoardo?»

«Be'... Ti abbiamo sentita tutti dichiarare le tue simpatie per quelle signore... quelle lì che si battono per i diritti delle donne... Le *emancipazioniste*. Dove sono le tue idee progressiste quando servono davvero?» Quindi afferra Manlio per una manica, con il piglio severo di chi deve ristabilire l'ordine. «Vieni con me, tu, insopportabile retrogrado. La punizione è bere almeno due bicchierini di Crema al Cacao. Hai mai assaggiato la Crema al Cacao dei nostri amici Campari? Mi hanno detto che è la preferita del maestro Verdi. A proposito, pare che finalmente si sia messo a musicare l'*Otello* di Boito, lo sapevi?»

E, mentre lo trascina via stordendolo di parole, si volta indietro con una furtiva strizzata d'occhio. Qualunque cosa la mente alterata di Edoardo abbia intuito e congegnato, Davide gli è infinitamente grato e, ora più che mai, sente di dover sfruttare la sua occasione: «Usciamo a prendere un po' d'aria?».

Finalmente ha trovato qualcosa da dire a Quintilia, non di straordinariamente intelligente, ma di innegabile praticità.

Fuori, la notte è tiepida. I due superano i capannelli di invitati che ancora indugiano sotto le luci della Galleria e si immergono nella penombra della piazza. La massa scura del Duomo si innalza contro il cielo stellato come una montagna frastagliata.

«So che sei molto contento di partire. Antonietta mi ha detto.»

Quintilia s'incarica di spezzare un silenzio diventato troppo denso, la sua voce si inserisce morbida e grave.

«Sì, infatti.» Davide non è altrettanto bravo a tenere viva la conversazione.

«Un po' ti invidio, sai? Vedere un Paese straniero, fare esperienze, imparare cose nuove... Quando tornerai sarai una persona diversa.»

Per un attimo è tentato di dirle che, qualunque persona sarà, non smetterà mai di essere innamorato di lei, ma la lingua si rifiuta di obbedire. Quintilia è una donna colta, di carattere, e ha già rifiutato diversi pretendenti, lui ha ancora diciassette anni, non ha una posizione e sta per partire per sei lunghi mesi. Che speranze ha di piacerle?

Eppure sono lì, in una notte di fine estate, soli, lontani da tutti. E, quando Davide la cerca, Tilia non abbassa lo sguardo. Dio, quello sguardo. Non gli rimane che morirci dentro, come tutte le altre volte, o fare qualcosa, qualunque cosa che lo metta in salvo. Prima ancora che abbia avuto modo di pensarlo, le mani l'hanno già raggiunta, all'improvviso si ritrova il calore delle sue guance sotto i palmi.

«Davide...» sussurra lei. Sembra volerlo mettere in guardia da quanto sta per fare.

Ma lui non può fermare ciò che ha messo in moto e le atterra sulla bocca con un bacio. Quella bocca è la miscela di sapori più dolce e inebriante che abbia mai assaggiato, un sorso e ne è già ubriaco.

Quando se ne stacca, è pronto a ricevere uno schiaffo e si sorprende di non vederlo arrivare. Quintilia si preme le labbra con una mano e lo guarda come se avesse commesso un piccolo, adorabile delitto, con tutta l'intenzione di perdonarlo.

«Che cos'hai fatto?» gli domanda, più perplessa che contrariata.

«Quello che volevo fare da troppo tempo» dichiara lui, vibrante.

Lei prova a sorridere, sarebbe l'unica reazione plausibile, in fondo: il fratello minore di Antonietta che la bacia. Che follia.

Eppure non ce la fa a prendersene gioco, a liquidare tutto come una ragazzata. Il calore che le ha trasmesso con quel bacio continua a dilagarle nel petto, in pancia, fin dentro le viscere.

«Quintilia, lo so che tutto questo ti sembrerà nuovo e improvviso e forse anche ridicolo, ma io penso a te da sempre. E lo so che sono giovane e che non c'è ragione per cui tu debba prendermi in considerazione ma... chiedimi qualunque cosa e io la farò, te lo giuro.»

Le ha afferrato le mani e trema mentre parla.

«Cosa potrei mai chiederti, Davide?»

«Non lo so... Ad esempio di non partire, domani.»

Adesso sì, un sorriso prende forma sul volto di Quintilia. Scuote la testa, sotto lo sguardo esterrefatto di lui.

«Rinunciare ai tuoi progetti è una cosa che non ti chiederei mai. E che non dovresti mai fare, né per me né per nessun'altra.»

«Ma se tu volessi, se tu...»

«No.» Gli avvicina una mano alle labbra per zittirlo. «Vuoi fare una cosa per me? Va' per la tua strada, fai questo viaggio e prenditi il buono che ne verrà.»

«E stasera? Dovrei dimenticare tutto, fare come se non fosse successo nulla?» Davide scalpita, impaziente.

Quintilia lo afferra per le braccia, come se volesse trattenerlo a terra.

«Ascolta. Non dobbiamo decidere proprio niente, ora. Scrivimi, se vuoi, dalla Francia. Posso assicurarti che risponderò a ogni tua lettera, e che quando tornerai mi troverai ancora qua.»

Non può promettergli di più, ma basta quel piccolo spiraglio a galvanizzarlo.

«Ti scriverò tutti i giorni.»

«No che non lo farai, ma andrà bene lo stesso.» Quintilia ride, infine.

Da sotto i Portici, intanto, il fratello la chiama. È il momento di andare.

«Arrivederci, Davide.»

Arretra di qualche passo tenendo gli occhi nei suoi, prolungando all'infinito quel momento, poi si volta e scappa via.

Lui resta solo al centro della piazza, incredulo e frastornato, e all'improvviso sente un sorriso nascergli da dentro, così inarrestabile e largo che deve tenersi la faccia perché non si spacchi a metà. Poi quel sorriso diventa una risata sommessa, solitaria e pazza. Non tutti i desideri che si avverano fanno paura. A volte è solo maledettamente bello.

10

Cassolnovo, 1842

Due camicie di lino, un paio di braghe con bretelle, due capi di biancheria rattoppata in più punti, due asciugamani lisi, un sacco di riso. Il bagaglio di Gaspare è tutto qui.

«Dovrai lavarti la roba da solo» gli dice Margherita. «E cerca di farlo spesso.»

«Lo farò, mamma, stai tranquilla.»

La donna continua a smuovere il contenuto della valigia aperta sul letto, come se questo servisse ad aumentarne il volume: non si dà pace per tutto lo spazio che resta ancora vuoto. Per sollevarla da quella pena, il figlio la scosta dolcemente e fa per chiudere il bagaglio.

«Aspetta!» gli dice lei, bloccandogli la mano.

Corre in cucina aprendosi un varco tra i figli più piccoli, assiepati sulla soglia della stanza, e torna poco dopo con un pezzo di formaggio avvolto in un panno.

Gaspare la ferma. «Non serve, mamma.»

«E invece sì che serve. Devi essere in forze, per lavorare.»

«Non vorrai che mi presenti a Torino con i vestiti che puzzano di stalla...»

Senza darle modo di replicare, Gaspare le toglie l'involto dalle mani, lo consegna in quelle della sorellina più grande e chiude la valigia.

La diligenza è ferma davanti al palazzo del Comune, sulla distesa di terra battuta che è la piazza del paese. Il vetturino sta aiutando una famiglia a sistemare i bagagli, suda copiosamente nell'afa di settembre. Margherita accompagna il figlio fino alle scalette della carrozza. Gli sistema il collo della camicia.

«Allora, mi raccomando.»

«Sì.»

«Dovrai essere sempre gentile col marchese Arconati, quando verrà al caffè. Fagli vedere che gli siamo grati.»

«Credo che l'ha capito, dopo tutte le uova che gli hai fatto avere. Mangeranno zabaione da qui a Natale.»

Margherita non sorride. La riconoscenza è una cosa seria, in casa sua, ed è stato solo grazie all'interessamento del marchese che l'ultimo dei suoi dodici figli ha trovato impiego come garzone al Bass, che, da quello che le dicono, è tra i caffè più famosi di Torino.

«Tutti in carrozza!»

Il conducente è già sulla cassetta, Gaspare bacia la madre e prende posto insieme agli altri passeggeri all'interno della vettura. Mentre i cavalli si muovono scalpicciando sulla terra secca del piazzale, si sporge a salutarla, lei risponde agitando il fazzoletto con cui si è appena ripulita gli occhi, per via della polvere.

La carrozza esce dal paese a velocità contenuta e, quando passa davanti al cimitero, tutti i passeggeri si fanno il segno della croce. Gaspare recita in silenzio una preghiera per suo padre. Da un anno riposa sotto quella terra e, andandosene, gli ha lasciato le scarpe che adesso ha ai piedi. Ora che ci pensa, quelle scarpe non sono mai andate così lontano.

11

Bordeaux, settembre 1885

Monsieur Jourde si versa alcune gocce di alcol sulle mani, le strofina energicamente tra loro, le avvicina al naso e inspira a pieni polmoni. Una smorfia di disgusto e soddisfazione fa vibrare i lunghi baffi bianchi.

«Ecco. Lo senti?» Accosta la mano al naso di Davide. Una mano grande come una pala da forno. «Quell'odore cattivo.»

I recettori olfattivi del ragazzo restano inerti. Scuote la testa, leggermente mortificato.

«Aaah!» Monsieur Jourde emette un suono tra il deluso e il rassegnato. Del resto, non sono in molti ad avere un naso raffinato come il suo.

Versa l'alcol sulle mani di Davide, gli ordina di strofinare, come ha fatto lui, e poi lo invita ad annusare. «Ora lo senti?»

Davide avvicina le dita alle narici e inspira forte. Sotto l'odore tenue e aromatico dell'alcol, ecco comparirne un altro, sgradevole e persistente. Spalanca gli occhi. Olio di flemma: sostanze nocive e di cattivo gusto che si sprigionano durante la distillazione e restano in parte nello spirito, prima che venga rettificato.

«Sì, ora lo sento.»

«Finalmente!» esclama soddisfatto il suo mentore, e gli assesta un colpo alla spalla che lo fa vacillare. Guillaume Auguste Jourde è un colosso di pietra bianca con capelli, barba e baffi anch'essi candidi, ma di una consistenza più morbida, simile all'ovatta. La soggezione che suscita la sua imponenza è mitigata dai modi espansivi e da un carattere incline al buon umore.

Ovviamente ci sono metodi più scientifici per rilevare la presenza di impurità nell'alcol, e nella sua officina lavora un chimico addetto allo scopo, ma Jourde continua a preferire il metodo empirico: tatto e olfatto, invece di provette e acido solforico. L'importanza dell'esperienza e della pratica è uno dei pilastri su cui si basa l'insegnamento che sta impartendo a Davide.

«I libri vanno benissimo» gli ha detto il primo giorno, quando lo ha visto arrivare con un paio di manuali di liquoreria sotto il braccio. «Ma quelli puoi leggerli la sera, davanti al camino. Di giorno, dovrai usare queste» ha proseguito, mostrando le mani, «e questi», indicando occhi, naso e bocca.

Attorno a loro, l'officina – l'*usine*, come la chiamano qui – è in piena attività. Un lavorante attizza il fuoco nella caldaia di mattoni alta quanto un uomo, sulla quale è collocato un alambicco *charentais*, con la tipica testa a forma di cipolla. È da questo alambicco, e più precisamente dal rubinetto del contenitore di refrigerazione, che è uscito lo spirito che hanno appena saggiato. Ce ne sono altri due in funzione, sorvegliati dagli operai addetti alla distillazione. Appena arrivato, Davide è rimasto colpito dalle dimensioni dello stabilimento: il laboratorio sotterraneo di suo padre spariva in confronto a quell'edificio di ferro e mattoni alto due piani e lungo quattro numeri civici. Monsieur Jourde ha una decina di lavoranti alle sue dipendenze, produce ogni giorno centinaia di bottiglie, che spedisce poi in tutta la Francia e anche all'estero. Per velocizzare le fasi d'imbottigliamento ed etichettatura e risparmiare sulla manodopera, ha fatto installare delle macchine a vapore che fanno tutto da sole: le bottiglie ci passano dentro su un nastro e ne escono belle e pronte. Davide ne è rimasto affascinato.

CORDIAL-MÉDOC c'è scritto sulla maggior parte delle etichette. Monsieur Jourde produce diversi tipi di liquori, ma è questo in particolare ad aver fatto la sua fortuna: la sua personale reinterpretazione di una bevanda dolce, da fine pasto, molto apprezzata dai francesi e pressoché sconosciuta in Italia. Vaniglia, viole, prugne, arance dell'isola di Curaçao e fave di cacao messe a macerare nel cognac e poi ridistillate, con aggiunta di *eau de vie de vin*, distillato di vini del Médoc. Guillaume ha mostrato a Davide gli ingredienti – i francesi ne hanno a disposizione una varietà infinita e più a buon mercato, grazie alle colonie d'oltremare – e gli ha illustrato passo per passo il processo di produzione. Mai, però, nemmeno sotto tortura, gli rivelerebbe i dosaggi: come ogni liquorista che si rispetti, si tiene stretta la sua formula. Lo stesso che Gaspare, a cui somiglia per certi modi solenni e per la meticolosità con cui si applica nel proprio mestiere.

Per una sorta di contrappasso, Davide sta subendo dai Jourde lo stesso trattamento che i Campari riservano ai lavoranti esterni, quelli esclusi dal sapere esoterico della famiglia. Poco male: è lì per imparare, per poter, un giorno, inventare lui stesso le sue ricette. Non gli interessano le imitazioni.

Da una settimana, ogni giorno, si sveglia all'alba, nella stanza che i suoi ospiti gli hanno messo a disposizione al primo piano della loro tenuta poco fuori Bordeaux, e scende a fare colazione nella grande sala da pranzo. Oltre a Monsieur Jourde, sua moglie e i loro figli – due trentenni taciturni che sembrano vivere all'ombra del padre – al tavolo viene a sedersi, di solito per ultimo, anche Etienne Fourier, che si è presentato come il figlio di amici di famiglia. Un ragazzo della stessa età di Davide, di aspetto vagamente androgino e dalla lingua tagliente, il cui gusto nel vestire e la cui innata eleganza suscitano nel coetaneo d'oltralpe una segreta punta di invidia: i vestiti che pure gli avevano spacciato per "moda francese" nei negozi di Milano lo fanno sembrare un paesano abbigliato a festa al confronto. Etienne, col suo fisico esile e la carnagione slavata, sembra un dandy uscito dalle pagine di un romanzo, più che un lavoratore di officina, è evidente che si trova lì contro la propria volontà e che della liquoreria non potrebbe importargli di meno. I Jourde, a loro volta, tollerano la sua presenza per puro dovere di ospitalità e lo hanno soprannominato Fuselöl, parola tedesca per indicare gli oli di flemma, lo scarto tossico della distillazione.

Insieme a Fuselöl e ai tre Jourde, dopo la colazione, Davide esce di casa per andare al lavoro. L'*usine* è a pochi passi dall'abitazione, il padrone ha voluto così: casa e bottega.

Per i primi tre giorni, è stato alle calcagna del suo mentore che si muoveva da un reparto all'altro dell'officina per monitorare le attività e intanto gli spiegava le diverse fasi della lavorazione. Sul francese astratto che Davide aveva imparato a casa, dalla tata assunta da sua madre e sui libri, si è sovrascritta in fretta una lingua pratica, fatta di termini specialistici ed espressioni gergali.

Dopo quel preliminare, immersivo bagno di parole, Monsieur Jourde non ha esitato a gettarlo nell'acqua alta e lo ha messo al lavoro, insieme a Fuselöl, sotto la guida di un operaio esperto.

«Fate quello che fa lui» ha detto ai ragazzi, «ma meglio.»

A volte, dopo cena, quando il resto della famiglia si ritira nelle proprie stanze, Davide impiega le energie residue per aprire uno dei suoi manuali e mettersi a leggere davanti al grande camino del salotto.

«Seriamente, Campari? Non ne hai ancora abbastanza?»

I passi di Etienne non hanno fatto rumore sul tappeto, gli è arrivato alle spalle come un felino.

«In realtà sono molto stanco» risponde Davide chiudendo il libro, «credo che andrò a dormire.» Non ha tanta confidenza con Fuselöl e i suoi modi lo mettono un po' a disagio.

Lui si accomoda sulla poltrona accanto e appoggia le gambe sul bracciolo, ignorando il messaggio subliminale.

«Di' un po', sono curioso: qual è la colpa che devi espiare, tu?»

«Che vuoi dire?»

«Perché sei qui? Io sono stato mandato dai miei perché pensano che imparare un mestiere mi servirà a capire il valore del denaro.»

«Ah.»

«Che è un po' come ammettere che non potevano insegnarmelo loro perché non ne hanno uno straccio d'idea, poveretti.»

Tira fuori dalla tasca un pacchetto di sigarette e ne accende una. È piccola e di forma perfettamente cilindrica.

«Insomma, ho perso una grossa cifra a poker e in qualche modo dovevano punirmi» conclude con la voce velata dal fumo. Poi allunga il pacchetto verso Davide. «Ne vuoi una?»

Lui guarda le sigarette con un pizzico di diffidenza: quel modo di fumare è abbastanza inusuale ai suoi occhi. Di solito vede usare sigari e pipe o, al più, il tabacco rollato nelle cartine.

«Sono americane, di fabbricazione industriale» spiega Etienne, cogliendo le sue perplessità. «Finalmente tutto questo automatizzare e meccanizzare ha avuto un senso.»

«Grazie, non fumo.»

L'altro lo punzecchia con gli occhi verde smeraldo. «Monsieur Jourde te lo vieta? Guarda che io non gli dico niente...»

Chi lavora con il palato deve tenersi lontano dal fumo. Davide l'ha imparato da suo padre, prima ancora che da Jourde.

«Come vuoi.» Etienne rimette in tasca il pacchetto, poi torna al punto: «Insomma, come mai sei a Bordeaux?».

«Devo occuparmi della fabbrica di liquori di mio padre, sono qui per imparare.»

«E perché non puoi imparare da lui? Tuo padre, dico.»

«Perché è morto. E non era nei progetti che prendessi io il suo posto.»

«Bella fregatura.»

«In realtà è proprio quello che desidero.»

Etienne lo guarda prima con sorpresa, poi con delusione. «Quindi hai proprio intenzione di lavorare e studiare tutto il tempo?»

«Perché, che altro ci sarebbe da fare?»

Fuselöl soffia fuori il fumo mentre una luce sinistra gli accende lo sguardo. «Qualcosa troveremo, vedrai.»

12

Bordeaux, 10 settembre 1885

Mia cara Tilia,
avevi ragione tu. Ti avevo promesso che ti avrei scritto ogni giorno e invece eccomi a te dopo quasi una settimana dall'ultima lettera. Purtroppo o per fortuna le giornate qui volano via piene di lavoro e di studio e, a volte, alla sera, mi sembra che mi manchi l'energia per qualunque cosa.
In compenso sto imparando moltissimo dai Jourde e, a parte un po' di nostalgia, sto bene. Per colpa di Etienne, poi, oltre alla pratica in distilleria, mi tocca dedicarmi pure allo svago. Nei fine settimana non posso esimermi dall'accompagnarlo a teatro o in qualche osteria del centro. Anche se, a sentire lui, Bordeaux è un mortorio. Ora si è messo in testa di portarmi sulla costa. Quando gli ho detto che la distesa d'acqua più grande che avessi mai visto era il Lago di Garda, si è messo a ridere e ha detto che dopo che avrò visto l'oceano sarò un'altra persona. Insomma, gli piace trattarmi come un selvaggio da civilizzare, e io lo lascio fare. In fondo, se non ci fosse lui, qui sarebbe davvero un mortorio.
L'altro giorno ha convinto Monsieur Jourde a mandarci a prendere un carico di cognac da un fornitore, al posto di due inservienti. Il fornitore, tale Monsieur Molinier, si trova nella regione

del Cognac, un centinaio di chilometri a nord di Bordeaux, e ha una distilleria di prim'ordine, che dovevo assolutamente vedere. Così ha detto Jourde.

Siamo partiti sul nostro carro alle cinque della mattina, era ancora buio e, almeno per la prima mezz'ora, Etienne ha continuato a sacramentare per la levataccia. Mentre il sole si alzava, compariva ai nostri occhi una campagna fatta di dolci colline, boschi, piccoli paesi di pietra bianca e distese infinite di vigneti (molti dei quali, ahimè, martoriati dalla fillossera). Quando siamo arrivati alla tenuta Molinier, siamo stati accolti con grandi onori. Mentre Etienne faceva il gallo con Madame Molinier e le sue prosperose figlie, io ho seguito il padrone di casa in un tour della tenuta. Mi ha mostrato l'officina e poi le cantine, dove lo spirito è messo a riposare. Dovresti sentire l'aria là sotto: pregna di un odore caratteristico, denso di aromi. L'alcol che evapora dalle botti e si disperde nell'aria qui lo chiamano "*la part des anges*", la parte riservata agli angeli, e, dopo svariati assaggi di cognac, Etienne e io possiamo giurare di averli visti davvero, i cherubini, svolazzare sotto le volte della cantina.

A sera, quando ce ne siamo andati, eravamo decisamente più allegri di quando siamo partiti. Faceva freddo, ma noi avevamo il nostro spirito che ardeva nelle viscere e ci teneva al caldo. C'era silenzio tutt'attorno e una grande luna nel cielo che illuminava la campagna. Ho pensato a te, Tilia, a un'altra notte di un po' di tempo fa, in piazza del Duomo. Quel ricordo è il più caro che mi porto dentro, anche se a volte ho il dubbio che sia stato solo un sogno. Perdonami se te ne parlo così, ma mi accontenterei di sapere che anche per te quel momento è esistito davvero e che non vuoi dimenticarlo.

Scrivimi presto, ti prego. So che non ho diritto a chiederlo, ma tu fallo.

Con profondo affetto,
Davide

***

Milano, 16 settembre 1885

Caro Davide,

le tue lettere sono sempre gradite, in qualunque momento, ma sappi che questa mi ha rallegrato più delle altre perché è arrivata a spezzare la monotonia di una prigione. Sì, da tre giorni vivo reclusa in casa: è la punizione che mio padre mi ha inflitto per aver disobbedito al suo volere.

Ti racconterò ogni cosa (il tempo non mi manca davvero) ma prima voglio rassicurarti sul fatto che non soffro poi così tanto, ché esistono galere di gran lunga peggiori della mia.

Da dove cominciare? Forse non ti ho mai detto quanto io ammiri Alessandrina Ravizza, la nostra "contessa del brodo". Quella donna appassionata e volitiva che un giorno ha deciso che non era più sostenibile lo spettacolo della fame in una città come Milano e senza aspettare altro si è messa a sfamare gli indigenti. A ispirarmi in lei non è tanto la bontà d'animo, quanto l'intraprendenza, il piglio, la capacità di mettersi a capo di un'impresa e di gestirla con la mano ferma di un uomo. Ho sempre avuto la tentazione di presentarmi di persona alla sua Cucina per gli ammalati poveri per dare un aiuto concreto, ma mio padre, come sai, è un uomo all'antica e, nonostante riconosca la nobiltà dell'intenzione, non mi ha mai permesso di prendere questa iniziativa. Non gli piace l'idea che io sia a contatto con coloro di cui l'istituto si prende cura, un'umanità a suo dire promiscua e amorale.

Al contrario, insiste ogni giorno di più che io prenda marito. È chiaro che sono un grattacapo per lui, un grattacapo che non vede l'ora di consegnare a un altro uomo (e sarebbe meglio che lo scambio gli procurasse anche qualche vantaggio economico). Ora, il fatto che io sia refrattaria all'argomento lo rende particolarmente severo nei miei confronti.

Insomma, sapevo bene a cosa andavo incontro. Ciò nonostante ho voluto fare lo stesso di testa mia: l'altra mattina sono uscita di casa senza avvisare nessuno, né domestici né famigliari, ho preso una carrozza e mi sono fatta portare in via Anfiteatro, alla Cucina. Sono entrata e mi sono presentata: sono qui per dare una mano, ho detto. E, non ci crederai, sembrava che mi stessero aspettando. Mi hanno dato un grembiule e mi hanno affidato la mansione più semplice, distribuire scodelle di minestra agli ammalati, ma anche così mi sono sentita utile come mai in vita mia. Alessandrina stessa mi ha stretto la mano, alla fine del servizio, mi ha chiesto di tornare ancora e mi ha parlato di altri progetti che ha in mente e per i quali ha bisogno di volenterosi. Le ho risposto che la volontà non mi manca, ma che tornare o non tornare non dipendeva da me.

Quando sono rientrata a casa ti lascio immaginare il putiferio. Te lo lascio immaginare perché non ho voglia di ripetere qui gli improperi, le minacce, i gesti plateali di mio padre. Non è stato un bello spettacolo, e alla fine essere rinchiusa nella mia stanza è stato un sollievo.

È andata come è andata e voglio sperare che ormai il peggio sia passato: mia madre e mio fratello si stanno adoperando in mio favore, perché mi venga accorciata la pena. Quella che non è passata, però, è la mia voglia di uscire di casa e di incontrare spiriti affini, donne che sentono e pensano come me, che desiderano cimentarsi in qualcosa di diverso che la conclusione di un buon matrimonio.

Non che questo non possa essere fonte di gioia, lo so bene, e tua sorella ne è la prova. La poverina è venuta a cercarmi giusto ieri per portarmi un po' di conforto, non mi è stato permesso di incontrarla ma mi ha lasciato un biglietto: "Non arrenderti", c'era scritto. Saperla così felice e innamorata del suo Carlo è un balsamo per il cuore e mi aspetto che presto gli sposini diano a tutti un lieto annuncio. Come buon auspicio e dal momento che in queste ore sono piuttosto sfaccendata, ho cominciato a rica-

mare un corredino. È bene che io mi porti avanti col lavoro, considerato che sono disperatamente negata con ago e filo.
Scrivimi ancora, Davide. Ho una gran voglia di sapere cosa ti succede e mi piace immaginarti là fuori, alle prese col mondo. È un pensiero che mi tiene compagnia, che mi consola e mi sprona a essere coraggiosa.
Sì, hai capito bene: ti sto dicendo che anch'io ti penso, e sarà meglio che mi affretti a chiudere e imbustare questa lettera, prima che me ne penta.

Con cuore sincero,
Tilia

13

Duna di Pilat, ottobre 1885

Lenta ma inesorabile, la foresta va a sbattere contro una montagna di sabbia. Più si avanza verso la costa, più i tronchi dei pini ne restano inghiottiti, fino a sparirci dentro. Davide cammina su quella polvere dorata e instabile in uno stupito silenzio, mentre le sue narici familiarizzano con un odore nuovo, di resina e di sale.

«La duna non lascia scampo» gli spiega Etienne, intromettendosi nei suoi pensieri. «Perfino Napoleone ha provato a fermarla facendo piantare centinaia di pini, ma non c'è stato niente da fare: se li è mangiati tutti.»

Ora sono fuori dalla boscaglia e davanti a loro s'innalza un muro di sabbia di circa quaranta metri. Cominciano a scalarlo con gli scarponi che affondano fino alle caviglie, aiutandosi con le mani. Il bosco gradualmente scompare alle loro spalle e intorno resta solo quella distesa informe e dorata, tiepida sotto il sole autunnale.

Etienne è il primo ad arrivare in cima, ma Davide gli è subito dietro. Da lassù, finalmente lo vede: una massa azzurra senza fine, un cielo rovesciato sulla terra che si muove come cosa viva, che respira. L'oceano. La sensazione netta di trovarsi al confine tra il mondo e qualcosa d'altro, tra il noto e l'ignoto.

Il vento, sulla duna, corre senza più ostacoli, solleva nugoli di sabbia e li deposita altrove. Ha un odore diverso da tutti quelli mai sentiti prima. Etienne sorride e, all'improvviso, si slancia verso il basso come per prendere il volo, Davide lo segue senza nemmeno pensarci. Caracollando sul pendio, arrivano ai piedi della duna e si fermano sulla battigia a riprendere fiato. Le onde si sollevano e si infrangono a pochi metri da loro, in un assalto ripetuto all'infinito, quello che da lontano era un mormorio ora è un ruggito.

«È bello teso, oggi» dice Fuselöl.

Davide è ancora incredulo. Tutta quell'acqua che si agita e urla e ribolle va oltre l'umana comprensione.

Con la coda dell'occhio, coglie un movimento al suo fianco. Si volta e vede l'amico a torso nudo che si sta togliendo i pantaloni, tenendosi in equilibrio su una gamba.

«Che fai?» gli domanda, terrorizzato all'idea di sapere già la risposta.

L'altro finisce di sfilarsi i vestiti e poi passa alle mutande. Nudo come un verme, e perfettamente a proprio agio, risponde: «Mi faccio un bagno, Campari, che dici?». Ed entra di corsa in acqua.

«Sei matto!» urla Davide a squarciagola, ma il vento gli riporta indietro la voce.

Etienne si tuffa con le braccia in avanti e scompare dentro un'onda. Preoccupato, Davide cerca di tenere d'occhio il punto in cui è sparito. Niente, non si vede più.

«Uaaaah!»

Riemerge poco più in là a braccia aperte come un Cristo, il busto magrissimo che risplende al sole e i capelli appiccicati alla fronte.

«Forza! Vieni!» grida, facendo ampi gesti, mentre le onde continuano a sbattergli contro.

Davide infila le mani in tasca e scuote la testa, incassandola nelle spalle. Etienne lascia ricadere le braccia con plateale delusione.

«Sei senza palle, Campari.» La sua voce arriva benissimo, trasportata dal vento a favore.

«Facile per te, che sai nuotare!» Davide deve sforzarsi il doppio per farsi sentire.

Etienne si tuffa di nuovo e torna su, a dimostrare che non c'è nessun pericolo.

«Qui è bassa, tocca anche un bambino. Forza! L'oceano non basta vederlo, devi entrarci dentro per capire cos'è.»

E via con un altro tuffo dimostrativo. Davide non muove un muscolo, ma il suo istinto di conservazione ha già subìto un piccolo cedimento.

«Devi provare, Campari! Non puoi morire senza averlo fatto.» Non sa più se è Etienne a parlare o la sua curiosità.

E va bene. Se deve morire in Aquitania amen, così sia. Comincia a sbottonarsi la giacca sotto le urla di incitamento dell'amico, si toglie gilet, camicia, pantaloni, esita un po' sulle mutande ma poi tira giù anche quelle.

«Ommioddio, Campari... Sei rosso anche là sotto!» Etienne finge di essere travolto dalla sorpresa e si lascia cadere all'indietro.

«Va' all'inferno, Fourier!» grugnisce lui, mentre si avvicina goffamente all'acqua.

È freddissima – molto più dell'aria di ottobre all'esterno – e gli schizzi che gli arrivano sulla pelle pungono come aghi. In un attimo un'onda lo abbraccia fino alla cintola, mozzandogli il fiato.

«Devi tuffarti e poi non sentirai più freddo» sentenzia Etienne.

«Ma davvero?»

Sta quasi per rinunciare, quando una mitragliata di schizzi gli arriva addosso a tradimento.

«Forza, mammoletta!» ride Fuselöl e continua a bagnarlo.

Davide impreca a tutta voce, ma a quel punto entrare in acqua è l'unica via d'uscita. Con malagrazia si lascia cadere contro un'onda che lo afferra per le spalle e lo butta giù come un lottatore sleale. Un silenzio denso, improvviso, il sangue che gela. Fa appena in tempo a riemergere per prendere ossigeno che un'altra ondata lo riporta sotto. Stavolta l'acqua penetra nel naso e nella bocca, arriva fino ai polmoni. Panico. Muove gambe e braccia alla rinfusa, finalmente trova l'appoggio per darsi lo slancio e tornare su. Aria! Gli occhi e la gola bruciano da morire, non riesce a smettere di tossire e trema come una foglia.

«Lo stile è un po' discutibile, ma è innegabile che hai coraggio.»

Etienne continua a sguazzargli intorno, disinvolto come un pesce nel suo elemento. Davide lo guarda con odio e gli scaglia addosso una bracciata d'acqua, ma un brivido di freddo lo costringe a immergersi di nuovo fino al collo per ripararsi dal vento. Con un po' d'impegno riesce a tenere la testa fuori dall'acqua, il che gli pare già un buon risultato, ma l'amico insiste per insegnargli a galleggiare a pancia in su. «Bisogna smettere di lottare e abbandonarsi all'abbraccio del mare come a quello di una mamma» cantilena, parafrasando un qualche maestro di nuoto della sua infanzia. «Vuoi che ti aiuti?»

«Se non stai lontano almeno due metri, ti spacco la faccia, Fuselöl!»

È una cosa tra lui e il mare, non vuole nessuno attorno. È un prendere confidenza, conoscersi l'un l'altro, trovare un equilibrio. Sembra contrario a ogni logica, eppure incredibilmente funziona.

Senza più peso, con gli occhi al cielo e le orecchie a pelo d'acqua, Davide perde il senso del sopra e del sotto, del prima e del dopo, si fonde con l'universo intero e dimentica se stesso. È felice.

«Allora, ne valeva la pena o no?» gli domanda Etienne mentre si rivestono sulla spiaggia, poco dopo.

«Ti rispondo quando smetto di battere i denti.» La verità è che non si sentiva così vivo da quando era bambino.

L'altro gli posa una mano sulla spalla. «Oggi sei diventato quasi uomo, Campari. Ti manca solo una cosa per esserlo del tutto.»

«Cosa?»

Fuselöl risponde con un ghigno, poi la sua risata si confonde col fragore del mare.

14

Bordeaux, 15 novembre 1885

Mia cara Tilia,
è l'una di notte e da poco è passato il mio compleanno: da appena un'ora ho diciotto anni!
Per festeggiare, i Jourde hanno invitato a cena una combriccola di amici, abbiamo brindato e bevuto fino a poco fa.
Sono appena rientrato nella mia stanza e mi è presa una strana smania di scriverti. Perché, sai, non credo di averti mai detto una cosa fondamentale, ovvero che ti amo e che voglio passare il resto della vita con te. Seriamente.
Che ne vogliamo fare di questa cosa che ti amo, Tilia? Perché, sai, io pensavo di venire da tuo padre e dirgli: «Sai che c'è? Il grattacapo me lo prendo io». Che ne dici? Ti sposo, basta. E al diavolo tutto il resto.
Sarei pronto a farlo anche domani, se solo avessi la certezza che anche tu

Qualcuno bussa alla porta. Davide ha un lieve sussulto e accartoccia il foglio. Getta la palla di carta nel cestino accanto allo scrittoio e si alza per andare ad aprire.

Etienne si palesa nello spiraglio della porta con in mano una caraffa piena d'acqua e un bicchiere.

«Come stai? Madame Jourde era un po' preoccupata, ti ha visto barcollare sulle scale.»

Davide si passa una mano sulla faccia, mentre lo lascia entrare nella stanza.

«Bene, perché?»

L'amico gli versa un bicchiere d'acqua. «Tieni, così smaltisci la sbornia.»

Ma sì, deve essersi preso una sbornia. Questo spiega l'improvvisa pendenza del pavimento e soprattutto l'assurda lettera che stava scrivendo. Rabbrividisce d'imbarazzo al solo pensiero.

«Stavi scrivendo? Ti ho disturbato?»

Fuselöl indica la stilografica che Davide tiene stretta nel pugno, è una Waterman in ebanite e oro nuova fiammante, regalo dei Jourde per il suo compleanno. Lui si rende conto soltanto adesso di averla ancora in mano: insieme alla macchia d'inchiostro sulla manica della camicia, lo inchioda come una pistola fumante.

«No... la stavo solo provando» mente, riponendola sullo scrittoio.

L'altro annuisce fingendo di credergli. Ha visto il foglio appallottolato nel cestino e soprattutto ha capito da tempo che il suo amico intrattiene una corrispondenza con una donna, ma chissà perché non vuole ammetterlo, di lei non gli parla mai. Deve essere una a cui tiene parecchio.

«Sono venuto anche per farti una proposta» cambia argomento.

Davide si siede sul letto. Ora che ha realizzato di essere ubriaco, si sente improvvisamente instabile.

«A Natale andrò a trovare mia nonna a Parigi» annuncia Etienne. «È la madre di mia mamma, ma le due non vanno d'accordo, così da un po' di anni vado io a fare gli auguri in rappresentanza della famiglia. Che ne dici di accompagnarmi? Torneremo dopo l'Epifania.» Immaginando la sua obiezione, lo anticipa: «Durante le feste qui non c'è molto da fare, non ti perderesti niente d'importante. Hai sentito Guillaume: il grosso della produzione viene fatto prima».

Davide finge di pensarci qualche secondo e poi mette su un'aria compassata: «Immagino che vedere Parigi sia un'altra di quelle cose che devo assolutamente fare prima di morire».

E sia.

Farà anche questo sacrificio.

15

Parigi, 20 dicembre 1885

Il treno entra in stazione sbuffando come un grosso animale stanco e annuncia il proprio arrivo con un fischio. Etienne è già in piedi e tira giù i bagagli con una certa impazienza, senza curarsi delle occhiate infastidite degli altri passeggeri: rimanere seduto per ore è stata una vera tortura per lui. Lancia la valigia a Davide, che la prende al volo, e saltano giù dal vagone. Risalgono il binario zigzagando tra i viaggiatori che si accalcano sulla banchina come tra le rapide di un fiume. Etienne punta verso l'uscita senza la minima incertezza, voltandosi solo di tanto in tanto a controllare che l'amico ci sia ancora. Davide lo segue docile e intanto respira a pieni polmoni: vera aria di Parigi.

Fuori dalla stazione il cielo è lattiginoso, riflette una pigra luce grigia, eppure c'è un che di sfacciatamente vitale nel viavai delle persone, nel loro modo di vestire, nel loro accento. Davide si sente un po' come un selvaggio sbarcato dal nuovo mondo e avanza girando su se stesso per guardarsi intorno, finché Etienne non lo tira per un braccio e lo spinge dentro una vettura.

«Place Vendôme» ordina al conducente, prima di salire a bordo anche lui.

Uno schiocco di lingua, la carrozza si muove lasciandosi alle spalle il marasma della Gare de Paris-Austerlitz e imbocca il lungosenna. Dal finestrino alla sua sinistra, Davide osserva sfilare i palazzi coi tetti di ardesia, le facciate ricamate da lunghe teorie di finestre e balconi e, dall'altro, l'Île de la Cité con Notre-Dame a svettare su tutto. Dentro di sé si compiace di non trovare la cattedrale superiore per bellezza e imponenza al suo Duomo, ma subito dopo ci pensano i ponti sulla Senna, la maestosità del Louvre, le geometrie perfette del giardino delle Tuileries a zittire il suo orgoglio campanilistico e a fargli abbandonare ogni velleità di confronto.

La corsa termina in una grande piazza di forma ottagonale, racchiusa in una maestosa muraglia di palazzi, spaccata sui lati opposti dalla strada che le passa attraverso. I ragazzi recuperano le valigie e, infilato un portone tra due vetrine di gioiellieri, salgono al piano nobile. Etienne suona il campanello. Da quando ha messo piede in città, la sua faccia è cambiata, sorride in un modo che Davide non gli ha mai visto prima, un misto di paciosità e istinto famelico, un gatto che sta per sbranare il topo.

La porta si apre su un fondale nero nel quale fluttuano due sclere bianche.

«Ehilà, Joseph, come stai?» Etienne entra come fosse a casa sua e lascia cadere le valigie a terra.

Davide indugia sulla soglia, stupefatto dall'uomo che ha davanti. Non ha mai visto nessuno con una pelle tanto scura, sembra che il buio stesso abbia preso forma umana e si sia messo in livrea per venire ad accoglierli.

«Lui è il mio amico Davide Campari» spiega Etienne al maggiordomo, notando lo stallo tra i due. «Non farci caso: è italiano.»

«Benvenuto, signore, accomodatevi.»

Anche la voce di Joseph è profonda e vellutata come la materia di cui sembra fatto. Gli sfila il bagaglio di mano e lo invita a seguirlo all'interno. L'appartamento è un'insolita commistione tra gusto europeo e ossessione esotica: sulle credenze e sui tavoli in noce, vasi cinesi e maschere africane, il salotto in stile Luigi Filippo è sepolto sotto pelli di leopardo e di zebra, e accanto al pianoforte a coda svettano due zanne d'elefante intagliate. Il risultato è una ricercata quanto eccentrica eleganza.

«Etienne! Piccolo mio!»

Una voce di donna li raggiunge dalla sommità delle scale. Madame Girard, un'anziana canuta ma sorprendentemente agile, scende verso di loro tra gli svolazzi di una tunica variopinta che la fa sembrare un'enorme farfalla. Etienne le corre incontro ai piedi della scalinata e la solleva da terra facendole spiccare il volo.

«Ciao, nonnina, sei sempre la più bella!»

«Mi conservo per te, mio caro! Sono due settimane che non mangio dolci, non fumo e non tocco vino. Quel bigotto del mio medico mi vuole monaca.»

Ora che li vede insieme, Davide capisce tutto in un istante. Quelli che ha davanti non sono un nipote e una nonna costretti dagli equilibri famigliari a trascorrere insieme le vacanze di Natale, ma due spiriti affini, innamorati l'uno dell'altra, che si ritrovano dopo una lontananza forzata.

«Presentami il tuo amico, non essere maleducato, *mon chère*!» Madame Girard si avvicina all'ospite.

«Nonna, questo è Davide Campari, l'amico di cui ti ho scritto. Ah, e mi raccomando, niente turpiloquio, in sua presenza» le strizza l'occhio Etienne. «Parla un francese impeccabile.»

Madame Girard lo fulmina con lo sguardo, fingendosi offesa, poi squadra Davide con curiosità, dalla testa ai piedi.

«Quindi tu sei l'italiano aspirante liquorista.»

«Molto piacere, signora.»

Davide esegue un delicato baciamano. Vista da vicino, la padrona di casa si rivela in tutta la sua grazia minuta, così magra e aggrinzita che teme quasi di romperla. Però quegli occhi verdi sprigionano una forza magnetica, sono uguali a quelli di Etienne, anche se il tempo li ha forgiati più duri e penetranti.

«E come va dai Jourde? State imparando qualcosa d'interessante?» domanda la donna a entrambi.

«Non guardare me. Io i liquori mi accontento di berli» risponde il nipote, lasciandosi cadere sul divano. «Ma Davide sì che ha talento: Jourde dice che impara in fretta. E sta imparando anche molto altro, grazie a me.»

Madame Girard si volta verso di lui sollevando un sopracciglio.

«Ad esempio?»

«A vivere.»

Ridono all'unisono. Lei ha in bocca parecchi denti per essere una settantenne. Posa una mano sottile sul volto di Davide.

«Mio nipote è un bel presuntuoso. Andate a rinfrescarvi nelle vostre stanze, la cena sarà servita tra un'ora.»

Più tardi, a tavola, Madame Girard tiene banco con i racconti dei suoi viaggi intorno al mondo. Suo marito, Monsieur Girard, morto quattro anni prima, era un importante diplomatico e prestava servizio nelle colonie francesi, in Africa e nelle Indie Occidentali. A testimonianza della loro vita nomade, restano le centinaia di manufatti e trofei di caccia sparsi in tutta la casa, oltre a Joseph, il maggiordomo senegalese.

«Tuo nonno sarebbe molto orgoglioso di te» sospira Madame Girard, picchiettando con la mano ingioiellata su quella del nipote, seduto alla sua destra. «Stessa intelligenza, stesso spirito d'avventura. Ma per fortuna hai preso la mia bellezza.» Poi sposta l'attenzione su Davide. «Allora, che programmi avete per i prossimi giorni?»

«Vogliamo fare tutto, ovvio!» risponde Etienne per lui.

«Spero che in questo "tutto" sia prevista anche un po' di compagnia alla tua vecchia nonna.»

«Ma certo, ti portiamo con noi al cabaret!»

Lei guarda Davide con rassegnazione. «Se fossi tua nonna, ti ordinerei subito di rompere con certe brutte compagnie.»

«Temo sia troppo tardi, signora. Sono ormai completamente schiavo di vostro nipote» ribatte lui. Un paio di bicchieri gli hanno sciolto la lingua.

«Ma che tesoro il tuo amico, Etienne... francese perfetto e maniere adorabili. Non te lo meriti» sorride estasiata Madame Girard. «A ogni modo, Davide Campari» scandisce con un accento marcato, forzatamente italiano, «hai qualche idea su cosa vorresti fare in città, a parte seguire il nostro Charles Baudelaire tra teatri e bordelli?»

«Be', non saprei... visitare il Louvre, Notre-Dame, l'Arc de Triomphe...»

«Mi sembra giusto.»

Madame Girard torna a bagnarsi le labbra con il cognac portatole in dono da Bordeaux. L'arrivo del nipote ha dato ufficialmente avvio al periodo delle feste e messo fine alla sua quaresima.

Davide teme di averla improvvisamente annoiata con quella risposta così prevedibile, ma ecco balzargli di nuovo addosso quegli occhi verdi, luciferini.

«Sai cosa diceva mio marito, dopo aver girato il globo in lungo e in largo?»

«No, signora.»

«Il mondo è abbastanza grande e vario perché tu possa trovare soddisfazione a qualunque desiderio, anche il più bizzarro. Ma se non sai cosa cerchi, vieni a Parigi.»

16

Parigi, 31 dicembre 1885

«Signore e signori, la vostra attenzione, per favore.» Il presentatore in smoking viene alla ribalta mentre le code di piuma delle ultime ballerine stanno ancora sparendo dietro il sipario. «Manca pochissimo alla mezzanotte. Perciò, procuratevi subito qualcosa da stappare.»

Nel *promenoir* del Folies Bergère, affollato come nelle grandi occasioni, si scatena la caccia ai camerieri, che si fanno sotto con carrelli carichi di glacette, da cui spuntano colli di bottiglia. Davide ed Etienne sono stati previdenti e hanno già rifornito il tavolo che, oltre a loro, ospita due cugini del ramo Girard e le rispettive mogli. Ognuno ha in mano il suo champagne e lo agita energicamente, in attesa del segnale.

«E allora tre, due, uno...»

È il putiferio. I tappi volano in aria, la schiuma schizza ovunque tra urla indemoniate e risate, mentre l'orchestra attacca il *Galop Infernal*. Davide ed Etienne, dopo essersi presi di mira con i getti delle rispettive bottiglie, bevono direttamente da quelle.

Il loro soggiorno a Parigi, finora, è stato una carambola di feste e occasioni mondane: ogni sera hanno assistito a qualche spettacolo in teatri e *café concert*, o sono stati invitati a ricevimenti in casa di amici e parenti. Madame Girard li ha viziati senza ritegno e più di una volta ha smosso le sue conoscenze pur di procurare loro i biglietti di spettacoli già esauriti o l'accesso a tesori nascosti della città. In cambio, i ragazzi le hanno tenuto compagnia in gite fuori porta a Versailles e al Bois de Boulogne, e in combattutissime partite a poker, per cui Fuselöl si è indebitato con sua nonna per i secoli a venire.

Sul palco, tutto il corpo di ballo del Folies Bergère si esibisce nel can can, incitato dal pubblico che batte le mani a tempo. Le gambe delle ballerine scattano fuori dalle sottane vaporose in perfetto sincrono, il ritmo va in crescendo fino a diventare vertiginoso. È il 1886, tutto va bene e non c'è motivo di pensare che non sarà così per sempre.

Sono le due di notte quando dalla cucina fanno uscire l'ultimo dessert: una millefoglie guarnita con crema e confettura di lamponi. Molti ospiti sono già andati via, i superstiti si aggirano nella sala malconci e assistono senza particolare entusiasmo alla coda dello spettacolo, quella riservata agli artisti meno noti. Etienne e i suoi cugini si sono trasferiti al bancone, mentre Davide – la chioma rossa scarmigliata e il papillon slacciato sul collo – è rimasto solo al tavolo. Annoiato dal prestigiatore che si sta esibendo sul palco, si concentra sulla millefoglie e ne tasta la consistenza con la forchettina. Pensa a Quintilia, si domanda cosa stia facendo e si risponde che probabilmente si diverte, dimentica di lui. Da quando è a Parigi le ha scritto diverse volte e, pur avendo archiviato la pazza idea di farle una proposta per lettera, le ha detto chiaramente che sente la sua mancanza e che non vede l'ora di rivederla. Lei continua a rispondergli ma, dopo quella timida, parziale ammissione di mesi prima, si è sempre mantenuta su toni neutri, trattenuti. Teme sia già stufa di lui e di quella loro corrispondenza.

Alla fine del numero di magia, il presentatore torna alla ribalta, a ogni apparizione un po' più stazzonato della precedente.

«E ora, signore e signori, uno degli ultimi acquisti del Folies Bergère. Una cantante giovanissima, che, ne sono certo, farà parlare di sé per la sua bravura... oltre che per la sua bellezza.»

Fischi e applausi fiacchi dal pubblico.

«Signore e signori, direttamente dall'Italia, con una selezione di canzoni napoletane, ecco a voi... Leda Baroni!»

Una decina di suonatori di mandolino si riversa sotto le luci, spingendo via il presentatore. Indossano pantaloni alla zuava e zuccotti colorati, cosa che nelle intenzioni del costumista dovrebbe identificarli come pescatori napoletani. Suonano una melodia languida, che evoca atmosfere mediterranee.

Poi, alle spalle del pubblico si alza un canto. Basso, quasi stentato.

«*Era de maggio e te cadeano nzino, a schiocche a schiocche, lli cerase rosse.*»

Tutti si voltano nella direzione da cui proviene il suono, compreso Davide, che resta con il secondo boccone di millefoglie sospeso a mezz'aria. Una silhouette femminile è comparsa nella penombra, in fondo alla sala.

«*Fresca era ll'aria e tutto llu ciardino addurava de rose a ciento passe.*»

Leda avanza allo stesso modo della sua voce: lenta, cauta. Sembra che canti per sé, come se il pubblico non esistesse. Entra nel cono di luce di una lampada, ed ecco apparire un viso dai tratti marcati, sopracciglia folte e naso a punta, appena reclinato verso le labbra, un fiore di stoffa rossa le spunta tra i capelli neri, raccolti di lato in una treccia. Cammina tra i tavoli tenendosi stretta in un lungo scialle scuro, quasi a proteggersi dagli sguardi che le si posano addosso. Sale la scalinata fino al palco e guadagna il centro della scena, proprio mentre la prima strofa finisce sfumando.

All'improvviso tutto cambia: l'orchestra si unisce ai mandolini, la canzone si apre, il ritmo si fa disteso, gioioso, Leda lancia via lo scialle e tira fuori la voce. Sonora, possente.

«*Core, core! Core mio, luntano vaje, tu me lasse e io conto ll'ore, chi sa quanno turnarraje?*»

Si dona alla platea senza più riserve e va a cercare a uno a uno gli sguardi che prima sembrava evitare, la gonna azzurra ondeggia ipnotica sotto la spinta dei fianchi come la coda di una sirena. Il pubblico le tributa un applauso e lei lo riceve allargando le braccia, a contenerlo tutto. Essere al centro dell'attenzione le dà piacere e non lo nasconde, la sua è un'affettazione sincera, una sfrontatezza che incanta.

«L'italiana ti ha già rubato il cuore?»

L'arrivo di Etienne riscuote Davide dal rapimento in cui è caduto. L'amico gli sfila di mano la forchetta e si mette a mangiare il dessert abbandonato nel piatto, lui allora gli ruba una sigaretta dalla tasca del gilet e se l'accende: alla fine si è lasciato convincere e ha cominciato a fumare. Soffiando fuori il fumo continua a tenere lo sguardo incollato sul palco.

«Effettivamente è un tipino interessante, gran bella grinta» approva Fuselöl, dedicando a Leda un'occhiata più che approfondita. «Un po' *naïve*, proprio come te. Potreste intendervela alla grande.» Gli agita la forchettina sotto il naso, prima di infilzare l'ultimo pezzo di torta. «E cosa dice la canzone?»

«Non ci capisco un accidenti, è in napoletano.»

Etienne emette una pernacchia di delusione. «Certo che siete complicati, voi italiani. Tutto quel gran bordello per fare l'unità e dopo venticinque anni non parlate ancora la stessa lingua.» Si pulisce con il tovagliolo e si alza in piedi, battendogli sulla spalla. «Ci spostiamo dai Dubois. Vuoi venire o rimani qui in contemplazione?»

«Sì che vengo.»

Etienne si avvia al guardaroba e Davide si alza a sua volta. Schiaccia il mozzicone di sigaretta nel piatto e si risistema il papillon senza fretta, giusto il tempo di riservare a Leda un ultimo sguardo, prima di rivolgerle un silenzioso addio.

17

Parigi, gennaio 1886

Montmartre è un brutto posto. Luogo di crimini e loschi traffici, patria di ladri, vagabondi e rivoluzionari. Etienne mette in guardia Davide, mentre salgono a piedi la scalinata. "*La Butte*", questa collina ripida a nord di Parigi, ancora in tempi recenti era tutta campagna, distese di vigne e qualche osteria buona per ubriacarsi a prezzi modici. Poi, una ventina di anni fa, è stata annessa alla città e allora hanno cominciato ad arrivare gli artisti, che non potevano più permettersi gli affitti dei quartieri rinnovati da Haussmann, l'urbanista di Napoleone III. E insieme agli artisti è arrivato il divertimento: caffè, bordelli e *guinguette*. Quando il quadro di vizio e perdizione è stato completo, borghesi e aristocratici sono venuti per ultimi a inzupparci il pane.

Etienne si ferma a riprendere fiato e indica a Davide il santuario del Sacré-Cœur che biancheggia in cima alla collina, in parte ancora coperto da impalcature. Per quanto grande sarà, una volta finito, non basterà mai a controbilanciare la mole di peccati che gli vengono commessi attorno.

Riprendono a salire mentre il cielo, a ovest, comincia a tingersi di rosso. "*L'heure verte*" la chiamano i parigini, l'ora dell'assenzio. E infatti, poco dopo, Davide è seduto a un tavolo del Moulin de la Galette, davanti a un bicchiere del distillato verde, a osservare alcune coppie ballare una mazurka. Ancora non ha smaltito del tutto i postumi del Capodanno e gli sono bastati pochi sorsi per raggiungere uno stato di piacevole ottundimento.

Etienne è al bancone e confabula con una ragazza: è venuto quassù con un obiettivo ben preciso e sembra prossimo a raggiungerlo. Lei annuisce, a sancire un accordo, e le piume del chiassoso cappellino ondeggiano mollemente avanti e indietro. Tornano insieme verso Davide. Vista da vicino, la presunta ragazza dimostra trentacinque anni e ha le guance di un rosso acceso, come se fosse arrivata correndo.

«Noi andiamo via» annuncia Fuselöl all'amico.

«Va bene. Io resto qui ancora un po'» risponde lui.

Etienne gli siede di fronte, con l'aria di chi ti ha fatto un regalo che aspettavi da tempo: «Lo sai? Claudette ha un'amica».

«Non mi dire.»

Claudette fa di sì con la testa, imprimendo alle piume del cappellino quel buffo movimento.

«Si chiama Isabelle, ha i capelli biondi, lunghissimi, e labbra rosse come due ciliegie.»

Davide comincia a sentirsi in trappola. Questa è la seconda volta che accompagna Etienne a donne, la precedente, però, è capitato con una polacca che gli ricordava terribilmente sua sorella Eva e con la quale – nonostante tutta la buona volontà – non è riuscito a combinare niente.

«La nostra cara Isabelle si trova in place du Tertre, al numero 23. Potresti andare a trovarla» ammicca l'amico.

«Dille che ti manda Claudette, ti farà una bella accoglienza» gli fa eco la sua complice.

«Devi solo uscire da qui, seguire rue Lepic e andare sempre dritto. Ti ritroverai giusto in piazza, non puoi sbagliare.»

«Va bene, lo farò.»

Davide acconsente sbrigativo, sperando di toglierseli di torno. Non è che voglia tenersi stretta la verginità, solo preferirebbe che l'amico non avesse fatto del "riportarlo a Bordeaux da uomo" una crociata, e non lo trattasse come un inetto. È Montmartre, se c'è qualcosa che lì non manca sono le donne a pagamento.

Ignaro di quanto il suo aiuto non sia richiesto, Etienne si alza e gli si accosta all'orecchio: «Buon divertimento, mio caro. Ci rivediamo direttamente a casa». Quindi gli sgancia uno dei suoi sorrisi "Parigi" e si allontana tenendo al braccio Claudette con affettata galanteria.

Rimasto solo, Davide si prende il suo tempo. Allunga ancora una volta l'assenzio facendo sgocciolare l'acqua sulla zolletta di zucchero e sorseggia senza fretta il latte verdastro che ne viene fuori. Andrà da questa Isabelle, e sia: non è tanto stupido da farne una questione di principio. Venire in Francia a diciotto anni e tornare vergini in Italia sarebbe proprio da imbranati, peggio, sarebbe irrispettoso: quando la donna che ami ti si concede per la prima volta si aspetta delle cose da te, ad esempio che tu ti sia premunito di un po' d'esperienza e abbia una minima idea di dove mettere le mani.

"Cara Quintilia, siccome ti rispetto e tengo alla tua felicità, oggi ho compiuto il mio dovere di uomo e sono andato con una prostituta." Davide pensa alla prossima lettera che non scriverà, mentre percorre in cerchio place du Tertre, alla ricerca del numero 23. Quel maledetto, però, non si trova. Al 22 c'è un *café* che fa angolo con una strada, attraversata la quale si finisce chissà come davanti al numero 1. È un mistero che non si spiega, a meno che Etienne e la sua nuova amica non gli abbiano fatto uno scherzo.

Sbuffa liberando dalla bocca una nuvoletta di vapore. Si è fatta sera e sulla piazza cominciano ad accendersi i lampioni, un'allegra compagnia esce dal *café* all'angolo ridendo sguaiatamente, una delle ragazze ha i capelli biondi molto lunghi, potrebbe essere la sua Isabelle, chissà. In ogni caso, è andata. A questo punto potrebbe cercare un'altra donna o, semplicemente, tornarsene a casa, magari a giocare a carte con Madame Girard.

È impegnato in questo dialogo interiore, quando s'imbatte in una figura che ha un che di familiare. Una ragazza avvolta in una pesante mantella di lana con una disordinata crocchia di capelli neri in testa, in piedi davanti a una vetrina. Dove ha già visto quel viso pieno di spigoli?

«Inutile che mi guardiate, sto aspettando un amico» lo mette in guardia lei, e lo fa in un francese un po' rude, con un marcato accento napoletano.

«Leda Baroni!» Finalmente l'agnizione.

Lei lo scruta in un misto di diffidenza e curiosità.

«Vi ho vista al veglione del Folies Bergère» spiega lui, passando all'italiano. «Mi chiamo Davide Campari, sono di Milano.»

La ragazza abbassa un poco la guardia: «Allora dovete scusarmi, è che ne girano di importuni, da queste parti».

Tira fuori una mano dalla mantella, Davide la avvicina alle labbra senza sfiorarla. Sarà l'assenzio ancora in circolo, sarà l'aria di Parigi, ma gli viene quasi spontaneo chiedere: «Posso farvi compagnia, mentre aspettate il vostro amico?». Vedendola titubante, si sente in dovere di chiarire: «Per scoraggiare eventuali importuni, ovviamente».

Ma Leda sta elaborando un pensiero suo.

«Sapete che vi dico? Non ho più voglia di aspettare. È da un'ora che sto qua davanti e *fa fridd'. Assaj.*»

Davide non è sicuro di aver capito bene.

«Quel debosciato d'un pittore prima mi implora in ginocchio di fargli da modella e poi non si presenta.»

Solo adesso il ragazzo si accorge che dietro la vetrina c'è un atelier d'artista. Tele dai colori sgargianti sono accatastate un po' ovunque e un cavalletto mezzo rotto troneggia al centro della stanza.

«Gli sarà capitato qualcosa?» prova a ipotizzare.

«Macché, sarà *juto* a ubriacarsi come al solito e si sarà scordato.» Leda si stringe nella mantella e gli fa un cenno col capo. «Qua dietro c'è un bistrot. Se mi volete tenere compagnia, meglio al caldo.»

Si avvia, certa di essere seguita. Davide è spiazzato da quei modi così diretti e vagamente soggiogato dal singolare incontro di popolare spigliatezza e regale sicumera che quella ragazza rappresenta. A ogni modo, non si sogna nemmeno di deluderla.

Il bistrot è una sorta di piccolo soggiorno con cucina annessa, scelgono il tavolo accanto alla stufa e ordinano birra e patate. Mangiano e bevono e intanto si raccontano a vicenda, come se si fossero dati appuntamento apposta per questo. Lui le parla di Milano, di suo padre, del Caffè di famiglia e dell'apprendistato a Bordeaux. Lei di Napoli, dei genitori caduti in disgrazia e dei fiori che vendeva per strada. Aveva quindici anni quando un maestro di musica la sentì intonare stornelli per attirare i passanti. Si offrì di darle lezioni di canto e lei accettò. Venne fuori che aveva talento, il maestro cominciò a farle anche da impresario e a procurarle qualche serata nei caffè del centro.

«E fu così che Leda Iannaccone diventò Leda Baroni.» Sorride. «Ma il mio impresario diceva che se volevo fare carriera sul serio dovevo per forza venire a Parigi.»

A lui piace come lei rinforza la *g* di Parigi e smorza le *r*. Lei, invece, trova buffo il modo in cui lui spalanca certe *e*. Hanno origini, storie e accenti completamente diversi, e forse non si sarebbero mai incontrati se non fossero venuti in Francia per diventare quello che hanno scelto di essere. Lui un liquorista, lei una *chanteuse*.

«Il vostro impresario non è più con voi?» Davide ha notato che ne parla al passato.

Leda abbassa lo sguardo sulla crosta di pane con cui sta giocherellando e si stringe nelle spalle.

«*L'agg' lassat.*»

Non sembra voler aggiungere altro e lui è pronto a lasciar cadere l'argomento, ma inaspettatamente lei prosegue: «Pensava di potersi prendere certe libertà dal momento che siamo partiti insieme, e forse io gliel'ho pure concesso... per un po'. Ma era diventato insopportabile, mi trattava come una sua proprietà. Così, una settimana fa, ho fatto i bagagli e me ne sono andata».

«Mi dispiace. Non deve essere stato facile per una donna ritrovarsi da sola, in un Paese straniero.»

La faccia di Leda si increspa in una smorfia che lui non sa decifrare. «Oh, sì, è stata dura assai. Essere completamente libera, andare dove mi pare, stare fuori tutte le sere e conoscere artisti di tutta Europa...» Quindi scoppia in una fragorosa risata. Attraverso la bocca spalancata, incastonata di denti bianchissimi, Davide pensa per un momento di vederle l'anima, nera e randagia.

Quando escono dal bistrot, è già notte e la temperatura è scesa ancora. Da una finestra al primo piano arriva attutita la musica di una fisarmonica, un ubriaco urla di smettere e lancia una bottiglia vuota che va a infrangersi a pochi passi da loro.

«Ti accompagno» propone Davide.

«Sei gentile» risponde lei.

Nel frattempo sono passati a darsi del tu.

«Cerco una vettura.»

«No, *jamm* a piedi. Abito a Pigalle, poco lontano.»

Discendono dalla *Butte* tra vicoli e scalinate male illuminati, lasciandosi alle spalle i locali di Montmartre. Nel silenzio della città addormentata, i loro passi sembrano risuonare in un vuoto cosmico. Camminano a lungo, fianco a fianco, senza parlare, e quando i loro sguardi s'incontrano hanno la certezza di giocare allo stesso gioco: immaginare di essere gli unici due superstiti in un mondo disabitato.

«Ecco, io sono arrivata» dice Leda, fermandosi davanti a un portone verniciato di blu.

Davide è deluso, avrebbe voluto che quell'incanto durasse ancora un po'.

«Dunque è il momento di salutarsi» temporeggia.

«Sì» risponde lei. Ma poi fa di nuovo quel rapido movimento con le spalle, come a scrollare via un problema di poco conto.

«A meno che...»

Allunga una mano e lui l'afferra. Senza dire altro, apre il portone e lo conduce su per una scalinata stretta fino all'ultimo piano, nella soffitta in cui abita. Lì lo bacia a lungo, con le labbra, con i denti, con la lingua, in un modo in cui Davide non immaginava di poter essere mai baciato, e ovunque lo tocca richiama il sangue, come se nelle mani avesse un potere da rabdomante. Poi lo spoglia e si spoglia a sua volta. La schiena sinuosa, i glutei tondi, il pelo morbido tra le gambe. Davide vacilla, arretra: una paura stupenda e terrificante, come gettarsi in mare senza saper nuotare. Ma Leda lo attira a sé con una forza dolcissima e, mentre si immerge dentro di lei, lui si lava, strato dopo strato, di quello che pensa, di quello che sa, di quello che ha sempre creduto di essere.

Quella notte, in quella soffitta di Pigalle, non c'è più casa, non c'è più Milano, non ci sono più la famiglia e le responsabilità a cui è chiamato. Non c'è più nemmeno Tilia. Solo lui e Leda, e la voglia devastante di liquefarsi in lei. Quella notte, in quella soffitta di Pigalle, Davide si perde e diventa finalmente un uomo.

18

«Insomma, hai deciso.»

Il tono di Etienne è più incredulo che contrariato. Nel salone di casa Girard, Joseph serve il caffè muovendosi come un'ombra, poi si defila silenziosamente.

Davide fa un po' fatica a sostenere lo sguardo dell'amico e insiste a girare il cucchiaino nella tazzina, anche se lo zucchero si è sciolto da un pezzo.

«Scriverò a Monsieur Jourde per ringraziarlo ancora dell'ospitalità e di tutto quello che mi ha insegnato. Intanto, ti prego di portargli i miei saluti, quando lo rivedrai.» Le parole vengono fuori scandite e misurate, fin troppo: sono una barriera ordinata dietro la quale nascondere la confusione dei sentimenti. Le vacanze a Parigi sono finite e lui dovrebbe rientrare a Bordeaux con Etienne, passare ancora un mese dai Jourde e poi tornare a casa. Ma non farà niente di tutto questo: dopo quella notte con Leda ce n'è stata un'altra e poi un'altra ancora, fino a quando, al momento di ripartire, si è accorto di non essere ancora pronto a fare a meno di lei.

«E a tua madre cosa scriverai? A chi ti aspetta a Milano?»

Fuselöl non gli risparmia colpi bassi. Innamorarsi di una soubrette e mandare a monte tutti i programmi per stare con lei gli pare una totale pazzia, un'ingenuità da provinciale, e gliel'ha detto chiaro e tondo. La sua ragionevolezza, però, si scontra con l'ottuso sentimentalismo dell'amico.

«Li avviserò che resto ancora per qualche tempo a Parigi, senza entrare nei dettagli. Per ora non serve che sappiano. Poi vedremo...»

«Cristo santo, Campari!» Etienne si preme una mano sulla faccia deformandone i lineamenti. «Possibile che tu sia un tale disastro? Mi sento responsabile per te!»

«Responsabile... tu?» Davide sorride beffardo. «All'improvviso i ruoli si sono invertiti, tra noi.»

«Appunto! Ti pare che debba essere io a riportarti sulla retta via? Questa cosa sarebbe troppo sciocca perfino per uno come me. Come pensi di sopravvivere, tu? Ti farai mantenere insieme alla tua amante da *maman*? O farete vita da *bohémien* e ti manterrà la tua Leda?»

In realtà Davide non è arrivato così in là con le previsioni, e il fatto che Fuselöl lo costringa ad allargare la prospettiva, a considerare le conseguenze, quasi lo indispone. Sta facendo una sciocchezza, una parte di lui lo sa bene. Annullare la partenza significa venire meno agli impegni presi con la famiglia, deludere tutti e perfino rinunciare alle proprie ambizioni: è una cosa che non avrebbe mai pensato di fare. Ma per una volta nella vita – per la prima, in verità – vuole essere libero. Libero di sbagliare, di deviare dalla via precostituita, di tradire anche se stesso. È stata Leda a ispirargli questo coraggio, con la sua spontaneità, con il suo anticonformismo, con la malia irresistibile della sua carne.

«Ascolta. Io non lo so come andranno le cose» dice all'amico, stavolta guardandolo negli occhi. «So solo che voglio stare con Leda e che lei vuole stare con me. Credi che non mi sia già ripetuto, mille volte, tutte le ragioni per cui non dovrei rimanere? Non serve a niente, non cambio idea: so che sto sbagliando e non posso farne a meno, tu dovresti sapere cosa significa.»

Etienne lo soppesa a lungo, in silenzio. Davide è disarmante nel suo essere completamente privo di strategia e, forse, in fondo, la sua determinazione è meno granitica di quello che vuole mostrare. Ma sbriciolarla pezzo per pezzo non è un compito di cui vuole farsi carico, e poi non è nemmeno così sicuro che essere salvato da un errore sia quello che serve al suo amico.

«E va bene, basta» si arrende, sollevando teatralmente le braccia in segno di sconfitta. «Mi sono già stufato di stare qui a farti la predica. Se hai deciso, così sia. Però lascia che ti dica una cosa...» Agita il dito in aria con la gravità di un profeta biblico pronto a lanciare un anatema. «Mi mancherai, Campari» dice invece. «Cavolo se mi mancherai.»

Dopo la colazione, Davide sale in camera a raccogliere la sua roba; quel che è rimasto a Bordeaux glielo spedirà Etienne, non appena farà ritorno. Prima di andare via, passa a ringraziare Madame Girard, che reagisce alla notizia della sua permanenza a Parigi con molta meno enfasi del nipote.

«Mio caro, ovunque tu stia andando, buona fortuna. E, per favore, non diamo eccessiva solennità alla cosa: sei troppo giovane perché qualunque meta possa considerarsi definitiva.»

Etienne accompagna Davide fino in strada, dove lo attende una vettura. Il suo sorriso è in una versione insolitamente triste.

«Avevo giurato che ti avrei riportato da uomo a Bordeaux, e invece...»

«Tutto pur di non darti soddisfazione.»

Davide allunga una mano. Etienne gliela stringe, ma poi la stretta diventa un abbraccio.

«Arrivederci, Campari.»

Poco dopo, Davide è davanti al portone blu con due valigie in mano e lotta disperatamente con un pensiero che non riesce più a tenere a bada.

Quintilia.

Il solo nominarla, dentro di sé, fa male. Un malessere subdolo, un infiacchimento improvviso alle gambe. Dov'è finito tutto l'amore che provava per lei? Non può dire che non ci sia ancora, da qualche parte, ma d'un tratto ne ha perso il filo, come in un discorso interrotto. Sarà che Tilia adesso è lontana e in qualche modo lo è sempre stata, mentre Leda è vicina, reale, e lo sta aspettando. Sarà che lui non è la persona retta e coerente che gli sarebbe piaciuto credere.

Preso atto di questo, non resta che caricarsi i bagagli in spalla, insieme al senso di colpa, al disprezzo di sé e alla paura, varcare quel portone e salire fino all'ultimo piano.

In quella soffitta dove Leda lo accoglie con un abbraccio avvolgente.

«Eccoti, finalmente.»

Davide si libera dei pesi e riceve il suo bacio a occhi aperti, per non perderla di vista nemmeno un istante. Ha i capelli sciolti sulle spalle e il loro odore si spande attorno. Selvatico e un po' acre.

«Allora, l'hai salutato il tuo amico?»

«Sì.»

E ha voltato le spalle a tutto ciò che credeva fosse la sua vita.

«Sei triste?»

«No. Credo di essere felice, invece.»

Leda posa la testa sul suo petto e lo stringe fortissimo, quasi a fargli male. Poi gli avvicina le labbra all'orecchio.

«Io non sono tua e non lo sarò mai. *Nun t' 'o scurda'*, Davide Campari.»

19

Parigi, febbraio 1886

Dunque, ha messo da parte tutto per lei: la donna che pensava di amare, i progetti, la famiglia. Tutto, in cambio di niente. Leda è stata chiara fin da subito: il matrimonio, le convenzioni borghesi non fanno per lei. Ha scelto una vita d'artista e l'ha fatto lucidamente, con una determinazione leonina, accettando di pagare ogni singola voce del conto: il disprezzo dei genitori, le botte dei fratelli, la solitudine, le umiliazioni. Quando, tre mesi prima, il suo impresario le ha proposto di andare a Parigi, sapeva che sarebbe stato un viaggio senza ritorno. Partire con un uomo sposato a fare la sciantosa: lo stesso che prostituirsi, un disonore per la famiglia, meglio saperla morta, piuttosto. Così, con l'anima schiantata e qualche livido addosso, si è lasciata genitori e fratelli alle spalle. Per sempre. E quando il suo impresario ha attentato a quella libertà pagata a così caro prezzo, si è lasciata alle spalle anche lui.

Nessuno ti dà il permesso di essere un'artista, nessuno ti vuole veramente libera, e allora devi essere pronta a difenderti, a infilare coltelli nei cuori di coloro che dicono di amarti.

Leda si lascia accarezzare i capelli, distesa sul letto, tra le braccia di Davide. Ha deciso che poteva fidarsi pochi istanti dopo averlo incontrato, perché in lui ha visto un'inquietudine che conosce bene, la sua stessa fame di vita, e un sorriso buono. Dopo giorni passati insieme, felici come bambini, sa di non essersi sbagliata: lui l'ha conosciuta per quello che è e ha scelto di amarla lo stesso. L'ha addomesticata con la sua tenerezza.

Davide affonda il naso tra i capelli di Leda e si domanda a cosa stia pensando in questo preciso momento, se è già scappata o se è ancora lì con lui. Lo fa spesso: andare via con la mente, come se una sola realtà non le bastasse e vivesse, nella sua testa, vite parallele. Non riesce mai a trattenerla, ad averla tutta per sé. Però è meraviglioso vederla andare via e poi tornare sempre, come poco fa: è rientrata dal Folies Bergère direttamente con gli abiti di scena ed è venuta ad accucciarglisi contro. Gli si è infilata a forza tra le braccia, come un gatto in cerca di calore. Respira a fondo, adesso, forse dorme.

Ha messo da parte ogni cosa, per lei, ma va bene. Si è preso ciò che voleva e a quello che ha perso penserà in un altro momento.

20

La scala che porta al laboratorio è buia e stretta. Davide scende con cautela i gradini, uno dopo l'altro: perfino i suoi piedi di bambino ci stanno a malapena. Arrivato in fondo, spinge la porta ed entra all'interno. Nella penombra che avvolge l'ambiente, ogni cosa sembra animata da un misterioso alito di vita. Su una fila di mensole se ne stanno appollaiati vasi di vetro con le pance imbottite di erbe, fiori e bucce d'agrumi, sotto di loro una bagarre di barattoli di spezie che si accalcano uno sull'altro alla ricerca di spazio, e poi mestoli, catini e setacci che si dondolano dai ganci, mentre a terra pascola una mandria ordinata di fusti di latta e botti di legno. In un angolo sonnecchia un grosso alambicco di rame: un pacifico, caldo animale a due ventri, che stilla liquido trasparente da un tubicino infilzato nel fianco.

Davide avanza nel laboratorio, attento a non fare rumore. Suo padre non si è ancora accorto della sua presenza, è intento ad assaggiare una miscela rossastra da un bicchierino di vetro, a ogni sorso la rimira e si liscia la barba caprina. Lui ne approfitta per avvicinarsi al tavolo. Fa correre le dita sugli oggetti che ci trova sopra, riconosce lo zucchero in un barattolo di vetro, ci infila dentro l'indice e lo succhia, emettendo uno schiocco.

È a quel punto che Gaspare si volta.

«Che ci fai tu qui?» gli domanda, aggrottando la fronte.

Davide tira fuori il petto. «Sono venuto ad aiutarti, papà.»

«Ad aiutarmi?»

«Voglio fare quello che fai tu. Voglio essere come te.»

Le labbra dell'uomo si piegano in una smorfia di sufficienza.

«Non c'è niente da fare per te, qui, figliolo. Questo non è il tuo posto.»

Sotto il peso di quelle parole Davide si fa piccolo, insignificante, mentre il corpo di Gaspare si espande fino ad assumere proporzioni enormi, titaniche. D'un tratto, il laboratorio attorno perde la sua aura benevola e gli oggetti che sembravano animati da un magico soffio si trasformano in ombre ostili e inquietanti.

Nel silenzio raggelato che rimane, le gocce che cadono dall'alambicco fanno un rumore assordante.

21

Parigi, marzo 1886

La pioggia che batte contro il vetro del lucernario sveglia Davide in un'uggiosa mattina di marzo. Dietro le nuvole scure, il sole deve essere già alto: la soffitta è inondata da un'incerta luce grigia, che non riesce del tutto a illuminarla.

Leda dorme ancora, voltata su un fianco. Sono andati a letto tardi: lei era impegnata in uno spettacolo, come quasi tutte le sere, e da qualche tempo anche Davide si è messo a lavorare, per non stare con le mani in mano e non dover chiedere soldi a casa. Sono settimane che non scrive a sua madre.

Trovare impiego in un caffè di Pigalle è stato abbastanza facile. L'esperienza in fatto di liquori gli ha guadagnato da subito la simpatia del gestore, che ha delegato a lui parecchie mansioni. Si trova ancora a proprio agio dietro a un bancone o nel retrobottega di una bottiglieria.

Leda si muove piano, si sta svegliando. Davide l'aspetta nel suo lato del letto: in genere, appena apre gli occhi, viene a cercare un bacio e poi finisce che fanno l'amore. Ma stavolta lei sguscia via dalle coperte e senza dire niente si infila in bagno. È ancora di cattivo umore, dunque.

Ieri sera non era in forma a causa di un'infezione alla gola e lo spettacolo ne ha risentito, gli spettatori non sono stati calorosi come al solito, perciò è tornata a casa nervosa, cupa, e si è chiusa in uno dei suoi silenzi. Davide ha imparato presto che l'umore di Leda cambia in base alla riuscita delle sue esibizioni o, meglio, all'approvazione del pubblico. Basta una serata meno trionfale delle altre o un applauso un po' meno sentito a mandarla in crisi. Allora, tutto diventa *una munnezza*. Lei, lo spettacolo... una disfatta totale. All'inizio, cercava di rassicurarla argomentando che una giornata storta può capitare a chiunque e che non basta una *défaillance* a compromettere la carriera di un'artista. Ma si è accorto che non serviva a molto. Così, adesso, lascia che si sfoghi, aspetta che passi lo scroscio di pioggia.

Esce dal bagno già vestita, con i capelli raccolti sulla nuca, e va diretta in cucina. Attraverso le porte aperte, Davide la sente mettere un bricco sul fornello per scaldare il latte e poi aprire e chiudere nervosamente gli sportelli della credenza.

«Se cerchi il miele, è sulla mensola accanto alla finestra!» le grida dal letto, mentre si accende una sigaretta.

Dalla cucina non arriva nessuna risposta. Finito di fumare, Davide si alza e si veste per uscire. Sono in ritardo con l'affitto e bisogna assolutamente rimediare, se non vogliono che la padrona di casa colga l'occasione per sbatterli fuori: da quando si è accorta che non hanno la fede al dito, quella donnina pia ha preso a guardarli come due criminali.

Entra in cucina finendo di abbottonarsi il colletto, apre uno stipo e tira giù il barattolo in cui sono conservati i loro risparmi. Quando si volta, però, si accorge di una lettera aperta in bella mostra sul tavolo. Ne riconosce subito la grafia: è di Quintilia.

«Dove l'hai trovata?» domanda, prendendola in mano. Leda lo aspetta al varco, a braccia conserte.

«*Adda* esser cascata dalla tasca.» Accenna con la testa all'appendiabiti seppellito sotto una montagna di stracci, all'ingresso.

«Cascata...» ribadisce Davide, scettico.

Sono due giorni che ha ricevuto quella lettera, Madame Girard gli inoltra gentilmente la posta che arriva ancora al suo indirizzo, l'ultimo che Davide ha fornito ad amici e parenti. In poche righe Quintilia gli chiede come mai abbia smesso di scriverle, si augura che lui stia bene e poi, in tono pacato ma definitivo, dichiara l'intenzione di interrompere una corrispondenza che ormai è a senso unico. Quella è l'ultima missiva che riceve da lei, forse per questo l'ha tenuta in tasca tutto quel tempo.

«Se ti interessa saperlo, non le ho risposto e non ho intenzione di farlo» si giustifica, rimettendo il foglio sul tavolo. Non che la cosa lo renda orgoglioso.

«Però vi siete scritti, e assai. Si capisce da quello che si legge.»

«Sì, è così. Ma ho smesso quando ti ho conosciuta. E comunque non avresti dovuto leggerla.»

«Perdonami se mi faccio i fatti tuoi. È che pensavo che non tenevi *secreti* e invece scopro che li tieni eccome.»

Davide trova paradossali quelle accuse – semmai è a Tilia che dovrebbe delle spiegazioni, è lei che ha deluso, è lei che ha abbandonato – e gli sembra assurdo doversene difendere.

«Io non ho nessun segreto, e direi di chiudere qui il discorso» prova a troncare, cercando di contenere l'irritazione.

«Certo, perché non ti fa comodo. Ipocrita!» Leda non molla la presa e alla fine lui cede al suo bisogno di litigare.

«Di' un po': passi tutte le notti fuori, per teatri e cabaret, io non so dove sei o con chi sei, e ora vieni a rinfacciarmi una lettera! E tutti i bei discorsi sull'essere liberi dove sono finiti?»

La ragazza si morde le labbra, a corto di risposte, poi all'improvviso appallottola il foglio e glielo lancia contro.

«Andiamo!» la incalza lui. «Chi è l'ipocrita qui?»

Ma lei ha già raggiunto l'ingresso, con gesti frenetici calza gli stivaletti e si getta la mantella sulle spalle, quindi esce di casa sbattendo la porta.

Davide non prova nemmeno a rincorrerla. Quando è di cattivo umore, Leda diventa litigiosa, non è la prima volta che accade, e ultimamente succede sempre più spesso. Raccoglie la lettera da terra e ne liscia le pieghe, in un inutile tentativo di riparazione.

Quintilia non merita i suoi silenzi e lui ha provato qualche volta a risponderle, ma proprio non riesce a trovare parole che non lo facciano vergognare di sé.

Esce a saldare l'affitto, e quando rientra la casa è ancora vuota. Si mette a fumare alla finestra, guardando i tetti all'esterno. Nel giro di un'ora, su Parigi si avvicendano tutte le condizioni meteorologiche: pioggia, poi sole, poi vento, poi di nuovo pioggia. Nel silenzio della mente, il sogno di quella notte torna a fargli visita. Da quando è morto, è la prima volta che sogna suo padre. O forse era un ricordo?

È alla quinta sigaretta della mattinata, quando sente dei rumori alla porta. Va ad aprire e si ritrova davanti Leda. Ha i vestiti fradici e la faccia contrita. «Ho dimenticato le chiavi» mormora a mezza bocca.

«E anche l'ombrello» aggiunge lui.

Quindi la tira dentro e l'aiuta a spogliarsi, un indumento dopo l'altro, senza fermarsi. Lei gli getta le braccia al collo e in un attimo sono di nuovo sotto le lenzuola.

Il secondo risveglio della giornata avviene quando è ormai pomeriggio. Correndo mano nella mano, Davide e Leda riescono a prendere al volo un omnibus per la Rive Gauche, poi proseguono a piedi fino al Jardin du Luxembourg. Ha smesso di piovere, e i nuvoloni che stazionano in cielo proiettano sul parco uno scenografico gioco di luci. I *flâneurs* della domenica hanno sfidato il tempo incerto per uscire all'aria aperta e la ghiaia dei viali scricchiola allegramente sotto le loro scarpe eleganti.

Ai due amanti piace di tanto in tanto infiltrarsi da clandestini tra i borghesi dei quartieri alti. Lui si è fatto crescere barba e basette – per sembrare più uomo e perché Leda adora il colore rosso della sua peluria – e indossa pantaloni di lana, redingote e bombetta. Lei ha un cappottino con il collo di pelliccia che resta aperto sul davanti, a svelare le decorazioni di nappe e nastrini della gonna. Cosa piuttosto rara, indossa un cappellino, accessorio che mette sempre a dura prova la sua pazienza, e sotto braccio tiene l'ombrello chiuso. Potrebbero passare per una giovane coppia di sposi, a patto di non notare l'assenza di anelli alle loro dita.

Leda, però, è ancora stranamente silenziosa. Di solito, dopo aver fatto pace, tutto torna come prima e lei recupera il buon umore. Ma non stavolta.

«Sei ancora arrabbiata?» le chiede Davide.

Lei continua a scuotere la testa. In effetti sembra più avvilita che arrabbiata e i sorrisi che si sforza di fare non riescono davvero a bucare la cortina di nubi che le oscura il volto.

Rientrano a casa che è già sera, il portiere li intercetta nell'androne del palazzo, prima che imbocchino le scale.

«Monsieur Campari, scusate, c'è una visita per voi.»

Davide aggrotta la fronte, sorpreso.

«È arrivato un'ora fa, ma voi eravate fuori, quindi l'ho fatto entrare da me.»

Così dicendo, fa segno di seguirlo verso il suo alloggio, ma una figura familiare compare in quel momento nell'androne. A Davide si ferma il cuore d'un colpo.

«Guido!»

22

Prima gli abbracci, commossi fino alle lacrime. Poi le domande preoccupate, pressanti: cosa ci fa a Parigi? È arrivato fin lì da solo? E la mamma lo sa?

Seduto su una sedia come per un interrogatorio, con ancora indosso il cappotto e il berretto in mano, Guido si guarda intorno e studia quella che, a quanto pare, è ora la casa di suo fratello. Il mobilio antiquato, gli abiti di scena appesi un po' ovunque, i fiori appassiti nei vasi, la carta da parati scollata in alcuni punti. E poi quella ragazza che, nella minuscola cucina, finge di essere indaffarata per rendersi invisibile.

Davide vede tutto con gli occhi di suo fratello e capisce quanto tutto gli sia incomprensibile. «Guido, rispondi, per favore!»

«E va bene. La mamma non era d'accordo che io venissi, è stata un'idea mia» ammette lui, imbronciato.

«Vuoi dire che sei scappato?»

Silenzio.

«Guido!»

«Le ho lasciato un biglietto, però!»

Davide cammina avanti e indietro, imprecando tra i denti.

«Non sono uno sprovveduto, cosa credi?» rivendica il ragazzo. «Avevo dei soldi da parte, ho usato quelli. Per risparmiare, alla Stazione Centrale ci sono andato a piedi. E poi ho chiesto in biglietteria quando partiva il primo treno per Parigi... Non è mica vietato prendere un treno. Ho quattordici anni, non sono un bambino!»

«Ma venire da solo fin qui! Cosa ti dice la testa?»

«Cos'altro dovevo fare?» Anche Guido alza la voce, al pari di Davide. «Ci hai scritto quelle lettere striminzite e poi più niente, sei sparito. Io voglio sapere perché mio fratello non torna a casa!»

I suoi occhi, così simili a quelli di Gaspare, sono fucili puntati contro, e Davide si ritrova da accusatore ad accusato.

«Non sono spiegazioni che devo dare a te.»

«E allora vieni a darle alla mamma, le spiegazioni. Lei ne ha diritto, no? Prima Giuseppe, adesso tu. Cos'avete tutti, che continuate ad abbandonarla?»

Guido si atteggia a protettore della famiglia, a uomo di casa, un ruolo decisamente troppo grande per lui, ma che ha ritenuto di dover occupare dal momento che qualcun altro l'ha lasciato vacante.

«Venite a mangiare qualcosa. Poi continuate a parlare.»

Leda è comparsa all'improvviso sulla soglia, a imporre una tregua. Davide la guarda con riconoscenza, poi fa un cenno a Guido: «Togliti il cappotto e vai a lavarti le mani. Il bagno è da quella parte». Quasi senza rendersene conto, ha recuperato un tono autoritario, da fratello maggiore, e l'altro automaticamente è scattato in piedi per obbedire all'ordine.

Dopo una cena a base di pane e formaggio, consumata per lo più in silenzio, e dopo aver sistemato Guido sul divano, Davide e Leda si ritrovano soli in camera da letto.

«Domani parto. Lo riporto a Milano.»

Davide parla sottovoce, per non svegliare il fratello che dorme oltre la parete sottile. È seduto sul letto in pantaloni e camicia, ha le bretelle abbassate sui fianchi. Da che Guido è arrivato, un'incredibile spossatezza si è impadronita di lui.

Leda si sta sciogliendo i capelli, seduta davanti allo specchio.

«No» gli dice, continuando a togliere le ultime forcine.

Davide insiste: «Si tratta solo di qualche giorno».

«Non è questo.» Si volta verso di lui con gli occhi rossi. «Puoi anche *nun turna' propio*.»

Davide scuote la testa interdetto, crede di aver capito male.

«Vuoi dirmi che *nun ce mai penzat*?» lo interroga lei. «Sarebbe la cosa più giusta da fare. Tornare da tua madre e dai tuoi fratelli, dov'è il tuo posto.»

Le parole di Gaspare, nel sogno, gli fanno eco nella mente, uguali e contrarie: *questo non è il tuo posto*. Non Milano, nella casa del padre, non Parigi, accanto a Leda: non c'è più un luogo al quale senta di appartenere davvero. È scappato dall'uno senza davvero scegliere l'altro e il risultato è che è rimasto in bilico tra due esistenze.

«Io voglio stare con te.» È questa la sua unica certezza, ora, l'ultimo disperato tentativo di tenere in piedi un'illusione.

«E va bene» sospira Leda, con l'aria di chi è costretta a una grave risoluzione.

Si alza, apre un cassetto e ne tira fuori dei fogli stampati. Glieli porge chiedendo di leggerli. È un contratto per la stagione estiva a San Pietroburgo, da giugno a settembre, con la possibilità di prolungarlo fino a Natale. In calce c'è già la firma dell'impresario russo, manca solo la sua.

«Capisci, *mo'*?» dice a Davide, sedendogli accanto.

Lui ripercorre a ritroso la giornata appena trascorsa e dà un nuovo senso a tutto: la gelosia di lei, il suo nervosismo, la sua tristezza. E l'illusione gli crolla addosso d'un colpo.

«Avevi già deciso, dunque.»

«Erano giorni che cercavo il modo di dirtelo.» Leda abbozza un sorriso mesto, che chiede indulgenza. «E siccome non ci riuscivo, mi veniva più facile *'e m'appiceca'*. Ho provato a rovinare tutto perché pensavo che ci faceva patire di meno.»

Da qualche parte dentro di loro sapevano che il momento di dirsi addio sarebbe arrivato, ma nessuno dei due aveva voluto pensarci davvero, nessuno dei due si era spinto a immaginare come sarebbe avvenuto. È stato Guido a farlo diventare improvvisamente vero.

Leda prende la mano di Davide e se la porta in grembo.

«Lo so che pure a te *t' manca caccosa*. Quello che avevi là... Ogni tanto ti sento parlare nel sonno, sai? Anche stanotte.»

Una lacrima le scivola lungo la guancia e atterra sulle nocche di lui. È calda, in contrasto col freddo che sente montare dentro.

«Non mi lasciare, Leda.»

Le ha detto così anche la prima notte che hanno passato insieme, e allora lei l'ha tenuto con sé. Stavolta, però, sanno entrambi che sarà diverso.

23

Milano, marzo 1886

Tornare a Milano è un viaggio straniante. Mentre il brum trainato da un cavallo percorre il tragitto dalla Stazione Centrale a piazza del Duomo, Davide osserva la città immersa nel crepuscolo e la trova aliena e familiare allo stesso tempo. Essere di nuovo tra quelle strade, tra quei palazzi, lo fa sentire fuori asse, dislocato, come se, invece che sei mesi, avesse trascorso un'intera vita altrove. E forse sarebbe perfino bello sentirsi così, non fosse che per tornare ha dovuto strapparsi via un pezzo, come fanno certi animali per sfuggire alla tagliola.

Guido lo osserva dal sedile di fronte con l'incredula felicità di chi si è aggiudicato un premio inaspettato: non sperava davvero di riuscire a riportare indietro suo fratello.

«La mamma sarà felicissima, quando ti vedrà» cerca di incoraggiarlo.

Sa che quel ritorno gli è costato parecchio: lui e quella ragazza piangevano e si asciugavano le lacrime a vicenda, mentre si salutavano.

Davide annuisce distratto e continua a tenere lo sguardo fuori dal finestrino.

«Ce l'hai con me, vero? È da quando siamo partiti che non dici una parola.»

Si costringe a guardarlo. Suo fratello è cresciuto in questi mesi: ha rimpolpato la muscolatura e le ossa del viso si sono allargate dando definizione alla mandibola. Ma anche se si sente grande e padrone del mondo – soprattutto dopo quel viaggio da solo – è ancora un ragazzino.

«Non ce l'ho con te. Tu non hai colpa di niente.»

Ancora un silenzio, poi Guido ci riprova: «Forse un giorno la rivedrai. Leda».

«No, non credo. E preferirei che non ne parlassimo più, d'ora in poi.»

«Va bene. Te lo prometto.»

Di fronte al portone di casa, Guido suona il campanello e si mette davanti a Davide. È meglio che la mamma veda lui, per primo.

La porta si apre dopo qualche secondo.

«Guido! Che Iddio sia lodato!»

Letizia allunga le mani verso il figlio, impaziente di riaverlo tra le braccia. Se lo stringe addosso piangendo.

«Non farmelo più, capito? Non farmi mai più una cosa del genere. Non sai quanto mi hai fatto penare, *che te vegniss ón accident*!»

Ma il suo sguardo, oltre la spalla dell'ultimogenito, ha già captato un'altra presenza. Guido si scosta, per permettere l'incontro.

Madre e figlio sono l'uno di fronte all'altra, adesso.

«Buonasera, mamma.» Le parole grattano in gola come fossero di metallo.

Lei è vigile, guardinga. Sulla faccia porta tutta la rabbia che ha provato nei confronti di quel figlio, la delusione, la speranza di vederlo tornare. Prima di ogni cosa deve sapere: «Sei qui per restare?».

«Sì.»

Letizia fa un sospiro ed è come se d'un tratto si allentasse una morsa che le stritolava il petto. Resta inerme, con le braccia abbandonate lungo i fianchi, davanti al carnefice che l'ha appena liberata dal supplizio.

«Vieni, entra.»

Davide rimette piede in casa accettando quell'accoglienza fredda, ma già lungo il corridoio gli si fanno incontro i sorrisi delle sorelle. Antonietta ed Eva sono venute in visita con le rispettive famiglie per portare conforto alla madre preoccupata per Guido e non potevano aspettarsi niente di meglio, stasera, che assistere al ritorno di entrambi i fratelli. Antonietta è in dolce attesa, Davide ne era stato informato per lettera, ma ora la sua pancia che gli preme addosso, mentre lo bacia e lo abbraccia, è una commovente sorpresa.

Liberati dai bagagli e dai soprabiti, i due giovani vengono scortati in sala da pranzo, dove Carlo e Giovanni, i cognati, si alzano da tavola per stringere loro la mano. C'è anche il piccolo Alberto, di cinque mesi, che piange disperato perché è stato svegliato dal trambusto e viene subito consegnato alla mamma perché lo consoli. Paradossalmente, le sue urla aggiungono allegria alla confusione. Davide lo vede ora per la prima volta – Eva ha partorito poco dopo la sua partenza – e quella nuova presenza, più di ogni altra cosa, gli dà la misura del tempo trascorso lontano da casa.

Il ritorno dei due figlioli prodighi ha sorpreso la famiglia, che aveva appena cominciato a cenare. Letizia ordina alla Celestina, anche lei felice di rivedere i ragazzi, di aggiungere due coperti, e in un attimo sono tutti seduti attorno al tavolo. Davide occupa il posto che era di Gaspare, a capotavola, mangia pochissimo perché ha lo stomaco chiuso e intanto osserva il clan ingrandito dei Campari. Lo sforzo che sorelle e cognati stanno sostenendo per animare una conversazione che sia il più innocua possibile ha un che di eroico. Gli rivolgono domande mirate sulla Francia, sul suo apprendistato a Bordeaux ed evitano accuratamente di nominare Parigi o dall'indagare il motivo che l'ha trattenuto oltre il previsto. Forse possono intuirlo – in fondo, il nuovo capofamiglia è pur sempre un ragazzo con sangue caldo nelle vene – ma sono pronti a passare oltre, a perdonare. Un colpo di testa, un errore di gioventù, una deviazione di percorso. Qualcosa di cui è meglio non parlare, per una questione di tatto. Da oggi in poi, Davide dovrà abituarsi all'idea che questo e nient'altro sia, agli occhi del mondo, l'amore che l'ha trasformato.

La mattina seguente, svegliarsi nel suo letto gli provoca una vertigine di disorientamento. Si tira su a fatica, provato da una notte insonne, e si mette a sedere continuando a ricomporre i pezzi nella mente. Guido si è trasferito da tempo nella stanza che era di Giuseppe, e il suo letto è intatto. A parte questo, tutto lì è rimasto identico. Gli abiti nell'armadio sono piegati e ordinati, e profumano come se fossero stati lavati e inamidati di recente.

Dopo una rapida colazione, circondato dalle premure della Celestina, Davide esce di casa. Alla luce del giorno, Milano mostra un volto più bonario, più vivace rispetto alla sera precedente. La piazza brulica di pedoni indaffarati, le carrozze ne percorrono il perimetro con fracasso di zoccoli e ruote sul selciato, uno strillone urla ai quattro venti i titoli del «Corriere della Sera» – «Agitazione degli studenti delle università a Roma! Inglesi attaccati in Sudan!» –, mentre gli operai si chiamano da una parte all'altra di un cantiere. Dall'alto del Duomo, la Madonnina veglia su quel moto operoso e perpetuo, silenziosa destinataria delle giaculatorie di qualche passante meno distratto.

Davide spinge la porta del Caffè e il trillo del campanello annuncia il suo arrivo in una sala semivuota: ci sono ancora pochi clienti seduti ai tavoli. Maruchèt lo vede per primo e lo saluta con affettuosa reverenza: «Bentornato al *sciur parùn*».

Gli stringe la mano con un piccolo inchino e il suo sorriso zingaro è per Davide un altro assaggio di casa.

A quell'ora del mattino, il sole si riflette sullo specchio che fa da sfondo agli scaffali delle bottiglie, dietro al bancone, e diffonde intorno una luce soffusa, quasi mistica. Dalla cucina arrivano attutiti i rumori delle stoviglie e le voci del personale. Gli è sempre piaciuto quel momento della giornata, prima che arrivi la ressa dei clienti.

«Ben svegliato!»

Guido, in pantaloni neri e giacca bianca, i capelli ben tirati all'indietro, entra nel Caffè portando una cassetta di legno coperta da un panno bianco. Il profumo delle michette raggiunge Davide prima ancora che suo fratello ne scopra il contenuto: il pane ha un odore diverso, in Francia.

«Come mai qui? Non hai scuola?» gli domanda.

«Vado tra poco» risponde lui, iniziando a riempire i cestini portapane. «La mamma aveva bisogno di una mano, prima.»

«Dov'è adesso?»

«È andata da Perego. C'erano dei conti da rivedere.»

Davide non può fare a meno di pensare che sia stata una mossa studiata per non incontrarlo, per rimandare i conti che, invece, ha in sospeso con lui.

L'arrivo di due avventori richiama la loro attenzione: una coppia decisamente male assortita, almeno a prima vista. Lei una bellezza slava, minuta, raffinata nell'abbigliamento, lui corporatura robusta, carnagione e capelli scuri e un'eleganza tutt'altro che impeccabile. Guido molla le michette all'istante e va loro incontro, salutandoli con la familiarità e il riguardo che si riservano ai clienti abituali.

«Buongiorno, signora Kuliscioff. Signor Turati...»

I due rispondono con cordialità, ma, appena preso posto a un tavolo, si reimmergono nei loro discorsi. Davide è certo di aver già visto la faccia dell'uomo, mentre ignora completamente chi sia la donna. Ma quello che nota sopra ogni altra cosa è l'inedita professionalità di suo fratello: la discreta confidenza con cui si rivolge ai due, la distanza rispettosa che mantiene tra sé e loro, pur restando pronto a scostare la sedia alla signora o a prenderle il soprabito, i gesti sicuri e leggiadri con cui apparecchia la tavola. È perfettamente padrone della situazione, Guido. In questi mesi Letizia deve avergli fatto scuola.

Davide ne approfitta per defilarsi e andare nel posto che, più di tutti, lo richiama a sé. Prima quel caratteristico odore di spezie, unito al legno dei mobili e a un sottofondo di muffe. Poi lo scatto dell'interruttore, e il laboratorio gli si materializza davanti, non molto diverso da come lo aveva rivisto in sogno. Tutto tace, all'apparenza, ma lui ormai conosce la vita segreta dei liquori, sa il lavorio sotterraneo e incessante di liquidi che si trasformano, di vapori che si liberano, di molecole che si separano e si uniscono, gli sembra quasi di poterlo percepire nel silenzio. È una musica che ha ascoltato sin da bambino e di cui ora padroneggia il linguaggio e le regole, ma che non riesce più a emozionarlo.

In un angolo, un fusto di latta reca la scritta BITTER. È la grafia di sua madre, molto più lineare e sbrigativa di quella di suo padre. Ne solleva il coperchio, un effluvio di erbe aromatiche, pompelmo e arancia gli sale alle narici, ci intinge un dito dentro e lo porta alla bocca. Odori e sapori archetipici, doloroso senso d'appartenenza.

Un rumore di passi arriva dalle scale, una cadenza che Davide riconoscerebbe tra mille: Letizia. Ma è più lenta del solito, come appesantita. La donna entra in laboratorio spingendo la porta con una spalla e reggendo a fatica un sacco di iuta. Lui le va in soccorso.

«Dai a me.»

Dall'odore che emana contiene semi di finocchio. Davide lo deposita sul tavolo.

«Perché non l'hai fatto portare dallo speziale?»

Lei guarda suo figlio come fosse un intruso e risponde a mezza bocca. «Avevo fretta e non c'erano garzoni liberi.»

Si avvicina a un gancio su cui è appeso un grembiule candido, fa per indossarlo, ma lui le ferma la mano.

«Mamma...»

Letizia abbassa lo sguardo, soffiando aria dal naso. Sembra rimpicciolita rispetto a quando è partito, la pelle è sottile, i capelli sbiaditi sulle tempie.

«Guardami, mamma.» Le solleva il mento con una mano, fino ad agganciarne lo sguardo. «Lo so che ti ho delusa, e mi dispiace.»

«Tu ci hai abbandonati, Davide. E anche adesso vorresti essere da tutt'altra parte. Credi che non te lo legga negli occhi?»

«Però sono qui, e non me ne vado.» Nel dirlo ad alta voce, ne prende definitivamente coscienza.

Prova ad abbracciarla, ma lei si divincola. Lui allora la imprigiona tra le braccia, è molto più forte di lei e alla fine Letizia deve cedere.

In fondo, voleva solo riavere suo figlio. Anche se ora è un uomo e ha addosso un odore estraneo, anche se il mondo gliel'ha portato via e restituito diverso, anche se i suoi desideri hanno sconfinato ben oltre le mura domestiche. È lì, nonostante tutto.

24

Milano, aprile 1886

Sulla tomba di Gaspare, al Cimitero Monumentale, i fiori sono sempre freschi. Letizia viene ogni tre, quattro giorni a cambiarli e, quando lei non può, lo fanno Antonietta ed Eva al suo posto. Davide ha portato un mazzolino di iris e mimose e lo ha depositato sulla lapide di marmo. Scolpita nella pietra una semplice, sobria scritta:

GASPARE CAMPARI
12 MARZO 1828 – 14 DICEMBRE 1882

È venuto qui anche il giorno prima della partenza per Bordeaux, a portare dei fiori e a chiedere idealmente la benedizione del padre. Oggi è tornato con la speranza di ritrovare la persona che era, di riconnettersi coi progetti di allora.

Nella tasca del gilet ha una piccola chiave. È quella che apre la cassetta di legno in cui sono custoditi i ricettari di Gaspare e che sua madre ha tenuto appesa al collo per anni. Ieri Letizia gliel'ha consegnata.

«Ecco, adesso è tua» ha detto.

Ha rimesso nelle sue mani il destino dell'impresa e della famiglia, e ora Davide si domanda se ne è davvero degno. Quando aveva quindici anni, sì, era pieno di certezze: quella sera di quattro anni fa, con quale ottusa presunzione aveva reclamato dal padre un ruolo di responsabilità, e con quale vittimismo aveva accolto il suo rifiuto! Ma forse Gaspare aveva intuito in lui una debolezza, un punto sdrucciolo, e se potesse vederlo, adesso, se potesse ascoltare la confusione dei suoi pensieri, avrebbe la conferma di quel che ha sempre saputo. Non doveva essere lui a succedergli.

Il viaggio in Francia avrebbe dovuto prepararlo al compito e invece ha disperso i desideri. Ora possiede tutte le conoscenze e le competenze necessarie a intraprendere il mestiere, ma la motivazione è venuta meno, la volontà ha vacillato. L'eredità a cui tanto ambiva gli appare come un peso enorme, opprimente, e lui per primo non si fida più delle proprie forze.

Dopo aver recitato un *Pater noster*, Davide si fa il segno della croce e raggiunge l'uscita del cimitero. Sul piazzale rifiuta un passaggio da un conducente di brum e s'incammina a piedi. Non ha molta familiarità con quella parte della città, ma gli basta seguire la direzione del centro. Il sole sta tramontando, la terra è miracolata da una luce rosso e oro ed è un miracolo sprecato, sulla periferia di Milano: i campi incolti, le case screpolate, le botteghe equivoche, i cumuli di immondizia lungo le strade, tutto sembra affetto da un grigiore atavico. Chiuso dentro la corazza dei propri pensieri, Davide non si lascia toccare dalla miseria di quel paesaggio e segue i propri percorsi mentali lasciando che i passi vadano da soli. Superato il Borgo degli Ortolani, costeggia il Castello Sforzesco e prosegue in direzione di Brera.

La zona intorno a via Garibaldi è conosciuta come il quartiere dei *lócch*, i ladri, e di ogni altro tipo di malfattori. Ci arriva proprio mentre la luce del sole si ritira dai vicoli stretti e dagli angoli dei caseggiati, incalzata dall'avanzare delle ombre. Le profferte insistenti di una prostituta e alcuni sguardi obliqui lo inducono ad alzare la guardia e accelerare il passo, finché un'apparizione in fondo alla via lo blocca di colpo.

Quella fierezza nel portamento, quel particolare punto di biondo. E subito un'antica, immancabile fitta nelle ossa.

Quintilia è ferma in mezzo alla strada, davanti a un modesto edificio in mattoni e, insieme ad altre due donne, parla al conducente di un carro. Dopo un breve conciliabolo e un passaggio di denaro, le tre signore si mettono a scaricare le casse accatastate sul mezzo per portarle all'interno di uno stanzone al pian terreno del palazzo.

Davide resta in bilico tra l'emozione di rivederla e lo sconcerto di trovarla in quel posto assurdo, ma poi nota la scritta sul muro dell'edificio: CUCINA PER GLI AMMALATI POVERI DI MILANO. Si trova in via Anfiteatro, davanti alla mensa di Alessandrina Ravizza.

Quintilia ricompare all'esterno e subito una parte di lui gli suggerisce di cambiare strada, di sottrarsi all'imbarazzo di quell'incontro, ma un'altra parte lo spinge irresistibilmente verso la catastrofe. Ed è proprio quest'ultima a prevalere.

Quando se lo ritrova davanti, un'espressione composita si disegna sul volto della donna.

«Davide.»

C'è curiosità e una vaga sorpresa in lei, forse anche un filo di preoccupazione, ma nemmeno l'ombra di un sorriso. Posa a terra la cassa piena di viveri che ha appena tirato giù dal carro e si asciuga la fronte con un avambraccio.

«Mi avevano detto che eri tornato.»

Lascia che lui l'avvicini.

«Già... Come stai?»

«Bene» risponde subito. Con un po' troppa fretta.

Ha il viso accaldato, ciocche di capelli sfuggite all'acconciatura e le maniche della camicetta arrotolate sopra i gomiti. Davide non ricorda di averla mai vista così bella.

«E così sei tornata dalla Ravizza.» Indica l'edificio davanti al quale si è già formata una piccola coda. «Alla fine sei riuscita a spuntarla con tuo padre.»

«Diciamo che abbiamo raggiunto un compromesso.» Quintilia

ha una lieve torsione del collo mentre lo dice, come per qualcosa da mandare giù a fatica.

Davide non indaga oltre, sa di averne perso il diritto. E sa anche che è inutile continuare a galleggiare nelle acque sicure dei convenevoli, quando bisogna attraversare una tempesta.

«Senti... mi dispiace di non aver risposto alle tue ultime lettere. Non avrei dovuto sparire così.»

Parole tanto inconsistenti quanto doverose. Le pronuncia in fretta, sperando che a lei risultino un po' meno patetiche di come suonano alle sue stesse orecchie.

La faccia di Quintilia si contrae in un breve spasmo – le narici che tremano, le labbra che si stringono in una linea sottile –, ma così rapido e inafferrabile che Davide non può dire di averlo visto davvero. Immediatamente il bel volto torna statico e impenetrabile come quello di un'icona.

«Non è necessario che ti scusi. Immagino avessi molto da fare, lassù.»

Appare serena, pacificata, lontanissima dall'idea di mettersi a recriminare. Lontanissima da lui. Davide ricerca nei suoi occhi un segno d'inquietudine, una traccia d'emozione, fosse anche di odio, ma in fondo a tutto quel nero non riesce a distinguere niente.

Si sente infinitamente sciocco, adesso, per aver pensato di poterle spezzare il cuore. Credeva di averle inflitto la peggiore umiliazione innamorandosi di un'altra, di aver meritato il suo disprezzo per essersi dileguato come un vigliacco, e invece si scopre, in modo del tutto inaspettato, innocente. Ma avrebbe preferito prendersi un pugno in faccia al posto di quest'assoluzione: Quintilia lo ha perdonato come si perdona a un ragazzino, qualcuno da cui non ci si può aspettare molto, gli ha lasciato fare le sue promesse senza mai crederci fino in fondo. E ha avuto ragione: lui non ha saputo mantenerle.

«Sai, mi ha fatto piacere vederti» gli assicura in tono condiscendente. «Ora mi scuserai: devo proprio andare.»

Accenna con il capo alla Cucina, il cui interno ha cominciato ad animarsi e dalla quale, adesso, arriva un intenso odore di carne bollita e rumore di stoviglie, ma è chiaro come la vera urgenza sia mettere fine a quel colloquio. Davide fa un passo indietro.

«Certo. Stammi bene. E porta i miei saluti a tuo fratello.»

Quintilia annuisce sbrigativamente, quindi raccoglie la cassa ai suoi piedi e se la appoggia su un fianco.

«Arrivederci, Davide.»

Gli volta le spalle e s'incammina con quel peso a gravarle addosso, ma senza restarne piegata, senza perdere un briciolo della sua postura. Lo sguardo di lui le resta incollato finché anche l'ultimo lembo della gonna non è sparito oltre la porta.

Più che di un arrivederci, ha il sapore di un addio.

25

Milano, giugno 1886

I semi di anice verde, o anice comune, sono piccoli, arrotondati, appuntiti e scannellati, di colore verdognolo, di odore aromatico e di sapore zuccherino. A volte in commercio vengono mischiati con altri semi di aspetto simile, ma meno pregiati, ad esempio quelli invecchiati di finocchio. Per scoprire la frode basta immergerli nell'acqua: i semi di anice cadono a fondo, mentre gli altri galleggiano.

Davide ha appena condotto la prova su un campione dell'ultima partita acquistata, scoprendo così l'inganno. Dovrà riportare indietro la merce e reclamare con lo speziale per ottenere un rimborso.

Raccoglie i semi rimasti sul pelo dell'acqua con un colino e li getta via. Distinguere il buono dal cattivo, l'utile dal dannoso: è la stessa cosa che fa con i pensieri, da quando è tornato. Isola e separa dal resto Leda e tutti i ricordi legati a lei, e li butta fuori da sé, il più lontano possibile. Sul fondo rimane il lavoro, il pensiero più grave e concreto, quello che lo tiene ancorato a terra. Passare le giornate in laboratorio, da solo, non gli dispiace. È un bene essere tanto impegnato: aiuta a focalizzarsi, a resistere alla tentazione di andare a recuperare gli scarti della mente.

Quando non è alle prese con le preparazioni per il Caffè, studia i quaderni di Gaspare. Legge e rilegge le sue ricette – centinaia – e le riporta in vita, anche quelle che lui stesso aveva scartato. Ma mentre armeggia con misurini e provette, ha costantemente l'impressione che suo padre sia lì accanto, a osservarlo col sopracciglio alzato, a lisciarsi la barba in attesa di un errore.

Ogni lunedì sera, a fine giornata, Davide siede a un tavolo del Caffè con sua madre per fare il bilancio della settimana e pianificare i giorni a venire, e spesso a quelle riunioni partecipa anche Guido. Sono una squadra collaudata: lui in laboratorio, loro due al servizio. Letizia appare decisamente rasserenata: tutto ha ripreso a funzionare secondo i piani e lei può consegnare nelle mani dei figli una parte importante del suo fardello.

«Prima o poi, però, dovremo osare qualcosa in più» dice a Davide, dopo aver messo via i registri.

Secondo lei, perché gli affari continuino a prosperare, bisogna giocare d'anticipo, avere qualcosa di nuovo da offrire ai clienti prima ancora che si accorgano di volerlo. A Milano tutto si muove e tutto cambia velocemente, si deve stare al passo, non si vive di rendita.

«Rispolverare le vecchie ricette di tuo padre va bene» insiste, «ma l'hai visto anche tu, nessuna di loro è all'altezza del Bitter.»

«Forse perché il Bitter è il meglio che questa famiglia poteva esprimere, e da lì in poi si può soltanto peggiorare» sentenzia Davide.

L'amarezza di quella risposta a Letizia fa contorcere le viscere. Non sopporta di vedere il suo ragazzo così arreso, così disilluso, avrebbe voglia di afferrarlo per il bavero e scuoterlo forte, di svegliarlo dall'apatia in cui è caduto.

«Il meglio è sempre di là da venire» ribatte, dando fondo a tutte le scorte di pazienza che le sono rimaste. «Ti ho mandato in Francia per allargare i tuoi orizzonti, e a qualcosa sarà pur servito. Dipende solo da te, adesso.»

Davide sospira e rinuncia a rispondere. Le è grato per l'incoraggiamento, per la fiducia ostinata e cieca che continua a riporre in lui, anche contro ogni evidenza. Letizia è stata al fianco di Gaspare, gli ha visto fare le sue magie, e ha bisogno di credere che suo figlio possa fare lo stesso, come se la liquoreria fosse un tratto ereditario, un dono soprannaturale che si tramanda per via genetica. Gli piacerebbe mantenere viva quest'illusione, corrispondere alle aspettative di sua madre, ma prima o poi dovrà rendersi conto anche lei di un fatto molto semplice: lui non è suo padre.

26

Milano, 1863

«Letizia, vieni qua!»

La voce di Gaspare arriva dal retrobottega come una schioppettata e fa trasalire il cliente che stava valutando alcune bottiglie.

Letizia, in grembiule da mescita, gli urla di aspettare, poi rivolge all'uomo un sorriso rassicurante.

«Prego, faccia con comodo.»

Appena il cliente esce dal negozio con il suo acquisto, la donna spinge la porta che dà sul laboratorio e raggiunge il marito. Senza preamboli, lui le consegna un bicchierino a forma di tulipano con dentro un liquido di un brillante rosso carminio.

«Tieni, assaggia.»

Circa un anno fa, all'inizio del 1862, Letizia e Gaspare hanno aperto una bottiglieria sotto il Coperto dei Figini, in piazza del Duomo, ma non hanno fatto in tempo a mettersi comodi che è arrivata una notifica di sfratto. Da quando la Lombardia è passata ai Savoia, quattro anni prima, la città è in preda a una smania di rinnovamento: si aprono e si chiudono cantieri, si realizzano edifici, se ne progettano di nuovi. Milano ambisce a essere l'avanguardia del neonato Regno d'Italia, perciò è sembrata non più rinviabile l'idea di ammodernare piazza del Duomo, che molti consideravano da tempo eccessivamente sacrificata tra il Coperto dei Figini e l'abitato del Rebecchino. Tra i vari progetti che hanno partecipato alla gara indetta dal Comune è stato quello dell'architetto Giuseppe Mengoni a vincere, così entrambi i fabbricati sono stati demoliti per dare respiro alla piazza, e al posto del portico quattrocentesco sorgerà una strada coperta sul modello dei passages *parigini. La nuova opera verrà intitolata, ovviamente, a re Vittorio Emanuele II.*

I coniugi Campari, come molti altri, hanno dovuto levare le tende e spostarsi altrove. Si sono sistemati provvisoriamente in via dei Borsinari, ma, in compenso, hanno potuto prenotare una "luce" nella futura galleria esercitando il diritto di prelazione riservato ai commercianti sfrattati dal Coperto. La prospettiva di trasferirsi in quella che sarà la cornice più moderna e prestigiosa della città ha reso Gaspare competitivo: vuole presentarsi davanti a tutta Milano con qualcosa di speciale, qualcosa che renderà il suo Caffè unico. Per questo, nei ritagli di tempo dal lavoro ordinario, si dedica anima e corpo ai suoi esperimenti da alchimista.

Da mesi, ormai, la scena si ripete quasi identica.

Gaspare chiama Letizia sul retro, le versa un goccio del suo ultimo preparato e aspetta il responso. Lei annusa il contenuto del bicchierino, ne manda giù un sorso e si rigira la lingua tra i denti, un po' per assaporare meglio, un po' perché si diverte a tenere il marito sulle spine. Poi lascia cadere un generico «È buono...». Gaspare però la sprona a essere più specifica, e allora lei ci prova. Uno è troppo forte, l'altro troppo abboccato. Quello sa di erba, quell'altro di vino. Questo ha un colore per niente invitante, quest'altro posso venderlo a un uomo che ha trangugiato una cassoeula unta e tachénta, *ma non a una signora che viene a fare l'aperitivo.*

A quel punto Gaspare svuota l'intera caraffa nella tinozza degli scarti e si prepara a ricominciare da capo: la sua ambizione non è tirare fuori un amaro qualunque, ma creare il Bitter perfetto, che vada bene a tutti e a qualsiasi ora del giorno. Si fida ciecamente del giudizio di sua moglie: lei conosce i gusti dei clienti, ha un ottimo palato e un ottimo fiuto, in particolare quando è incinta. Allora tutti i suoi sensi sono affinati e riesce a cogliere anche le sfumature più sottili.

«Quanti figli mi farai fare, prima di venirne a capo?» scherza a volte l'infaticabile assaggiatrice.

Hanno già tre bambini, Antonietta ed Eva, di tre e un anno, e Giuseppe ancora in fasce. Ma Gaspare non sembra volersi fermare.

«Che ne dici di una decina?» e la rispedisce di là con un bacio stampato sulla bocca.

Oggi, però, un'espressione completamente diversa si disegna sul volto di Letizia, quando il liquore incontra le sue papille. Dopo un primo sorso ne prende un altro, come a essere sicura, spalanca gli occhi e sussurra: «Ci siamo».

«Lo so» risponde Gaspare con un sorriso che gli riempie tutta la faccia.

Quel sapore insieme dolce e amaro, quel retrogusto erbaceo, di agrumi e chiodi di garofano, è proprio ciò che cercava. Gli ci sono voluti tre figli, una quarantina di ingredienti tra frutti, erbe e spezie, e decine di tentativi, ma finalmente ha trovato la sua pietra filosofale.

È così soddisfatto che ha già pensato a un nome.

«Bitter all'uso d'Hollanda?» ridacchia sua moglie. «Cosa ne sai tu dell'Hollanda?»

«Quasi nulla» ammette lui candidamente. «Però suona esotico, e ai milanesi piacciono le cose esotiche. E poi bisogna allontanarli dall'idea che sia il solito vermouth di Torino. Vedrai, funzionerà.»

27

Milano, luglio 1886

Dal parco che circonda il Castello Sforzesco, una brezza notturna porta con sé odore di fieno e frinire di grilli. Appoggiato alla ringhiera di un balconcino, in casa di sua sorella, Davide accende una sigaretta e affonda lo sguardo in quella macchia verde scuro, bucata dal tenue bagliore delle lucciole. Qualche anno fa una società immobiliare ha proposto al Comune di comprare l'area per costruirci sopra un complesso residenziale, ma i cittadini hanno protestato così tanto che alla fine l'accordo è saltato. Volevano boschi e prati, non altri palazzi. Così, adesso, la città ha un piano regolatore e Antonietta una vista privilegiata sull'avvicendarsi delle stagioni.

Gettato via il fiammifero, Davide rientra in salotto, dove Guido, seduto sul divano, legge dei fogli manoscritti e suo cognato Carlo si mordicchia nervosamente le unghie, in piedi davanti al camino.

Antonietta è in travaglio da ore. Letizia ed Eva sono corse subito da lei e adesso la assistono insieme a una levatrice, mentre Guido e Davide sono scappati dal locale, appena dopo la chiusura.

È un parto complicato e c'è una certa apprensione: di tanto in tanto dalla stanza da letto arrivano urla che fanno sbiancare il povero Carlo.

«Cosa leggi, lì?»

Davide siede accanto al fratello e scrolla la sigaretta in un posacenere.

«Un libro che non è ancora un libro» risponde lui, senza alzare gli occhi.

Davide solleva i fogli posati sul cuscino del divano e legge l'intestazione sul primo: «*Cuore* di Edmondo de Amicis».

Torna a pressare Guido con lo sguardo e lui finalmente si decide a spiegare.

«De Amicis e il suo editore, Treves, sono venuti ieri al Caffè e l'hanno lasciato su una panca.»

«Ma sei impazzito? Vuoi metterci nei guai?» salta su Davide. «Non si può mica leggere un'opera che è ancora da pubblicare.»

«Glielo riporto appena ho fatto» minimizza Guido. «Ormai devo sapere come va a finire, non posso rimanere in sospeso!»

«Glielo riporti subito, invece. Che figura ci facciamo, coi nostri clienti?»

«Tu ti preoccupi troppo.»

«E tu troppo poco.»

Un grido di Antonietta squarcia l'aria e il battibecco s'interrompe all'istante. In sottofondo arrivano le voci concitate delle donne che soccorrono la partoriente e le danno coraggio. Poi, un urlo ancora più forte, selvaggio. Infine, il silenzio.

Carlo si passa una mano tra i pochi capelli e comincia a camminare avanti e indietro come un animale in gabbia.

«Non è possibile una cosa così» borbotta. «Io muoio di crepacuore se non nasce subito!»

«Perché non ti siedi e ti calmi un po'?» cerca di placarlo Davide. «Sicuro che non vuoi fumare?»

Carlo però non lo ascolta: sulla porta è comparsa Letizia, la pettinatura un po' scomposta e il volto raggiante.

«È nato! È un bel maschietto. E Antonietta sta bene.» Ride. «Dovrà andare a confessarsi quanto prima per certe cose che le sono uscite da quella boccuccia, ma sta bene.»

Davide e Guido scattano in piedi all'unisono, mentre Carlo crolla finalmente a sedere su una poltrona, piangendo di gioia.

Dopo aver lasciato entrare il neopapà nella stanza della puerpera e aver lavato e vestito il bambino, Letizia lo porta in salotto per farlo conoscere agli zii. Antonio, così si chiama. Un minuscolo essere che a fatica può definirsi umano, rosso, grinzoso, rannicchiato a occhi chiusi dentro un lenzuolo di lino.

«Lo vuoi tenere?» chiede a Davide.

La proposta lo spiazza un po', ma, prima che possa rispondere, la madre gli ha già traslocato il fagotto tra le braccia. È leggero e inerme, eppure tenerlo è un affare complicatissimo e il bambino deve accorgersi del cambio di mano, perché d'istinto apre gli occhi, a controllare che succede. Le sue piccole pupille nere e lucide sorprendono Davide come un'inaspettata benedizione. Ogni cosa deve apparire nuova e innocente a uno sguardo che si posa per la prima volta sul mondo, ed è consolante, liberatorio, ritrovarcisi dentro. Da quando è tornato non ha fatto altro che sentirsi in difetto nei confronti del padre, dei fratelli, delle sorelle, di un passato famigliare tanto pesante da schiacciarlo, e ora si rivede in quegli occhi mondato di ogni giudizio. Quel bambino appena arrivato non porta memorie né rancori, ma con la sua sola presenza vincola tutti loro a esserci, a stringersi attorno. A pensare il futuro.

Davide solleva gli occhi e incontra quelli della madre. Lei sembra leggergli i pensieri, anzi, si direbbe che li abbia scientemente provocati. Gli si accosta e si rivolge al neonato con voce flautata:

«Ecco, vedi? Questa è la tua famiglia. Non so dirti se sia la migliore che potesse capitarti, questo no... Siamo così pieni di difetti, *lassa sta'*... Però ti vogliamo bene, sai? E ci saremo sempre, caschi pure il mondo. Perché noi abbiamo bisogno di te e tu di noi».

Sa dove colpire, Letizia. Una scarica di tenerezza assestata così, a tradimento, senza averne l'aria. Voleva arrivare al cuore di suo figlio e ci è riuscita, talmente bene da lasciarglielo manomesso. Davide le restituisce il piccolo Antonio, in preda a una specie di panico e a un desiderio impellente di dileguarsi.

«Si è fatto tardi e domani devo alzarmi presto» si giustifica.

Saluta tutti e raggiunge in fretta la porta, scende le scale del palazzo e si ritrova in strada. Appoggia le spalle al muro cercando di regolare il respiro. Si aspetta che i cattivi pensieri risalgano la coscienza per dare l'assalto – ricordi, rimpianti, paure – e invece si scopre sorprendentemente calmo. L'aria fluisce libera dentro e fuori, senza incontrare ostacoli. Il vuoto che ha nell'anima non è ancora pace, ma è lo spazio in cui qualcosa di nuovo può nascere.

L'arrivo di Antonio ha portato una ventata di allegria in famiglia. Il clan Campari è orgoglioso di aver allargato le proprie file e ci tiene a farlo sapere, Letizia esibisce i nipotini ai clienti come fossero trofei e non smette di ripetere quanto Gaspare ne sarebbe fiero. Davide assiste un po' in disparte: le reazioni estasiate a ogni minima manifestazione dei bambini, le lodi sperticate sulla loro presunta intelligenza, i vezzeggiamenti chiassosi di sua madre e delle sorelle, lo trovano sconcertato spettatore. Ma, pur mantenendosi a distanza, non riesce a sentirsi davvero escluso dall'insieme. La melassa dolce e appiccicaticcia che avvolge tutto se la ritrova addosso anche lui, ovunque vada, e volente o nolente lo lega al resto. La famiglia si espande, cresce per una innata e primordiale fame di vita e gli impone di prendere parte, di essere anche lui nutrimento.

Le parole di sua madre continuano a riecheggiargli nella mente: ha bisogno di loro e loro hanno bisogno di lui.

Succede così, quasi per caso, un mattino di fine luglio. Davide sta preparando una mezza dozzina di casse da spedire ai caffè della città che acquistano i suoi prodotti per rivenderli al dettaglio. Non ha particolari pensieri, i gesti sono fluidi, la mente è sgombra, ma, all'improvviso, gli balena in testa una combinazione di ingredienti, un abbinamento di sapori. Rispondendo a un impulso quasi automatico, apre un taccuino e li ferma su carta. Poi lo richiude e torna alle sue occupazioni.

Il giorno dopo, però, gli capita di ripensare a quell'appunto e di aggiungerci qualcosa. E così ancora e ancora finché non può più negarselo: sta inventando una ricetta nuova.

Non è certo che porterà a qualcosa, ma quell'embrione che non può ancora definirsi un'idea ha già cominciato a ossessionarlo e a fagocitare le sue energie mentali. Tempo una settimana e Davide prende a condurre i primi esperimenti, dopo la chiusura, quando è certo di restare solo in laboratorio. Nessuno deve sapere quel che sta facendo e tanto meno Letizia, meglio non suscitare troppe aspettative: la nuova creatura firmata Campari potrebbe anche non vedere mai la luce. Per ora ha solo dubbi, incertezze, e la febbrile eccitazione della ricerca, ma più i giorni passano più gli diventa chiaro che ciò che sta cercando non è solo un liquore da aggiungere al menù del Caffè. Ciò che sta cercando è la propria salvezza.

28

Milano, primavera 1887

Un liquido denso, color giallo paglierino, si riversa in piccoli calici allineati sul bancone. Davide officia il rito con solenne concentrazione, sotto lo sguardo attento di Letizia, di Guido e dei dipendenti del Caffè.

«Prego, servitevi» dice loro indicando i bicchieri.

Sono passati circa sette mesi da quel primo appunto sul taccuino e finalmente le sue idee e i suoi esperimenti hanno preso una forma compiuta: è un Cordial, la bevanda dolce e corroborante che prende il nome dal cuore, un liquore da dessert sullo stile delle Chartreuse francesi, con una nota originale, data dallo spirito di lamponi selvatici.

Solo quando è stato certo di aver trovato la formula giusta, Davide si è deciso a venire allo scoperto e ha chiamato a raccolta la famiglia del Caffè per sottoporsi al suo giudizio. Tutti sono rimasti stupiti. Letizia, in particolare, non si capacita di come il figlio abbia potuto tenerle nascosta una novità tanto importante.

Mentre la giuria procede all'assaggio, Davide osserva le reazioni in trepidante silenzio. Non ha detto niente a nessuno, è vero, ma da solo, in quei lunghi mesi di lavorio sotterraneo, non è mai stato: l'ombra di Gaspare è rimasta sempre con lui, a monitorare ogni gesto, a guidare ogni decisione. Un occhio vigile e severo, una presenza incombente. Parecchie volte si è lasciato prendere dallo sconforto, è stato sul punto di rinunciare pur di non sentirsi quello sguardo addosso e liberarsi di un confronto già perso in partenza. Man mano che andava avanti, però, man mano che i sapori si definivano e le miscele si raffinavano, Gaspare arretrava di un passo, perdeva terreno. Finché, un giorno, Davide è entrato in laboratorio e lui non c'era più. Non se ne era andato del tutto, aveva solo smesso di stargli accanto, l'anima era finalmente salita in cielo, dov'era il suo posto, non più per giudicare e mortificare, ma per vegliare dalla giusta distanza. Se non con benevolenza, quanto meno con rassegnazione.

Stasera, dunque, il primo nato della seconda generazione dei Campari esce dallo scantinato per essere battezzato alla presenza di una ristretta e fidata cerchia.

«Buono» è la parola che passa di bocca in bocca, come in un rapido contagio. Cuochi e camerieri si scambiano sguardi di consenso e si complimentano con il nuovo mastro liquorista.

Tutti, però, aspettano un solo, decisivo parere, quello di Letizia. La donna si gira il bicchierino vuoto tra le mani e muove le labbra con espressione concentrata, quasi stesse masticando.

«Allora, mamma?» la interroga il figlio.

È lei il palato più difficile da accontentare, l'autorità al cui vaglio tutti i successi di Gaspare sono dovuti passare e alla quale spetta, adesso, il verdetto finale. Posa il calice sul bancone, poi guarda Davide.

«Non mi piace» dice, in un silenzio che diventa di tomba. «Non mi piace che tu faccia tutto da te, come se non fossimo qui ad aiutarti, come se fossi solo al mondo.» Poi indica il Cordial e continua con lo stesso tono: «Ma questa roba qui è buona e io mi domando cosa diamine aspettavi a tirarla fuori!».

Davide lascia andare un gemito di sollievo, un grumo di tensione che gli sbocca dal petto. Scuote la testa ancora incredulo, mentre Letizia gli si aggrappa al collo commossa.

«Ora ti riconosco, figlio mio. Ho aspettato tanto, ma finalmente eccoti qua. Ecco chi sei.»

«Per essere proprio sicuro sicuro, però, io vorrei subito un bis!» Maruchèt si fa avanti a spazzare via il pathos del momento, gli altri lo seguono a ruota e nell'ilarità generale la bottiglia di Cordial comincia a passare di mano in mano. Svelt, lo chef, si accosta a Davide e gli stringe la mano. «*A l'è bu*» gli dice. «E tu sei la prova che la mela non cade mai lontano dall'albero.»

Anche Guido raggiunge il fratello con una pacca sulla spalla: «Non male, bello mio, non male. Ma tanto lo sai... pure se mi mandi su acqua sporca, io gliela vendo lo stesso!» e fa un sorriso spavaldo, che gli buca le guance con due fossette.

«Non fare lo sbruffone» lo rimbrotta Davide.

«Scommettiamo?» Guido si mette a saltellargli intorno con la guardia alzata e comincia a tempestarlo di pugni. «Non vuoi scommettere perché hai paura, di' la verità!»

A quindici anni è già alto quanto lui e ha una forza nei muscoli che a volte non riesce a controllare. Un colpo meglio assestato degli altri provoca la reazione del fratello maggiore e in breve i due sono avvinghiati in un corpo a corpo. La colluttazione è scherzosa, ma non per questo meno irruenta.

«Ehi, voi!» interviene Letizia. «*Desmétt de fà i fioeu e dem una man a sarà.*»

Si staccano immediatamente e, dopo un ultimo furtivo scambio di manate, si mettono a raccogliere i bicchieri.

Più tardi, abbassate le saracinesche del locale, i due fratelli si ritrovano a tu per tu, sotto al portico deserto. Davide si ripara in un angolo di muro per accendersi una sigaretta e, quando si volta, si accorge che Guido lo sta fissando.

«Cosa?» gli chiede, aspettandosi un'altra delle sue boutade.

L'altro risponde con un vago «Niente», però è evidente che qualcosa c'è, e infatti poco dopo si decide a parlare.

«Lo sai che scherzavo, prima, vero? Il tuo Cordial è formidabile» dice in tono riparatorio.

Davide butta fuori il fumo con uno sbuffo divertito.

«Oh, grazie per avermelo detto, altrimenti stanotte non ci dormivo.»

Non ce l'ha con Guido: ha solo voluto prendersi un po' dell'attenzione riservata a lui, tutto qua, voleva sentirsi dire "bravo", perché per certi versi è ancora un bambino. E, bisogna riconoscerlo, è davvero bravo in quello che fa. Non ha ancora la barba, ma si muove tra i tavoli come un navigato direttore di sala: i clienti lo conoscono e lo rispettano, lo chiamano per nome, si lasciano consigliare su cosa bere e cosa mangiare, lo coinvolgono nelle loro chiacchiere. Piace alla gente e la gente piace a lui, e questo è un presupposto fondamentale per il mestiere del servizio, a cui è da sempre destinato. Al contrario di Davide ha accettato il ruolo da subito e di buon grado: il dietro le quinte del Caffè non lo ha mai interessato, la penombra dello scantinato non lo ha mai attratto. Quella sua faccia da lenza e il fisico ben piantato sono fatti per stare sotto le luci della ribalta, reclamano un pubblico.

Davide è quasi arrivato al portone di casa, ma il fratello è rimasto indietro.

«Allora, vieni o no?»

Guido lo raggiunge trascinando i passi, gli si piazza di fronte e affonda le mani nelle tasche.

«Ma tu come stai?» gli chiede a bruciapelo.

«Bene. Perché?»

L'altro allora gli bussa sul petto, all'altezza del cuore.

«Voglio sapere come stai davvero.»

Davide resta per un momento spiazzato. Guido è l'unico a conoscere i dettagli della sua fuga a Parigi, più di un anno fa, e, come promesso, non ne hanno più parlato. Il nome di Leda non è mai venuto fuori tra loro e quel silenzio li ha legati a doppio filo: l'errore dell'uno è diventato il segreto di entrambi.

E adesso quella domanda. Come sta, non se lo chiede da troppo tempo ma, ora che ci pensa, ora che suo fratello lo costringe a darsi una risposta, realizza quasi con stupore di sentirsi bene. Non l'ha dimenticata del tutto, questo no, solo si accorge di pensare a lei sempre meno spesso e non sa dire, in effetti, quand'è l'ultima volta che gli è capitato. In questi mesi è stato così assorbito dal processo di creazione del Cordial che ha tralasciato il resto e, mentre lui era occupato in altro, il tempo ha fatto il suo lavoro sotterraneo, ha ricucito e cauterizzato.

«Sono sopravvissuto» constata con circospezione.

Guido lo studia per un istante, quella risposta non lo lascia tranquillo. «E stai bene. Non c'è niente che ti manca... o qualcuno.»

Un patto è un patto, e lui non la nominerebbe nemmeno sotto tortura, però deve sapere e deve saperlo per certo. Che il pericolo è scampato, che suo fratello, il suo più grande punto di riferimento dopo la morte del padre, è saldo nel ruolo di capofamiglia, che non cova inquietudine o insoddisfazione, che non se ne andrà di nuovo.

«Sto bene, ti dico» ribadisce con forza Davide. Il dubbio che legge negli occhi del fratello lo strazia e si detesta per averlo provocato lui stesso con la propria defezione, coi propri tentennamenti. Ma stasera ha davvero sentito nascere una nuova chiarezza dentro di sé.

«Poco fa, quando ero dietro al bancone e voi eravate tutti lì, a bere il mio Cordial... be', mi sono detto: ecco il mio posto, è proprio qui che ho sempre voluto essere.» Gli posa le mani sulle spalle. «E ti giuro che è solo l'inizio. Voglio mettermi a fare sul serio, e tu devi aiutarmi perché senza di te non posso farcela.»

Guido respinge quella lusinga con una smorfia, ma Davide lo scuote.

«Ehi. Se non mi sono perso è anche grazie a te, che sei venuto a cercarmi.» Lo guarda dritto negli occhi. «Dove sono io sei anche tu, e dove vado io vai anche tu, perché sei mio fratello e insieme faremo grandi cose. Ci stai?»

Appoggia la fronte contro la sua e lo sente annuire con forza.

«Ci sto, fratello.»

29

Milano, primavera 1888

L'impiegato della prefettura appone un timbro su ognuno dei tre fogli in carta bollata che Davide gli ha appena consegnato, li batte sulla scrivania per pareggiarne i bordi e li infila in un cassetto.

«La risposta del ministero arriverà tra circa un mese. A quel punto, il marchio potrà considerarsi registrato. Arrivederci, Campari.»

Fuori dal palazzo prefettizio, Davide si incammina lungo via Monforte in direzione della Galleria. La registrazione del marchio era qualcosa che aveva in mente da tempo e di cui si è voluto occupare di persona, per mettere ordine nelle decine di etichette fatte stampare da suo padre negli anni. Rendere i prodotti della casa chiaramente riconoscibili è fondamentale per difendersi dalle imitazioni. Di recente, infatti, gli sono arrivate voci di caffè in periferia e in provincia che spacciano per "Campari" le loro brodaglie. Certo, essere imitati è la prova più evidente del proprio successo, e in qualche modo ne è lusingato, ma bisognava pur mettere un argine a un simile furto. Anche per questo ha deciso di sostituire al trasporto in anonime damigiane quello in bottiglie, più eleganti e maneggevoli e, soprattutto, facilmente etichettabili.

Milano, 26 marzo 1888

Il marchio o segno distintivo depositato dal sottoscritto Davide consiste in uno stemma formato da uno scudo colla figura di due cani accoccolati e sormontato da un elmo con fogliami ornamentali e nella iscrizione "G. Campari. Fratelli Successori. Milano", comprendente il nome e l'indirizzo della ditta richiedente.
Tale marchio o segno distintivo è destinato a far parte di etichetta da applicarsi alle bottiglie contenenti i prodotti che il marchio è destinato a proteggere aggiungendovi il nome del liquore speciale contenuto nelle bottiglie stesse e può essere eventualmente riprodotto sulle carte da lettera, fatture, imballaggi o simili.

Firmato
G. Campari

Così recita la domanda appena depositata. La firma apposta in calce è di Giuseppe, perché Davide non è ancora maggiorenne: compirà ventun anni il prossimo novembre. La gestione della ditta è ancora formalmente in capo al fratello sacerdote e a Letizia, ma di fatto è lui a governare la baracca.

Insieme al marchio, Davide ha depositato anche le etichette di Bitter e Cordial. Dopo un anno di rodaggio al bancone, il suo liquore è, insieme all'amaro di Gaspare, la punta di diamante del Caffè.

Ci ha pensato a lungo, ma alla fine ha deciso di contravvenire alla scelta del padre e ha tolto dal nome del suo Bitter la dicitura "all'uso d'Hollanda". «Ai milanesi piacciono le cose esotiche» diceva, ma non aveva considerato che ancora di più amano quelle pratiche, e infatti da tempo avevano messo da parte quel nome altisonante in favore di un più onesto e casalingo "Bitter Campari".

E così sono rimasti Bitter e Cordial, semplicemente. Padre e figlio, insieme come non sono mai stati. Gaspare, da lassù, se ne sarà pur fatto una ragione.

Arrivato al Caffè, Davide indossa il grembiule e si mette dietro al bancone. A volte, prima che Guido torni da scuola, è lui a dare manforte a Letizia e ai camerieri.

Appollaiato su uno sgabello, Edoardo Brambilla è al secondo aperitivo della giornata, ha una copia del «Pungolo», il quotidiano della destra meneghina, aperta davanti ma gli occhi puntano a un gruppo di giovani signore sedute poco distante.

«Ehilà, vecchio mio» prova a richiamarne l'attenzione Davide.

L'altro lo saluta senza perdere di vista le sue prede, sollevando l'unica mano che gli è rimasta. Una manica della giacca è appuntata al petto con una spilla.

Edoardo è uno degli eroi di Dogali. Dopo il liceo, come si era ripromesso, si è arruolato nell'esercito ed è partito per l'Africa col grado di maresciallo. Era arrivato da poche settimane al forte di Moncullo, in Eritrea, quando gli è stato ordinato di marciare insieme ad altri cinquecento verso Saati, per andare in soccorso dei commilitoni sotto assedio degli abissini. La colonna di rinforzo è stata intercettata dai soldati di ras Alula nei pressi di Dogali, e non è mai arrivata a destinazione. Edoardo è tra i pochi sopravvissuti, e se è stata fortuna o sfortuna ancora non smette di chiederselo. Fatto sta che è tornato in Italia con parecchie medaglie in più e un braccio in meno.

«Guarda tu in che tempi viviamo» gracchia dal suo trespolo. «Donne che si ritrovano al Caffè proprio come gli uomini. E donne perbene, mica di quelle.»

Davide si limita a un sorriso di circostanza, mentre asciuga i bicchieri. Edoardo si sporge verso di lui, con aria da complotto.

«Senti un po': perché non vai con una scusa e provi a indagare? Magari così perbene non sono... Le due morette lì mi paiono piuttosto allegre.»

«Mi dispiace, non molesto le clienti.»

«Perché? Cos'hanno che non va le clienti?»

Davide sospira rassegnato e gli dà le spalle per sistemare i bicchieri. Quando si volta di nuovo, però, si ritrova gli occhi di Edoardo attaccati addosso.

«Di' un po', tu. Non me la racconti mica giusta con quell'aria da santarellino. Gallina che non becca ha già beccato: hai qualcuna per le mani e non vuoi dirlo. A me, il tuo migliore amico!»

«Non ho nessuna per le mani. Solo ho altro per la testa.»

Edoardo prorompe in una teatrale risata. «Ha altro per la testa, lui! Questa sì che è bella.» Quindi gli arpiona un braccio e lo attira a sé fino a investirlo col proprio alito: «Faccio finta di crederti perché sono un signore. Però se hai bisogno di un consiglio o di una chiacchiera tra uomini... non hai che da chiedere».

Davide annuisce simulando gratitudine. È più facile assecondarlo che cercare di giustificare la vita monacale che conduce da anni. Potrebbe dire che è colpa del lavoro, del poco tempo a disposizione, ma non sarebbe credibile. "È che mi sono abituato a fare a meno di quella parte di me, come tu del tuo braccio", questo dovrebbe spiegare all'amico.

«Cosa dicono le notizie?» gli domanda invece, fingendo di interessarsi al giornale e sperando che il tentativo di depistaggio funzioni.

«Cosa dicono?» Edoardo salta su, reagendo prontamente allo stimolo. «Questo terrone di Crispi non sa dove mettere mano in Africa! Cosa aspettiamo a farli fuori tutti, quei beduini? Lo capiscano una volta per tutte che con gli italiani non si scherza!» Nonostante l'orrore che ha vissuto, o forse proprio a causa di quello, è ancora un fervente sostenitore della causa coloniale.

«Sarà che gli italiani hanno cose più serie da fare che *'sta strambarìa* d'una guerra!» Guido s'inserisce di taglio nel discorso. È appena entrato nel locale e ha ancora i libri sotto braccio.

Edoardo lo guarda tra l'indispettito e il sorpreso. «Ah, ad esempio?»

«Le riforme sociali. O voi conservatori e guerrafondai pensate di sfamare il Paese con la sabbia africana?» ribatte il ragazzo mentre prende il suo posto dietro al bancone.

Invece di rispondere a lui, l'ex militare guarda Davide, piccato: «Di' un po', non sarà che tuo fratello mi è diventato marxista?».

«Tutta colpa della Kuliscioff» smorza lui. «Credo che Guido si sia preso una bella cotta per la dottora.»

Anna Kuliscioff è diventata un'assidua frequentatrice del Caffè sin da quando, circa due anni prima, si è trasferita a Milano, in un appartamento in via San Pietro all'Orto, per stare accanto a Filippo Turati, scrittore e intellettuale socialista: uno scandalo per i benpensanti, quella coppia non sposata che condivide la casa e la passione politica. In più, Anna è una delle prime donne a essersi laureata in Medicina e, dopo essere stata rifiutata dall'Ospedale Maggiore per "la tutela del buon costume", si è messa a praticare la libera professione in un ambulatorio ricavato nella sua stessa casa. I milanesi hanno preso a chiamarla per questo "dottora dei poveri". Guido ha un'ammirazione smisurata per lei, venera ogni parola che esce dalle sue labbra e, all'occorrenza, quelle parole le ripete colorendole con il trasporto e la brutalità dei suoi sedici anni.

Davide non ha ancora capito quanto il fratello sia preso dalle idee della Kuliscioff e quanto dai suoi occhi di ghiaccio, e non ha nulla in contrario a questa sua infatuazione, politica o sentimentale che sia, solo preferirebbe che la manifestasse con meno irruenza.

«Cerca di non essere così biforcuto con Edoardo, però. Un po' di rispetto glielo devi, è pur sempre un reduce di guerra...» gli sussurra furtivo, quando si ritrovano gomito a gomito.

«Non lo sopporto!» urla sottovoce lui.

Davide chiude il discorso tagliando l'aria con un gesto netto. Suo fratello ha ragione: in quell'uomo mutilato e incattivito anche lui fatica a ritrovare il compagno allegro e fanfarone di un tempo, ma è indubbio che a lui sia andata molto peggio che a loro.

Edoardo, intanto, ha finito il suo aperitivo e si è alzato dallo sgabello.

«Metti tutto sul mio conto, Campari. Ci vediamo presto.»

Passando davanti a Guido, gli sbatte davanti il giornale che stava leggendo: «Tienilo tu, e informati, invece di andare dietro alle cialtronerie di quella lì che chiamarla "signora" è un complimento!».

Davide sorveglia la reazione del fratello, che deve mordersi la lingua per tenerla a freno.

«Arrivederci, Edoardo!» sbotta infine, ma con un tono che lo fa sembrare un insulto.

Brambilla non risponde e se ne va impettito, a passo di marcia, con l'unico arto a oscillare avanti e indietro.

«Quel po' di simpatia che aveva gli è andata via col braccio» commenta Guido, seguendolo con sguardo fosco.

Ma quando si volta verso il fratello si accorge che è assorbito dalla lettura del quotidiano.

«Non ti metterai a leggere quella robaccia, adesso? Quello lì non è nemmeno un giornale, è carta straccia...»

«Senti qua» lo interrompe Davide. «"Vuoi tu fanciulla ingenua che il tuo candido seno gareggi in solidezza col marmo di Baveno? Usa pomata Congo."»

Guido lo guarda interdetto. «E allora? È una stupidaggine.»

«Sarà una stupidaggine, ma si fa notare parecchio. Chi sfoglia il giornale non può fare a meno di leggerla.»

Davide gli mostra la pagina a dimostrazione del fatto, ma il fratello non sembra condividere il suo entusiasmo. Ne hanno già parlato e a lui quella roba della réclame sembra solo un modo per turlupinare la gente.

«Senti, lo conosci il detto: il buon vino non vuole frasca.»

«Ma a che serve fare un buon vino, se non lo fai sapere a tutto il mondo?»

30

Milano, gennaio 1889

Ha iniziato con timidi tentativi: uno stelloncino con i nomi e i prezzi di Bitter e Cordial sul «Corriere della Sera» e sulla «Perseveranza», le prime réclame Campari. Ma già qualche giorno dopo, Davide è pronto ad alzare il tiro.

Il nuovo anno è appena cominciato, e sul numero del 10 gennaio il «Corriere» sta per pubblicare un'inserzione che decanta le virtù del Cordial in modo più loquace ed esteso: è stato Davide stesso a scriverla, e ora è impaziente di vedere che effetto fa, stampata su carta. Per questo è venuto in redazione a trovare Eugenio Torelli-Viollier, fondatore e direttore del quotidiano.

«Allora, come vi trovate nella nuova sede?» gli domanda Davide, mentre si accomoda su una sedia davanti alla scrivania sommersa da pile di fogli e vecchie copie del giornale. «La Galleria vi manca?»

«Mi manca assai» risponde lui, tradendo un lieve accento napoletano, che resiste anche dopo i tanti anni passati a Milano. Perfettamente a proprio agio nel caos che lo circonda, si toglie i pince-nez e si massaggia la radice del naso. È un uomo distinto oltre la quarantina, con un'ampia fronte e una lunga barba brizzolata a due punte. «Adesso mi ci vogliono ben dieci minuti di strada per venire a fare l'aperitivo.»

«Non mi sembrano poi così tanti» sorride Davide.

«Eh! Vi pare facile! Qui non c'è il tempo nemmeno per soffiarsi il naso!»

Da appena un mese la redazione si è spostata dalla vecchia sede, in Galleria, a una nuova e più spaziosa, in via Pietro Verri, ma durante gli anni in cui sono stati vicini di casa Eugenio era un cliente abituale dei Campari e con Davide ha instaurato un rapporto diretto, si potrebbe dire di amicizia; riconosce in lui uno spirito d'iniziativa che li rende affini. È stato lui stesso a invitarlo a passare, per mostrargli in anteprima la sua réclame.

«Venite, andiamo a vedere se le copie sono pronte.»

Escono dall'ufficio e scendono al piano di sotto, dove, in uno stanzone, sono in funzione le rotative. Una manciata di addetti si muove attorno alla grande macchina che vomita pagine ininterrottamente, il rumore è così forte che devono urlare per sentirsi da una parte all'altra. Torelli-Viollier si avvicina a un uomo e, dopo avergli detto qualcosa che Davide non riesce a cogliere, riceve dalle sue mani una copia del giornale e torna indietro da lui. Gli fa cenno di uscire per poter parlare a un tono di voce normale.

«Prego» gli dice una volta fuori, «guardate sulla quarta pagina.»

Davide sfoglia il giornale, lasciando scorrere le notizie.

E poi finalmente eccola, la sua réclame, incorniciata in un bordo a forma di trapezio che evoca un calice:

Il Cordial può gareggiare in squisitezza di gusto e in delicatezza di aroma coi più famosi liquori esteri quali la Chartreuse, la Bénédictine ecc. Liquore eminentemente igienico, vien raccomandato specialmente per debolezza di stomaco e difficoltà di digestione. La bottiglia L. 6, ½ bottiglia L. 3,50. Dirigersi G. Campari – Milano. Prezzi convenienti ai rivenditori.

«Che ve ne pare?» chiede il direttore.

Il sorriso soddisfatto sulle labbra di Davide è già una risposta eloquente. Quelle poche righe sul secondo quotidiano più letto di

Milano sono la sua scommessa, un piccolo seme che, spera, darà presto i suoi frutti in termini di visibilità e vendite. Lui ci crede in quella diavoleria della pubblicità, nonostante l'aperta contrarietà di Guido e la diffidenza di sua madre: per loro i prodotti Campari parlano da sé e il Caffè si trova in una posizione troppo favorevole perché qualcuno possa ignorarne l'esistenza. A cosa serve dare soldi a un giornale perché pubblichi quel che tutti già sanno?

Ma Davide guarda oltre. Le fabbriche, con le macchine a vapore e l'elettricità, non hanno solo cambiato le tecniche di produzione, hanno rivoluzionato il modo di fare commercio: ci sono molti prodotti disponibili e molte persone propense ad acquistarli. È una grande danza quella che muove la città, una febbre di consumi, una smania di competizione. Le mode si rincorrono a ritmo frenetico, costruiscono fortune dal niente o le disintegrano con la stessa velocità, e in questo girotondo vorticoso bisogna emergere, farsi vedere, se non si vuole restare schiacciati. Quel piccolo spazio su una pagina di giornale è il suo modo per dire: eccomi, io ci sono e voglio ballare.

31

Milano, dicembre 1889

Il complesso sistema di canali che racchiudono Milano in una cerchia e che dal centro si irradiano verso l'esterno ha nella Darsena il suo principale punto di snodo. In questo porto fluviale, adagiato lungo il vertice sudoccidentale delle mura spagnole, si riversa placido il Naviglio Grande, il canale che prendendo le acque dal Ticino collega la Svizzera e il Lago Maggiore al capoluogo lombardo. Da sempre in questa zona fioriscono attività produttive legate all'ambiente portuale: esercizi commerciali, pesca, allevamenti e mattatoi, contrabbando. Più di recente fabbriche e opifici. Dappertutto risuona un gran cigolare di macchine e battere di attrezzi e vociare di uomini e donne al lavoro, a cui si aggiunge, a cadenze regolari, lo sferragliare dei treni alla stazione di Porta Ticinese.

È un freddo pomeriggio invernale e su una sponda del Naviglio, a poche centinaia di metri dalla Darsena, Davide aspetta una piccola barca che si avvicina a una lentezza esasperante. Una fune, la cosiddetta "alzaia", collega l'imbarcazione a un cavallo che la tira contro corrente, in uscita dal porto, camminando lungo il bordo del canale.

«*Andém!*» lo incita il padrone, imbacuccato in un mantello di lana con cappuccio. Ma l'animale, sfatto di fatica, non sembra curarsene più di tanto.

Sulla barchetta sono impilate otto botti di rovere che Davide ha acquistato da un mastro bottaio veneto. Sono arrivate stamattina a bordo di una delle grosse chiatte che transitano lungo i navigli, le cosiddette "cagnone", e ora stanno per compiere l'ultimo tratto fino a lui. La comodità di ricevere e spedire merci tramite la via d'acqua è solo uno dei motivi che l'hanno spinto a trasferire l'attività in questa zona, al civico 1 di via Corsico, una delle strade che sboccano sull'alzaia.

Mentre Maruchèt e due facchini scaricano le botti dalla barca, Davide regola i conti con il trasportatore, poi va in soccorso agli altri e si issa uno dei barili sulle spalle. Il nuovo laboratorio si trova poco distante da lì, è un ex magazzino per le merci provenienti da fuori città: quattro stanze, ampie e luminose, con attacchi per acqua ed elettricità e grandi vetrate da cui entra luce tutto il giorno. Non è stato facile trovare un posto che soddisfacesse tutti i requisiti che aveva in mente, ma appena ha messo piede qui dentro, ha capito che era quello giusto e ha fatto un'offerta al proprietario. Stavolta, ha apposto lui stesso la firma in calce al contratto di locazione: ha ventidue anni, ormai.

«Riempili con acqua calda» ordina a Maruchèt, dopo aver posato a terra l'ultimo dei barili.

Dovranno stare a mollo per tre giorni, poi verranno svuotati e riempiti ancora, fino a che il legno nuovo non sarà depurato delle sostanze che potrebbe cedere agli spiriti alterandone il sapore. Le botti sono uno dei pochi acquisti che Davide si è concesso per il nuovo laboratorio, oltre a un alambicco a vapore Deroy, che arriverà direttamente dalla Francia con l'intermediazione di Monsieur Jourde. Il resto dell'attrezzatura è già stato portato dalla vecchia sede, ma aspetta ancora di trovare una collocazione e tutto ha al momento un aspetto un po' caotico e provvisorio.

Davide tira a sé una cassa piena di barattoli di spezie con l'intenzione di svuotarla ma, mentre si china, avverte una strana resistenza nella tasca. Ci infila una mano e ne estrae una busta: è una lettera di Etienne, l'ha ricevuta quella mattina. Gli ha scritto di essersi trasferito a Parigi in un appartamento vicino agli Champs Elysées gentilmente offerto da sua nonna e lo invita ad andarlo a trovare al più presto: potrebbero passare un grandioso Natale, loro due, proprio come quattro anni fa. Davide si ripromette di rispondergli entro la fine della giornata, ma ha già in mente di rifiutare: non è il momento di allontanarsi, quello. Verrà ricoperto d'insulti, tacciato di essere il solito, noioso sgobbone e probabilmente sarà inutile cercare di spiegare a uno come Fuselöl la dedizione e perfino l'amore che si possono provare nei confronti del proprio lavoro. La cosa più semplice e risolutiva sarà spedirgli una cassa di Bitter e una di Cordial.

Si è già rimesso la busta in tasca e ha ripreso a disimballare i barattoli, quando una voce familiare lo interrompe di nuovo.

«Direi che qui manca il tocco di una donna.»

Antonietta se ne sta incorniciata nel vano della porta con la testa leggermente inclinata sotto il cappellino, in atteggiamento di caricaturale pignoleria. A un lembo del cappotto porta attaccato come una goffa appendice Antonio, che ora ha tre anni ed è a malapena riconoscibile sotto gli strati di lana in cui è avvolto.

«Ma che bella sorpresa!» Davide si pulisce le mani con un fazzoletto e va loro incontro.

Prende in braccio il nipote e lo bacia, lui protesta un po' per via della barba che lo punge sulle guance, mentre Antonietta fa qualche passo all'interno del laboratorio e si guarda intorno togliendosi i guanti.

«Ero curiosa di vedere come ti sei sistemato. Guido ha detto che ti sei messo a fare le cose in grande.»

«Ci provo» risponde lui, mentre posa a terra Antonio e gli mette un barattolo di cannella tra le mani. Il bambino lo annusa arricciando il naso.

«Hai visto quanta luce?» si pavoneggia Davide con la sorella.

Lei completa il giro di ricognizione, poi torna indietro e gli si ferma proprio davanti.

«Molto bene» conclude. Lo osserva a braccia conserte come se anche lui fosse sotto esame, insieme a tutto il resto.

«Che c'è?» domanda Davide, sospettoso.

Antonietta allora gli fa un sorriso accomodante e scioglie le braccia a dimostrare intenzioni pacifiche. «No, no, niente d'importante. Solo... la mamma mi ha detto che non verrai domani, a pranzo da noi.»

Davide le indica il disordine che li circonda. «Lo sai, ho parecchio da fare, qui. E aspetto in questi giorni il nuovo alambicco.»

«Ma proprio non puoi lasciare qualcun altro al posto tuo? Solo per un giorno? Anzi, un pomeriggio.»

«Non avevo capito che ci tenessi tanto» si giustifica Davide. Poi un dubbio: «O c'è qualche ricorrenza che ho dimenticato?».

«Nessuna ricorrenza. Però mi farebbe piacere che venissi: ci siamo tutti.» La donna si esibisce in una civettuola supplica. «Quindi, per favore, puoi rimandare i tuoi impegni? Fallo per il tuo nipotino, che ti vuole tanto bene.»

«Posso provarci.» Davide accarezza la testa del piccolo, che si è messo a succhiare un bastoncino di liquirizia, del tutto indifferente a quel negoziato.

«Devi riuscirci.»

«Posso chiederti come mai tutta questa insistenza?»

«No, non puoi chiedermelo. Vieni e basta. Intesi?»

Ottenuto quanto di più simile a un sì, Antonietta mostra all'improvviso una gran fretta di andarsene. Schivando qualunque altra domanda, dà un bacio al fratello, riprende per mano suo figlio e quasi scappa via.

32

Il disegno ordito da Antonietta si rivela a Davide il giorno successivo, quando, giunto a casa Migliavacca, fa il suo ingresso nel salone già gremito di ospiti. Seduta di spalle, sul divano davanti al camino, c'è Quintilia. Gioca con Antonio e non si accorge del suo arrivo. Mentre fa appello al più prudente scetticismo e cerca di convincersi che no, sua sorella non può aver imbastito tutto questo, Davide viene intercettato dal cognato Carlo, che lo trascina in una conversazione tra uomini sulla politica cittadina. Con il cuore in subbuglio, finge di interessarsi all'argomento ma intanto non perde d'occhio Tilia nemmeno un istante. È da molto tempo che le loro strade non si incrociavano. Dopo quell'ultimo colloquio in via Anfiteatro, circa tre anni prima, è calato un inverno mite, tra loro: rapporti cordiali ma freddi. Si sono a malapena sfiorati in due o tre occasioni e lui non ha mai cercato di violare la distanza che lei ha stabilito, non si è concesso di pensare a lei nemmeno dopo aver bonificato la mente da Leda, ha accettato l'idea di averla persa come una regola ferrea e represso sul nascere ogni tentazione di rimpiangerla. Ma ora che si ritrova nella sua stessa stanza, nella gabbia toracica gli è esplosa la rivolta.

Quando gli pare di poter governare il tumulto, si congeda dal cognato e le si avvicina. Quintilia è indaffarata con Antonio, che le sta mostrando il suo esercito di soldatini di piombo, e non lo nota finché non le è davanti.

«Buongiorno» le dice, e già gli sembra di aver sbagliato tutto.

Subito il bambino si stacca dalla donna e si slancia verso di lui a braccia tese.

«Zio!»

Se non altro, c'è qualcuno che lo accoglie con calore. Davide prende in braccio il nipote quasi a farsene scudo, Quintilia lo guarda senza tradire alcuna emozione, non deve essere poi una grande sorpresa trovarlo lì, in casa della sorella.

«Ciao... Da quanto tempo.»

«Troppo. E mi fa molto piacere vederti. Posso?» Indica il posto vuoto sul divano.

Lei annuisce, Davide mette giù il bambino e le siede accanto. Ne avverte il profumo: complesso, raffinato. E all'improvviso si ritrova a essere il ragazzo che, anni prima, non sapeva mai cosa dirle. Lei non fa niente per aiutarlo e pare molto concentrata sulle manovre di guerra di Antonio, anche se, di tanto in tanto, incrocia il suo sguardo. Poi, a un tratto, le sfugge un sorriso, quel sorriso lucente e contagioso che a lui è mancato per troppo tempo e che, adesso, è la prima, miracolosa goccia di un disgelo. Basta un argomento, uno qualunque, per cominciare una conversazione, poi tutto viene da sé: le parole, all'inizio stentate e incerte, prendono a scorrere una dietro l'altra fino ad assumere la portata di un fiume.

Ritrovare Quintilia è come tornare da un lungo esilio: Davide scopre che tutto in lei gli è ancora familiare, che non ha dimenticato un solo dettaglio del suo viso, né le particolari inflessioni della sua voce. Eppure il tempo è passato e la vita è andata avanti.

«Adesso insegno, sai?» gli racconta con un entusiasmo che la illumina. «Sono maestra di matematica. Ho una classe di venti bambine alla Scuola professionale femminile.»

Gli parla dell'istituto fondato anni prima da Laura Solera Mantegazza, attivista e patriota milanese, che raccoglie giovani indigenti e le prepara a un lavoro perché possano guadagnarsi da vivere con le proprie risorse. Dopo la morte di Laura, è stata la sua amica

Alessandrina Ravizza a raccoglierne il testimone. Le filantrope milanesi con cui Quintilia collabora sono signore benestanti, istruite, spesso cresciute in ambienti internazionali, che mentre teorizzano lontane utopie come l'emancipazione delle donne e il diritto di voto, nella pratica aprono cucine sociali, ricoveri, scuole.

«Dunque ora sei una suffragetta» sintetizza Davide, irretito nei suoi racconti.

Lei ride e lo invita scherzosa ad abbassare la voce. «Attento a come parli: per qualcuno è peggio che avere fama di meretrice.»

Da parte sua, Davide non si è mai soffermato più di tanto a riflettere sulla condizione femminile, sa solo che Tilia è bella quando ne parla, che la luce che le arde negli occhi non è solo il riverbero del camino e che tutta la passione e la forza che emana a lui fanno venire una gran debolezza.

Antonietta li interrompe per richiamare suo figlio e annunciare che il pasto sta per essere servito in sala da pranzo. Con le guance leggermente arrossate, Quintilia si alza dal divano e si allontana per prendere posto a tavola. Prima di seguirla, Davide trattiene la sorella.

«Quindi hai sempre saputo tutto.»

«Cosa pensi, che dormo in piedi?» rivendica lei dandosi un superiore contegno. «Sono tua sorella e ho molti anni più di te. E, fidati, non eri bravo come pensi a nascondere il fatto che morivi dietro a Quintilia.»

«Sì, ma perché proprio adesso? Dopo tutto questo tempo...»

Lei minimizza facendo svolazzare una mano.

«Diciamo che adesso siete tutti e due pronti.»

Quindi lo prende sotto braccio e lo guida nell'altra stanza.

«Comunque vada, ne è valsa la pena anche solo per la faccia che hai fatto appena sei entrato.»

Per tutta la durata del pranzo, Davide cerca con lo sguardo Quintilia, che è seduta poco distante, all'altro lato del tavolo. Si domanda se debba confessarle il motivo per cui, anni fa, ha smesso di scriverle dalla Francia. Leda non gli fa più male da tempo, è una cicatrice così levigata che sarebbe perfino pronto a mostrarla.

Ma nel tepore domestico di questo pomeriggio invernale, con la musica di un violino in sottofondo e il vino nelle vene a rendere tutto più amabile, non ha nessuna voglia di rivangare il passato e, probabilmente, nemmeno lei. Dopo tanto tempo, Tilia è tornata a sorridergli e questa fortuna non va sciupata con discorsi troppo complicati.

Quando è il momento di andare via, fa in modo di accompagnarla alla porta. Mentre l'aiuta a indossare il cappotto, le si accosta alla nuca.

«Allora, ci rivedremo?»

La donna abbassa lo sguardo per infilare i guanti.

«Chissà...»

Davide avrebbe sperato in una risposta diversa, più incoraggiante, ma, a pensarci bene, non sarebbe stato da lei: non basta un pomeriggio di chiacchiere davanti al camino per rimettere tutto a posto, decidere di ignorare il passato non ne cancella necessariamente le conseguenze. Ci vorranno tempo e impegno da parte sua per riconquistare Tilia: lei gli sta lanciando una sfida e, nell'ultimo sorriso che gli rivolge prima di uscire, c'è un chiaro invito a non arrendersi.

33

Milano, 26 dicembre 1889

«Alla buon'ora, damerino! Possiamo andare o devi darti un'altra lucidata ai capelli?»

«Almeno io non mi faccio vestire dalla mamma.»

Davide zittisce Guido storcendogli il papillon che, effettivamente, Letizia gli ha allacciato poco prima.

Ben vestito, sbarbato e innaffiato con una goccia di colonia, ha appena raggiunto i famigliari davanti alla Scala. È la sera di Santo Stefano. Le vetrine dei caffè e dei negozi sono un tripudio di luci e ninnoli colorati e al centro della Galleria, sotto la cupola di vetro, è stato allestito un abete decorato con nastri e palline, secondo la moda nordeuropea portata in Italia dalla regina Margherita.

Il 1889 è stato un anno fortunato sotto molti punti di vista e sembra voler finire meglio di come è cominciato. Il debutto nella pubblicità e il trasferimento del laboratorio hanno dato slancio agli affari, Perego, il contabile di famiglia, ha chiuso il bilancio più che in positivo.

Ci sono tanti motivi per festeggiare e Davide ha voluto fare un regalo a tutta la famiglia: un palco alla prima di stasera. È di ottimo umore, ha voglia di godersi qualche ora di musica e fare un bagno di buona società. Davanti al teatro è già assiepata una piccola folla e le carrozze continuano ad arrivare.

Prende al braccio la madre, elegantissima nell'abito in broccato nero e argento che si è fatta cucire per l'occasione, e non solo per galanteria: le nuove gonne imposte dalla moda, strette sui fianchi e sulle gambe e sormontate da tablier e panneggi, rendono oggettivamente complesso l'atto del camminare. Insieme a lei, si dirige verso l'entrata, seguito da fratello, sorelle e cognati.

«Te l'ho già detto che è la mia prima *prima*?» gli sussurra Letizia, mentre varcano la soglia del teatro. Ormai ha più di cinquant'anni, ma gli occhi le brillano come quelli di una ragazzina.

«Me l'hai detto, sì. E io te l'ho detto che sono felice che sei felice?»

Davide le stringe la mano. La fede è sempre rimasta lì, all'anulare, e ha impresso la propria forma alla carne.

All'interno, la sala a ferro di cavallo è morbidamente illuminata da un sontuoso lampadario in cristallo e da decine di lampade poste sui palchi. È un antro caldo e vellutato, che avvolge il pubblico in un abbraccio cremisi e oro. Davide si affaccia dal balconcino e getta un'occhiata intorno: come ogni anno, l'aristocrazia milanese è tutta in bella mostra sui palchi di primo e second'ordine. Gli uomini nei loro abiti scuri, i fiori all'occhiello, le posture un po' ingessate, le donne come vivaci macchie di colore, le gonne drappeggiate, i gioielli scintillanti, le pettinature elaborate. Mostrano l'orgoglio dei padroni di casa: sono le sovvenzioni dei palchettisti e la loro ostinata passione a far vivere questo teatro.

Più in alto, al terz'ordine, dove si trovano anche i Campari, e al quarto, la buona borghesia in posizione più defilata, mentre in platea e nel loggione si accalcano commercianti, impiegati, studenti e melomani di ogni tipo. Il brusio costante e ovattato è interrotto di tanto in tanto da una risata più acuta delle altre e dall'accordatura degli strumenti.

«Grazie per questa magnifica serata.» Antonietta affianca Davide al parapetto.

«Aspetta almeno che sia cominciata» si schermisce lui. «E comunque io con te sono in debito.»

Lei allora gli si stringe al fianco con aria da cospiratrice. «Sbaglio o ho visto te e Quintilia che parlavate fitto, dopo la messa di Natale?»

«Sbaglio o ci hai tenuti d'occhio come un falco, per tutto il tempo?»

Lei sospira rumorosamente, sollevando il petto dentro il corpetto di pizzo. «E va bene, sì, dammi pure della pettegola, ma dimmi almeno che le hai strappato un appuntamento.»

«Diciamo che ci ha tenuto a farmi sapere che il giorno dell'Epifania andrà a pattinare sul ghiaccio con suo fratello, ai Giardini Diana.»

«E tu ti farai trovare là, vero?»

«Cascasse pure il mondo. Gliel'ho promesso.»

«Bene» approva Antonietta. Quindi raggiunge la madre e la sorella in poltrona.

Lui sta per seguirla, quando un volto, in un palco di prim'ordine, attira la sua attenzione. Occhi allungati, naso affilato, zigomi pronunciati. Ma non fa in tempo a ricomporne l'immagine nella memoria che le luci si spengono e quel viso scompare nella penombra insieme al resto.

Il brusio del pubblico cala fino a ridursi a qualche bisbiglio isolato, poi un applauso accompagna l'entrata del direttore d'orchestra. Franco Faccio, il più grande maestro d'Italia, sale sulla pedana e fa un inchino, dà il segnale all'orchestra con la bacchetta e la musica comincia. Si apre il sipario sulla chiesa di Santa Caterina, vanno in scena *I maestri cantori di Norimberga* di Richard Wagner.

Davide si lascia catturare volentieri dalle avventure di Walther e compagni e distoglie la mente da quella strana apparizione tra il pubblico: deve essere stata una svista, senza dubbio.

Alla fine dello spettacolo, la folla degli spettatori si riversa nel ridotto del teatro, che diventa una spumeggiante arena di chiacchiere e convenevoli.

Davide ha appena salutato alcune vecchie conoscenze, quand'ecco di nuovo quel volto, riflesso in uno degli specchi a parete. Si gira a cercarlo nella ressa e finalmente lo trova.

Dunque non si era sbagliato, è proprio lei: Leda. È la stessa di sempre, ma nella versione più compiuta e seducente di sé: le spalle si sono arrotondate, così come i fianchi e i seni, e anche l'ovale del viso ha una curva più dolce. Stretta in un sontuoso abito celeste e oro, è una madonna terrena e scandalosamente carnale.

Non appena si accorge di lui, si congeda dall'anziana coppia con cui si accompagna e lo raggiunge sfoderando un sorriso.

«Un poco me lo sentivo che t'incontravo» dice con il suo solito, musicale accento.

«Io invece stento a credere ai miei occhi» ammette Davide, confuso.

Leda gli porge la mano guantata e lui s'inchina meccanicamente a simulare un bacio. Quella formalità lo mette a disagio, gli sembra così assurda per due che hanno condiviso un letto. Restano per qualche secondo a guardarsi, a prendere atto delle nuove persone che sono diventate.

«Ti sei tagliato la barba» osserva Leda, inclinando la testa. «Peccato.»

Lui d'istinto si tocca la mandibola e gli balena come un lampo il ricordo di quando lei gli accarezzava i peli ispidi e rossi. Non c'è più la barba, non c'è più la sua mano. Sarebbe così sconveniente, adesso.

«Come mai sei a Milano?»

«Sono solo di passaggio. I conti Binaghi mi hanno invitata per le feste di Natale.» Accenna con il capo alla distinta coppia con cui discorreva poco prima.

«Vedo che le tue frequentazioni sono molto cambiate dai tempi di Pigalle» commenta Davide con una punta di ironia.

«Li ho conosciuti l'anno passato a Madrid. Sono grandi appassionati di musica e gli piace circondarsi di artisti.»

«E poi ripartirai per una delle tue tournée? Dove te ne andrai?» la interroga con sincera curiosità.

«Londra, Vienna, Lisbona... e *chi 'o sape?*» Leda si dà un'aria mondana, ma l'impressione è che lo faccia più per assecondarlo che per reale convinzione.

«Era la vita che volevi, no? Immagino tu ne sia felice.»

D'un tratto le pupille le spariscono sotto le ciglia lunghissime e il sorriso che si ostina a tenere sulle labbra sembra sul punto di sfuggirle. «Certo che *so'* felice. Perché non dovrei esserlo?» Lo recupera infine con un'acrobazia.

In quel momento la contessa la richiama per avvisarla che la loro carrozza è arrivata. Leda affretta i saluti.

«Addio, Davide.»

Gli cerca la mano e gliela stringe, a stabilire un fuggevole, estremo contatto, prima di dileguarsi. Mentre la osserva sparire tra la folla, Davide non può fare a meno di domandarsi cosa in quell'incontro l'abbia lasciato così insoddisfatto. C'era un che di costruito, di poco autentico in Leda, sembrava si esibisse per un pubblico, e non lo aveva mai fatto con lui. Forse è solo l'effetto del tempo che passa, conclude, e comunque non ha più importanza.

Si incammina verso casa stranamente leggero, certo che anche quell'ultima immagine di lei andrà presto ad abitare la terra dei ricordi. Quel confino sicuro e pacifico da cui niente può tornare a nuocergli.

34

Milano, 6 gennaio 1890

«L'Epifania tutte le feste si porta via, *boja d'ona miséria.*» Maruchèt canta un solo ritornello da stamattina, condito di carogna e malumore. Lui e gli altri dipendenti della Campari hanno lavorato come muli durante le feste natalizie e i pochi giorni di chiusura non sono bastati per riposarsi. Da un paio d'anni a questa parte, il fedele collaboratore, quarant'anni d'età e ventisette di servizio, arriva a gennaio con la schiena a pezzi e una gran voglia di bestemmiare.

Davide lo lascia fare, ma solo finché non lo sentono i clienti.

«Dài, che la giornata l'abbiamo portata a casa» lo incoraggia mentre dà una furtiva occhiata all'orologio.

Hanno trasferito scorte di liquori dal laboratorio in via Corsico e le stanno sistemando nel seminterrato del Caffè che ora è interamente adibito a magazzino.

«Già, e poi mi tocca stare a sentire *i mal paroll de la mé miee*! Meglio stare qui a sgobbare, allora!» borbotta Maruchèt, sparendo nell'altra ala.

Davide riprende l'inventario che sta cercando invano di compilare: oggi i pensieri vanno per conto loro. Tra poco raggiungerà Quintilia ai Giardini Diana e continua a ripetersi in testa il discorso che ha intenzione di farle. Vuole dichiararle i propri sentimenti, sincero e diretto come non è mai stato, poche parole, difficilissime da mettere insieme, ma stavolta non si farà prendere da paure o timidezze, stavolta si sente pronto.

Dalla porta, fa capolino un giovane cameriere.

«*Sciur* Davide.»

«Vieni» gli ordina lui senza alzare gli occhi dal taccuino che ha in mano.

Il ragazzo gli si avvicina.

«C'è una signora che chiede di voi. Di sopra.»

Davide esita un momento, perplesso, poi mette via il taccuino e segue il ragazzo su per le scale.

Appoggiata a uno degli sgabelli del bancone c'è Leda, chiusa in un lungo cappotto con collo di pelliccia, le spalle leggermente ricurve.

Davide le va incontro stupito e, quando lei si volta, il colore terreo del suo viso gli appare come un presagio di sventura.

«Che succede?»

«Possiamo parlare?»

La conduce a un tavolo appartato, dietro un séparé, e ordina ai camerieri di non disturbarli.

Le siede di fronte e stenta quasi a riconoscerla. Quella che ha davanti è una pallida copia della donna fatale che ha rivisto pochi giorni prima alla Scala: il volto contratto, le mani inquiete, i capelli raccolti alla rinfusa sotto il cappellino. La patina di fascino e seduzione di cui si era ammantata si è miseramente sciolta, lasciandola scoperta e indifesa.

«Purtroppo mi trovo nella condizione di doverti chiedere aiuto» esordisce, un po' rigida. «I Binaghi mi hanno gentilmente invitata a lasciare casa loro e non so proprio dove andare.»

«Non capisco... perché?»

Lei ha lo sguardo di un animale braccato.

«*So'* incinta.»

Lui sente la necessità di risistemarsi sulla sedia.

«Incinta.» Lo ripete per acquisirne il senso e lentamente comincia a realizzare cosa ha davanti: l'inedita floridezza di Leda, la sua strana fragilità, la sensazione che si nascondesse da lui, la sera del loro incontro.

«E... chi sarebbe il padre?»

«*Nisciun*. Nessuno a cui possa interessare. L'ho conosciuto a Madrid, l'anno passato, mentre ero lì per una tournée. Mi ha fatto la corte per settimane: mazzi di fiori, gioielli, lettere... alla fine ci sono cascata. *Scem'*. Pensavo di amarlo veramente. Poi, quando ha saputo che aspettavo un bambino, ha negato di essere il padre.»

Leda non ha il minimo cedimento mentre ne parla, né di rabbia né di rimpianto.

«Ho provato a liberarmene subito» prosegue, portandosi le mani al grembo schiacciato nel corsetto, «ma non ha funzionato. 'Sta creatura vuole nascere a tutti i costi, e quindi va bene, io la farò nascere, ma non posso farle da madre. Lo capisci, vero?»

«Sì» risponde Davide. E ne è sinceramente convinto. Non c'è posto per un bambino nell'esistenza zingara di Leda e non c'è un'altra vita a cui lei possa adattarsi. E, anche se volesse provarci, crescere un figlio da sola, fuori dal matrimonio, senza mezzi e senz'altro mestiere che quello d'artista, significherebbe condannare entrambi a una vita da miserabili.

«Hai già considerato l'idea di tornare dalla tua famiglia?» prova a suggerire.

Un riso disperato le sbocca dal petto.

«*So' stat' a Napule, primm 'e venì cca*. Li ho supplicati, mi sono inginocchiata, ho pregato che se lo tenessero, ho promesso di ripagarli per il resto della vita mia. Non c'è stato verso, non vogliono saperne di una puttana e del suo bastardo.»

Deglutisce come se in bocca avesse un sapore disgustoso. «Non sapendo che altro fare, ho pensato di chiedere aiuto ai Binaghi. La signora è sempre stata generosa con me, è una donna di mondo, speravo che capisse, che potesse tenermi con sé almeno fino al parto. Invece...»

Solleva le spalle in quel suo tipico modo, ma stavolta non basta a liberarsi dal peso che le grava addosso.

«Dimmi cosa posso fare» interviene Davide.

Leda non ha una vera risposta. «Ho bisogno di un amico. Solo questo.»

Lui allora allunga una mano sul tavolo e lei ci mette dentro la sua. La attira a sé, la stringe come se dovesse frantumarsi da un momento all'altro e toccasse a lui tenere insieme i pezzi. La lascia piangere, poi, quando ha finito, tira fuori il fazzoletto e le asciuga le lacrime. Leda gli passa la mano sul rever della giacca e cerca di ripulire la macchia di trucco che ci ha lasciato sopra. Continua a scusarsi, mortificata.

«Non fa niente» le dice Davide. D'un tratto, si ritrova ingarbugliato nella matassa di tormento e passione che è questa donna. «Non fa niente» continua a dirle e non prova nemmeno a divincolarsi.

Lei di certo non può immaginare di aver deviato, ancora una volta, il corso della sua vita.

Come si aspettava, quando arriva ai Giardini Diana, i cancelli sono già chiusi. Attraverso la recinzione si vede la pista ancora segnata dalle lame dei pattini e il chiosco del noleggio con la saracinesca abbassata. Appoggiato alle sbarre di ferro, Davide resta a contemplare lo scenario della sua disfatta. Riesce perfettamente a immaginarla, Quintilia, scivolare fluida ed elegante sul ghiaccio, con i capelli dorati che le svolazzano attorno al viso, ridere e scherzare con il fratello e con i suoi amici e, di tanto in tanto, guardarsi intorno a cercare lui. Lui che non è mai arrivato, che ancora una volta ha promesso e non ha mantenuto.

Corre a perdifiato fino a San Babila, fino a casa di lei. Si ferma con il respiro grosso davanti al portone, resistendo alla tentazione di bussare: sarebbe un'invadenza imperdonabile e non farebbe che peggiorare la sua posizione. Si mette a passeggiare sotto alle finestre, sperando che, per qualche oscuro presentimento, lei si affacci. Trascorre circa un'ora in quella illusoria attesa, ma le finestre, illuminate dalle luci all'interno, restano chiuse. All'esterno, invece, il buio è sempre più fitto e il freddo ha cominciato a mordere. Davide si rassegna ad abbandonare il campo.

Si avvia verso casa a passi riluttanti, con le mani sprofondate nel paltò, e intanto prova a fare un vecchio gioco di tanto tempo fa, a immaginare cosa non le dirà quando si rivedranno, cosa non scriverà mai nel biglietto che le farà recapitare, domani, insieme a un bel mazzo di fiori.

> Cara Tilia,
> perdonami se non sono venuto da te, ero troppo preso a occuparmi di un'altra donna che ho amato.

Ride tra sé e un fiotto di amarezza gli gratta la gola. Qualunque cosa dirà, non basterà a scusarlo, questo è certo. La fiducia che Quintilia gli aveva faticosamente concesso oggi lui l'ha sperperata tutta.

35

Milano, gennaio 1890

La casa è un edificio a due piani, sormontato da un tetto leggermente spiovente, con grandi finestre sulla facciata principale e un balcone al primo piano. Aristocratica nella sua semplicità. Ai lati, arretrate di qualche metro, due ali di servizio adibite a magazzini e, intorno, un immenso parco alberato. La chiamano Casa Alta, nonostante alta non sia e si trovi in pianura.

Davide e Leda la raggiungono mentre la luce del mattino la colora di giallo ocra.

«Di certo è un posto tranquillo» prova a sorridere lei.

«Vedrai, starai bene» la incoraggia lui.

Alle loro spalle un facchino sta già scaricando dalla carrozza i pochi bagagli della donna. Questa villa patrizia, immersa nel verde della campagna di Sesto San Giovanni, tra Milano e Monza, sarà la sua casa per i prossimi mesi.

Davide l'ha presa in affitto da Edoardo Brambilla, che ne è il proprietario e non ha potuto negargli il favore, visto il conto chilometrico che ha in sospeso al Caffè. In passato, questa dimora settecentesca è stata luogo di villeggiatura dei conti Arese Lucini e, dopo vari passaggi di mano, è stata acquistata dalla sua famiglia: Edoardo l'ha avuta come parte di un'eredità, ma l'ha tenuta chiusa per lungo tempo, perché la quiete campestre lo annoia terribilmente. Davide gli ha spiegato, tenendosi sul vago, che l'avrebbe presa per conto di un'amica e ha finto di non vedere l'espressione ammiccante dell'ex compagno. Non era più di tanto scandalizzato, in fondo: non sarebbe né il primo né l'ultimo che trova una sistemazione per un'amante. Davide, a ogni modo, gli ha fatto promettere di non rivelare a nessuno l'esistenza del loro accordo e, siccome Edoardo ha giurato sui compagni di Dogali, ritiene di poter stare abbastanza tranquillo.

Subito dopo aver firmato il contratto di locazione, ha assunto una cameriera e un giardiniere, ha fatto aprire la casa e sistemare il giardino. Ora la villa si presenta al meglio di sé, pronta a risvegliarsi dopo un lungo sonno.

All'interno tutto è pulito e in ordine. Leda si guarda intorno, prende confidenza con l'ambiente, è cautamente sollevata. La luce che entra dalla finestra le illumina il volto e sembra toglierle uno strato di cupezza.

«Mi piace» commenta, accarezzando il velluto di un divano.

«Saranno quattro lunghi mesi» dice lui. «Cerchiamo di renderli gradevoli, per quanto possibile. O almeno sopportabili.»

«Lo saranno, *si m' vien a truà* spesso. Me lo giuri, vero?»

«Te lo giuro.»

Leda si slancia verso Davide e lo cinge con le braccia. L'odore dei suoi capelli gli penetra nelle narici, prepotente e inafferrabile, proprio come è lei.

«Tu sei l'uomo che m'ha saputa amare più di ogni altro» gli sussurra all'orecchio.

E lui sa che è vero e che questo gli impone l'obbligo di essere lì, con lei, anche se non le deve niente, anche se ha tutto da perdere.

Dopo il mancato appuntamento ai Giardini Diana, ha cercato in ogni modo di rivedere Quintilia, le ha fatto recapitare messaggi ed è passato e ripassato sotto le sue finestre. Una volta si è perfino deciso a bussare e, con una scusa, si è fatto annunciare dalla cameriera. Lei però ha continuato a negarsi caparbiamente. Sembra quasi che l'istinto la tenga lontana, che intuisca di doversi proteggere da lui e dal suo caos. In effetti, Davide non sa ancora cosa potrebbe dirle, quando e se gli concederà un confronto: confessarle che c'è un'altra donna nella sua vita? O umiliare entrambi con una bugia?

Nel frattempo, di una sola cosa è certo: non abbandonerà Leda. Ha deciso che se ne sarebbe preso cura dal momento in cui l'ha rivista al Caffè, il giorno dell'Epifania, e lo farà, in nome del legame che li ha uniti in passato e che ha lasciato una traccia indelebile oltre la lontananza e il tempo. Continua a provare per questa donna un affetto viscerale e insensato, ed è inutile passarlo al vaglio della ragione o della convenienza: alle creature libere e inquiete come lei si può solo donarsi senza riserve.

Ne hanno parlato a lungo e alla fine hanno convenuto che, una volta dato alla luce suo figlio, Leda lascerà Milano e tornerà alla sua vita d'artista. Sa di non essere adatta a fare da madre a nessuno e, qualunque squarcio questo apra nella sua anima, è disposta a portarselo dentro per sempre. Davide provvederà alle necessità materiali del bambino, gli procurerà una casa e una famiglia, qualcuno che accetti di crescerlo dietro compenso. Non avrà una madre, ma per il resto non gli mancherà niente: è un impegno che ha preso con se stesso, prima ancora che con lei.

Nei giorni seguenti, torna alla Casa Alta con regolarità. Non ha detto a nessuno di Leda e il fatto che il laboratorio si trovi distante dalla Galleria gli consente di muoversi liberamente avanti e indietro da Sesto senza dover dare giustificazioni ai famigliari. Edoardo è l'unico a sapere della sua doppia vita, anche se ne ignora fino in fondo i termini.

Quando, una mattina, Antonietta passa da lui in via Corsico, quello che meno si aspetta è di trovarsi a rispondere a un interrogatorio. Perché ha fatto un passo indietro con Tilia? Perché all'improvviso è sceso questo gelo tra loro? Lui si arrampica sugli specchi, fornisce risposte vaghe e scuse traballanti, finché lei, alquanto irritata, tira fuori una busta dalla tasca e gliela piazza sul banco di lavoro. Bastano la grana raffinata della carta e l'eleganza dei caratteri per insinuare un terribile sospetto in Davide, che si sforza di allontanare da sé, mentre estrae il biglietto con mani tremanti. Poi la realtà gli si materializza davanti agli occhi, scritta nero su bianco: è l'annuncio del fidanzamento tra Quintilia Maria Poggeschi e Riccardo Benvenuti.

Resta inerme, annichilito, pietrificato, sotto l'onda oceanica che lo travolge. «Non è possibile» mormora con un filo di voce.

Antonietta gli posa una mano sulla spalla, ora solidale, quasi pentita per il colpo che gli ha appena inferto: «Mi dispiace».

Lui continua a girarsi il biglietto tra le dita, avanti e indietro, alla disperata ricerca di qualcosa che ne confuti l'esistenza. Poi guarda la sorella, sconfitto: «Tu ne sapevi niente?».

«Sapevo che le famiglie si parlavano, ma Tilia ha sempre detto di non essere interessata. Non capisco il perché di questa decisione improvvisa, adesso.»

Si guardano. Antonietta non vuole dirlo, ma sanno entrambi il perché.

«L'ho delusa.»

«Se solo fossi andato a quell'appuntamento!» lo rimprovera lei, materna.

Davide le restituisce il biglietto. Sente una rabbia nera montargli dentro, contro se stesso per non essere mai abbastanza, contro Leda che gli ha scombussolato i piani, contro Quintilia che ha avuto tanta fretta di liquidarlo, contro il mondo intero.

«Non serve più a niente parlarne. Ormai quel che è fatto è fatto» decreta, lapidario.

«Davide...»

«Lasciami solo, ti prego.»

Antonietta prova ad avvicinarsi, ma lui la allontana, brusco, ha un'energia così distruttiva addosso che ha paura di farle male.

«Vattene, ho detto!»

A malincuore, lei si risolve ad andarsene, gli occhi rossi di pianto.

Appena la sorella sparisce oltre la porta, Davide afferra il primo oggetto che gli capita a tiro e lo lancia a terra urlando, poi si avventa contro il bancone e butta giù tutto ciò che ci trova sopra. Le provette di vetro che esplodono in mille pezzi, i liquidi che schizzano sul pavimento, le pagine dei ricettari che svolazzano in aria come uccelli in fuga. Solo perché la devastazione di fuori assomigli un po' a quella di dentro.

Passata la rabbia, subentra la rassegnazione. Quella, sì, solida, infrangibile. Davide ci si ritrova sigillato dentro come in un involucro protettivo e soffocante: all'esterno è lo stesso di sempre, ma all'interno è storpio, fratturato.

Per alcuni giorni ha limitato al massimo i contatti umani e si è mosso su un'unica traiettoria tra la casa e il laboratorio, ma oggi, dopo il lavoro, è salito di nuovo sulla tramvia a cavalli in direzione Monza ed è sceso a Sesto San Giovanni per andare alla Casa Alta. Si sente in colpa per aver lasciato Leda sola così a lungo, sa bene che la vita da reclusa è un sacrificio enorme per lei: a parte la compagnia della cameriera, non ha altri che lui. Soprattutto si biasima per aver provato rabbia nei suoi confronti, così le ha preso un regalo per farsi perdonare e perché vuole credere che farla contenta sia un antidoto alla propria tristezza.

Quando gli apre la porta, lei fallisce un sorriso.

«Che t'è successo?» gli domanda in tono preoccupato. Per un momento Davide ha la sensazione che possa guardargli attraverso la pelle e vedere il dolore che l'ha sfigurato. Dissimula, stoico: «Non mi fai entrare?».

Leda si fa da parte continuando a scrutarlo. «*Addo' si' stato tutt 'sti juorn?*»

«Ho avuto impegni di lavoro e mi dispiace se sono stato latitante. Però guarda cosa ti ho portato.»

Sposta l'attenzione sulla valigetta che ha in mano: è di legno lucido e ha la scritta EDISON incisa su un fianco.

«Un fonografo!» lei spalanca gli occhi, unendo i palmi in un colpo.

«Così almeno potrai distrarti con la musica.»

Davide appoggia l'apparecchio su un tavolo e lo apre sotto lo sguardo estasiato della donna. Ripetendo ad alta voce le istruzioni del negoziante da cui l'ha acquistato, dà la carica al meccanismo, sistema il cilindro di cera al suo posto, fissa la tromba sulla puntina e avvia la riproduzione. Prima un fruscio, poi la voce di una soprano che intona «*È strano! È strano!*» dalla *Traviata* di Verdi.

Leda si mette a canticchiare accompagnando le note con le mani. Quelle parole sembrano scritte apposta per lei: «*Sempre libera degg'io folleggiar di gioia in gioia, vo' che scorra il viver mio pei sentieri del piacer*». Ed è davvero una consolazione vederla così leggera e sorridente, per la prima volta da quando si sono ritrovati. Afferra le mani di Davide e comincia a volteggiare nella stanza. Ha smesso di indossare corsetti e, sotto l'abito di seta, si intuisce la nuova rotondità del ventre e del seno.

Quando la musica finisce, restano al centro della stanza, uno di fronte all'altra, in un misto di eccitazione e disperazione. Allora baciarsi sembra l'unica cosa possibile. Lei gli prende la testa tra le mani e si infila nella sua bocca con famelica urgenza, lui le afferra i fianchi e se li stringe contro, risale lungo la schiena e fa saltare i bottoni della camicetta. I vestiti finiscono sparsi per tutta la stanza e si ritrovano nudi sul pavimento, l'uno nell'altra ancora una volta.

Dopo rimangono a terra, esausti e svuotati, ognuno confinato nei propri pensieri. Il freddo delle maioliche comincia a risalire la carne.

A un tratto, Leda appoggia la testa sulla spalla di Davide.

«Non importa» gli dice.

«Cosa?»

«Che non siamo felici. Ci abbiamo provato, non ci possiamo rimproverare niente.»

Lui annuisce e se la stringe contro, anche se non basta a scaldarsi. Sanno entrambi che è stato più il bisogno che il desiderio, e che questa è l'ultima volta che hanno fatto l'amore.

36

Milano, febbraio 1890

Stupido. Ecco cosa sei, Davide Campari: nient'altro che uno stupido.

In piedi davanti alla finestra, osserva la città intirizzita sotto uno strato di brina e dentro di sé si maledice perché di quello stupido lei si è innamorata e non una volta soltanto. I ricordi continuano a girarle in testa come la ruota di un mulino.

Cinque anni prima, la sera della festa. Lui era energico, selvatico, euforico, ed è stato allora che è successo. Lo ha visto in mezzo alla folla che si accalcava nel Caffè, con la camicia sbottonata e il torace quasi nudo, i capelli rossi che gli ricadevano sulla fronte, una forza vitale che gli tendeva i muscoli sotto la pelle, e tutt'a un tratto si è sentita perduta. All'inizio non aveva voluto credere ai segnali del proprio corpo: non era possibile che Davide le facesse quell'effetto, lo aveva visto nascere, lo considerava da sempre come un fratello più piccolo, qualcuno verso cui esercitare il suo senso materno.

Ma per tutta la sera le era rimasto quel senso di vuoto nella pancia. Come una fame piacevole, che non chiedeva di essere saziata. E quando lui l'aveva baciata, quella fame era esplosa in un desiderio vorace, che aveva fatto fatica a dominare. Diamine, se se ne vergognava. Solo poco prima era qualcosa di lontanissimo e impensabile, e all'improvviso non anelava altro che quelle mani e quelle labbra.

Quell'insolente di un ragazzino, come si permetteva di farla sentire così? Eccitata, viva come non era mai stata. Ovviamente non aveva potuto dirglielo. Era rimasta abbottonata, non era una sciocca né un'illusa. Vai, Davide Campari, fai pure la tua vita, gli aveva detto, vedremo cosa succederà.

E infatti lui si era perso poco dopo. Parigi: figuriamoci se un ragazzo di diciott'anni non se ne sarebbe lasciato confondere... Lei c'è stata una sola volta e ne ha vista una minima parte, ma, insomma, ha presente di cosa si tratta. Quando lui era sparito nella Ville Lumière e aveva smesso di scriverle, la vergogna l'aveva travolta di nuovo, insieme alla rabbia e all'autocommiserazione. Si era presa letteralmente a schiaffi davanti allo specchio per essere stata tanto ingenua. Lei, una donna. Matura, posata, responsabile.

Davide però una cosa buona l'aveva fatta: le aveva insegnato a rompere gli argini. Se non si fosse sentita così forte e impetuosa, forse non avrebbe mai osato disobbedire a suo padre e non sarebbe mai andata a conoscere la sua eroina. Alla Cucina per gli ammalati poveri, Alessandrina Ravizza l'aveva squadrata per pochi secondi e le aveva subito messo un mestolo in mano. Lei che in casa non era tenuta nemmeno a sparecchiare la tavola, che usava le mani per suonare il pianoforte – malissimo, peraltro – o per sfogliare libri, si era trovata a servire vecchi, malati e disperati, come l'ultima delle sguattere. E anche stavolta aveva avuto la riprova che uscire dagli schemi, sovvertire l'ordine, era la cosa migliore che potesse capitarle. Era arrivata con un mucchio di idee astratte sulle disuguaglianze sociali, sull'emancipazione femminile, sui rapporti di potere, e aveva avuto la sua catarsi riempiendo ciotole di minestra. Dentro allo stanzone di via Anfiteatro, grazie a quelle signore idealiste e pragmatiche, qualcosa di concreto accadeva davvero e lei voleva a tutti i costi continuare a farne parte. Non importava quanto si sarebbe arrabbiato suo padre, avrebbe sopportato qualunque punizione pur di tornare da Alessandrina, soprattutto dopo che l'amore l'aveva delusa.

Andava a fare della beneficenza, non a vendersi in un bordello, ma al vecchio patriarca questo non interessava, per quanto lo riguardava sua figlia aveva due soli obblighi: trovarsi un marito e mantenersi pura fino all'altare. E poi tutta la baldanza e la supponenza di quelle suffragette non gli sfuggiva mica, non era un allocco, lui. Vedendola tanto determinata, Manlio, suo fratello, aveva fatto da mediatore e, dopo una faticosa trattativa con i genitori, aveva ottenuto che la sorella continuasse a frequentare il circolo della Ravizza, ma a una condizione: che cominciasse a vagliare seriamente i partiti che la famiglia le proponeva e che prendesse marito entro i trent'anni.

Non era un patto malvagio, tutto sommato, anche se sposarsi aveva le sue incognite: poteva capitarle un consorte ancora più retrogrado e possessivo di suo padre e finire dalla padella alla brace. Ma aveva accantonato il problema e si era gettata di slancio nella sua nuova avventura. Era bello avere qualcosa di pratico da fare, rendersi utile, tornare la sera stanca, senza forze, ma con la certezza di esistere. Così, a Davide si era abituata a non pensare più. Qualche volta ancora le capitava di sognarlo, ma quando era vigile continuava a prendersi idealmente a schiaffi se solo i pensieri deragliavano in quella direzione.

Un anno e mezzo fa, però, ha compiuto trent'anni e suo padre ha cominciato a pretendere con toni sempre più perentori il rispetto del patto: era ora che si scegliesse un marito. Lei ha temporeggiato più che ha potuto, fingendo di interessarsi a qualcuno per poi scartarlo con elaborate argomentazioni, finché lui non ha perso la pazienza e le ha dato un ultimatum: o lasciare la casa paterna al braccio di un uomo o andarsene comunque per trasferirsi a San Pellegrino, in Val Brembana, dove nel frattempo la signora Poggeschi, sua madre, aveva preso dimora con la scusa di alleviare certi malanni (ma più probabilmente per sfuggire alle dispotiche manie del marito).

Ovviamente, di lasciare Milano per finire in un paesello di montagna non se ne parlava e di fronte a quella prospettiva l'idea di frequentare Riccardo Benvenuti non le è sembrata poi tanto terribile. Lui è il figlio di un socio di suo padre ed è un bravo ragazzo, oltre questo non c'è molto altro da dire. La tratta con garbo e rispetto e si è fatto benvolere da subito, ma nessun vuoto nella pancia con lui, nessun turbamento. Poteva funzionare, a ogni modo, e tutto sarebbe filato liscio se non si fosse messa di mezzo quella testa matta di Antonietta.

Lei e le sue idee romantiche. Ora, siccome lei e Carlo sono innamorati come due colombi, bisogna che tutti i matrimoni siano il trionfo del Vero Amore. In quanto sua migliore amica e intima confidente, la Campari sa che nessun altro le ha più "fatto battere il cuore" come Davide, e la differenza d'età a suo dire non ha alcuna importanza, perché quando ci sono i sentimenti, il resto non conta. E poi vuoi mettere la gioia di vedere la sua più cara amica insieme a suo fratello? Già un anno dopo che Davide era tornato dalla Francia, aveva cominciato a riproporre la questione, a gettare quel nome nella conversazione, di tanto in tanto, come un sasso nello stagno, per saggiare le sue reazioni. Lei però non dava seguito, ogni volta lasciava cadere il discorso con studiata indifferenza. Antonietta alla lunga si era rassegnata, e aveva quasi smesso di combattere la sua crociata, ma quando aveva capito che l'amica era pronta a fidanzarsi con qualcuno che non amava, allora il suo spirito romantico è insorto e le ha imposto di fare almeno un ultimo tentativo.

Quell'invito a pranzo era una trappola studiata apposta per loro, non ci voleva molto a capirlo, tuttavia non c'erano molte ragioni per non cascarci. A quel punto cosa aveva da perdere? Nelle sue previsioni Davide avrebbe dimostrato di non essere interessato e finalmente Antonietta avrebbe capito l'inutilità dei suoi sforzi da cupido. Erano tutte e due troppo vecchie per certe scemenze.

Peccato che le cose siano andate diversamente. Non ha ancora ben chiaro cosa sia successo, di fatto, sa solo che niente è stato come si aspettava. Lei, prima di tutto. Avrebbe voluto mantenersi indifferente e distaccata, ma, appena Davide le si è avvicinato, è rimasta catturata nel suo campo gravitazionale e ogni volontà è decaduta. Ha provato a non ricambiare i suoi sguardi, a non sorridergli, a non sentirsi felice ed emozionata per averlo seduto accanto, ma non ce l'ha fatta. E così, nel giro di un pomeriggio, anni di rimozione sono stati vanificati e lei ha passato i giorni seguenti a sperare che lui non sparisse di nuovo, che tornasse a cercarla. E per un po' è tornato. Si è imposta di rimanere coi piedi per terra e doveva faticare non poco per contenere le fughe in avanti di Antonietta che, fosse stato per lei, avrebbe già ordinato i confetti... ma dentro di sé ha cominciato a crederci.

Poi è arrivato il giorno dell'Epifania. Il triste risveglio. Quando ha scoperto che Davide, in fondo, era rimasto lo stesso, quello che anni prima l'aveva delusa. Volubile, inaffidabile, bugiardo. Gli aveva perdonato Parigi, allora, perché era solo un ragazzo, ma adesso basta, non ha più scuse. Un pomeriggio intero ad aspettarlo, palpitante come una ragazzina, a sperare di vedere la sua testa rossa comparire in lontananza, per poi capire di esserci cascata di nuovo.

Sei solo uno stupido, Davide Campari, con tanto tempo a disposizione e tutta la libertà dei giovani maschi di cincischiare e prendersela comoda con le loro scelte. Ed è tutta colpa tua se non saremo mai felici insieme e l'amore che avevo da darti andrà sprecato, perché tu non l'hai voluto. Io non ho più tempo per te, ora.

Una piccola mano le tocca la spalla. Quintilia si volta e una ragazzina di circa tredici anni le mostra il braciere.

«Maestra, è quasi spento. Fa un freddo cane agli ultimi banchi.»

«Dai qua.»

Prende la cassetta di metallo dalle mani della ragazzina e va a riempirla alla stufa, in un angolo della stanza. Quindi la riaccompagna al suo posto e le sistema il braciere accanto. L'aula è grande, difficile da scaldare, e le venti allieve che siedono ai banchi in giorni freddi come quello tengono addosso sciarpe e guanti, se hanno la fortuna di possederli.

Tornando verso la cattedra, Quintilia si sofferma a correggere un errore di calcolo sul quaderno di una studentessa. Lei cancella la cifra sbagliata e scrive sotto quella giusta. Poi guarda la maestra e l'apostrofa con ingenua sfrontatezza: «Abbiamo saputo che vi siete fidanzata. Congratulazioni, signorina».

Lei cerca di schermirsi, ma tutte le altre si uniscono agli auguri e le fanno perfino un applauso. Per sfuggire a quella pioggia di felicitazioni, Quintilia non trova di meglio che rifugiarsi in cattedra.

«Avanti, adesso. Rimettetevi a fare le divisioni» ordina impacciata, battendo la mano sul tavolo. Dovrebbe ricordare alle sue giovani pupille che no, non ha conseguito l'obiettivo della vita, che mettere il proprio destino nelle mani di un marito non dovrebbe essere l'unica ambizione di una donna, che appunto per questo loro sono qui: per imparare a provvedere a se stesse e non dipendere da nessuno. Ma da che pulpito?

Lentamente nell'aula torna il silenzio. Quintilia si sposta di nuovo davanti alla finestra e rimette in moto i pensieri. Già, si è fidanzata. Presto sarà moglie e non dell'uomo sbagliato, ma di quello giusto. Se si considerano i dati a disposizione e si tirano le somme, Riccardo è il risultato più conveniente e approssimativamente vicino all'esattezza. La stupida è lei, a non volerlo capire.

37

Milano, 15 febbraio 1890

«Cos'è? Uno scherzo?»

Un Arlecchino si china con fare perplesso sul suo bicchiere di Bitter e il grosso naso di cartapesta quasi ci finisce dentro.

Guido ci ha appena spruzzato sopra del seltz.

«Ora il Bitter lo serviamo così.»

«Ah sì, e chi l'ha detto?»

«Mio fratello, che, a quanto pare, è un genio» risponde Guido alzando la voce, in modo che Davide, impegnato all'altro capo del bancone, possa sentirlo oltre il vociare delle persone e la musica del pianoforte.

È sabato grasso e nel Caffè ha fatto irruzione una folla ridanciana e chiassosa. A Milano non ci si accontenta del Carnevale: qui c'è il *Carnevalone*, che dura una settimana in più, secondo le prescrizioni del rito ambrosiano. Perché il divertimento è una cosa seria, quasi quanto il lavoro.

Meneghini e Cecche, Beltrami e Beltramine, giullari e pagliacci con le teste piene di coriandoli hanno sfilato negli ultimi giorni davanti al bancone, e questo tempo di follia e sregolatezza a Davide è sembrato quello giusto per testare una nuova idea: Campari con seltz.

Già da qualche tempo era riuscito, a forza di esperimenti, a ridurre la gradazione alcolica del Bitter, allo scopo di renderlo più leggero e versatile. Poi, l'intuizione: anziché servirlo in bicchierini da amaro come fatto finora, allungarlo con acqua di seltz in un bicchiere più grande. Un solo getto da un sifone ed ecco che tutti gli aromi e i profumi del Campari esplodono in una miriade di bollicine che solleticano il palato e prolungano il piacere della bevuta. Dopo aver assaggiato per primo la nuova miscela, a Davide è parso incredibile non averci pensato prima.

L'Arlecchino si decide a mandarne giù un sorso. Ci pensa su, poi decreta: «*L'è curius, ma l'è bón*».

Davide strizza l'occhio a Guido, che scuote la testa rassegnato. Tutto quello che suo fratello tocca diventa oro.

Averlo lì, in quei giorni, è cosa più unica che rara: da qualche tempo lo si vede poco al Caffè, e ancora meno in casa. Spesso esce la mattina presto e rientra a notte fonda, quando lui e Letizia sono già a letto.

«Avanti, confessa: *ghe in mezz ona dònna*» ha provato a metterlo alle strette.

Lui però ha negato, ha spiegato che ha solo molto da fare, e in effetti su questo è difficile contraddirlo. Dopo il Cordial, che l'ha consacrato come mastro liquorista, Davide ha tirato fuori una sfilza di nuove bevande: Amaro Inglese, Grappa di Moscato, Kinal, Sciroppo Orzata, Menta Glaciale Alpina e tante altre. Oltre a produrle lui stesso in laboratorio, è sempre in giro a promuoverle per caffè e ristoranti, o impegnato a sbandierarle con le sue réclame.

Anche grazie a quegli annunci che continuano ad apparire sul giornale, Campari è un nome conosciuto in città e, ogni volta che Davide fa la sua comparsa al locale, i clienti ci tengono a salutarlo personalmente, a stringergli la mano. Ha dimostrato di valere quanto e più di suo padre, dicono.

Tutto questo a Guido fa piacere, sia chiaro. Non si aspetta che qualcuno si ricordi che quel cognome è anche suo o che si congratuli con lui per come gestisce la sala, per come riesce a rendere il servizio onnipresente e invisibile allo stesso tempo, per come mantiene tutto ordinato e pulito, per il sorriso che ha sempre stampato sulla faccia. Gli avventori non sono tenuti ad accorgersi di questo. Da suo fratello, però, si aspetterebbe una pacca sulla spalla ogni tanto, una parola d'appoggio o semplicemente che fosse più interessato a quello che ha da dire su come vanno gli affari, invece sembra perennemente distratto, preso da qualcosa di più importante. L'unica a incoraggiarlo e a dirgli che sta facendo bene è sua madre, ma, si sa, i complimenti delle mamme non valgono.

Davide si asciuga le mani con un canovaccio e gli si avvicina.

«Io vado.»

«Di già?»

«Te l'avevo detto che restavo poco. C'è il Beruti ad aiutarti.»

Il nuovo banconista è appena entrato nel locale ed è andato a cambiarsi nello spogliatoio. Davide fa per avviarsi, ma Guido lo trattiene.

«Senti, dopo la chiusura, con un po' di amici andiamo al ballo sotto i Portici. Vieni?»

Davide rallenta i movimenti, mentre infila il cappotto. Guido spera che stia valutando la proposta, in realtà sta solo cercando le parole per rifiutare.

«Non credo di fare in tempo.»

«Perché, che impegni hai di sabato grasso?»

«Ecco... sono invitato da un'altra parte.»

«Ah... E dove?»

«Amici che non conosci.»

Il sorriso di Guido vira a una smorfia di delusione.

«Certo, i tuoi amici te li tieni stretti, tu. Meglio non mischiarli con la teppa di tuo fratello.»

«Senti, non è come credi...»

«Lascia stare, non fa niente.»

E torna a dar retta ai clienti.

Davide esce dal locale arrabbiato con se stesso. Doveva studiarla meglio, quella risposta. O, forse, doveva essere sincero e dire a suo fratello che sta andando da Leda. Ma quell'idea la scarta subito: preferisce lasciare che Guido lo consideri presuntuoso e scostante piuttosto che confessargli di aver ripreso a frequentare la donna che, dal suo punto di vista, lo ha già strappato una volta alla famiglia.

Mente a tutti, da quando Leda è tornata nella sua vita. A Guido, ad Antonietta, a sua madre, a chiunque conti qualcosa per lui. Ha perso per sempre Quintilia e non può lamentarsene con nessuno dal momento che la colpa è solo sua, e nemmeno ha il diritto di risentirsi se lei gli ha sbattuto la porta in faccia e il giorno dopo si è promessa a un altro. Ha subito il più grande rovescio della sua vita e continua a comportarsi come niente fosse, a fare ciò che ha sempre fatto, finto come un pupazzo di cartapesta. Se ne va in giro con una maschera sul volto, proprio come i devoti del Carnevale che si vedono in giro in questi giorni. Eccoli lì, sciamare a frotte su piazza del Duomo cantando e vociando, interpretando con encomiabile impegno il ruolo di buffoni, pagliacci e fracassoni che si sono dati per una sera. Una volta a casa, torneranno a essere gli impiegati, i negozianti, le massaie di sempre, le donne e gli uomini rassicuranti che le loro famiglie conoscono, e non sentiranno di aver tradito nessuno, si getteranno quella follia alle spalle senza portare colpe. Ma per lui sarà diverso.

Trova una vettura e chiede di andare a Sesto, dove Leda lo sta aspettando. In passato lei è stata il suo Carnevale, l'ha scosso con la sua carica vitale, l'ha fatto impazzire di gioia e gli ha fatto assaporare una libertà sconosciuta. Ora tutto si è ribaltato: la ragazza ribelle e vivace di un tempo è una donna fragile e sola, e il ragazzo inesperto e impacciato è diventato l'uomo che le ha promesso protezione. Ma non c'è allegria né speranza nel loro essersi ritrovati, solo una lunga, malinconica attesa del momento in cui si separeranno di nuovo.

I giorni spensierati sono lontani. Per entrambi, adesso, è tempo di ceneri.

38

Milano, aprile 1890

Quello di Quintilia è stato un fidanzamento insolitamente breve. Nemmeno il tempo di annunciarlo che, dopo soli tre mesi, con l'arrivo della primavera, le rispettive famiglie hanno comunicato la data del matrimonio. Forse avevano fretta di unire i propri interessi o, chissà, di imbrigliare le inquietudini della sposa.

Il rito si celebra stamattina, nella chiesa di San Fedele.

Davanti allo specchio, nella sua stanza, Davide chiude i bottoni della camicia con lo spirito di un condannato a morte. Tra poco il corteo nuziale passerà proprio sotto le sue finestre e lui vedrà Quintilia un'ultima volta, prima che diventi la moglie di un altro. Ha provato a convincersi di aver macerato il dolore, di essersi messo il cuore in pace, ma di fronte all'irreversibilità di quel vincolo, alla certezza del "per sempre" che lei pronuncerà di lì a poco, sente un cappio stringergli il collo.

A un tratto, percepisce un trambusto provenire dal soggiorno, la voce della Celestina che si oppone debolmente, poi un'altra, familiare, inconfondibile. La porta si apre d'un colpo ed Etienne compare sulla soglia in tutto il suo splendore francese: indossa un completo di velluto blu e una vistosa cravatta di seta, e in mano brandisce un bastone da passeggio con il pomello in avorio intarsiato.

«Qualunque cosa tu stia pensando di fare, ti proibisco di farla, Campari» gli dice puntandoglielo contro.

«Etienne!» Davide, sorpreso, gli va subito incontro e lo abbraccia calorosamente. «Come sei arrivato?» gli domanda, ancora incredulo.

«Con il treno, come un comune mortale. Cosa ti aspettavi, che comparissi in una nuvola di zolfo?»

«Be', non mi stupirebbe. Ma perché non mi hai avvisato?»

Etienne si toglie cilindro e guanti e li appoggia sul piano di marmo della cassettiera.

«Sai quanto amo l'effetto sorpresa. E poi è stata una decisione repentina, dopo che ho ricevuto la tua ultima lettera. Sono venuto a salvarti, caro mio, non potevo tirarmi indietro.»

«A salvarmi... da cosa?» Davide cerca di dissimulare, senza troppo successo, il malessere che ha dentro.

«Ma dal tuo masochismo!» risponde Fuselöl, diretto come un dardo. «Hai intenzione di presenziare al matrimonio della tua Quintilia, scommetto.»

Il silenzio di Davide vale come ammissione.

«Di' un po', vuoi davvero fare la scena patetica di te che vai a stringerle la mano e le auguri tanta felicità e figli maschi?»

«Non esattamente...»

Ma Etienne non lo sta nemmeno a sentire, passeggia avanti e indietro per la stanza arringando come un principe del foro. «Ammetto che ha un certo fascino la figura dell'eroe romantico che si consegna al proprio dolore con contegno impassibile, con virile stoicismo e, conoscendoti, riesco a immaginare quanto ti possa sedurre una prospettiva del genere.» Si ferma e gli si piazza davanti, penetrandolo con gli occhi viperini. «Ma ti domando: vuoi davvero flagellarti le gonadi con le tue stesse mani?»

Davide allarga le braccia, impotente. «Non andare, a ogni modo, non cambierà le cose.»

«Non dobbiamo cambiarle, le cose, dobbiamo solo farle sparire dalla nostra vista!» esclama l'altro, infervorato. «Perciò adesso vestiti e usciamo.»

«Per andare dove?»

«All'ippodromo.» La faccia di Fuselöl si anima di un'inquietante cupidigia. «Andiamo a scommettere. E poi mi porterai a vedere le bellezze di questa tua Milano, a teatro, a mangiare e a bere. Mi hanno detto che c'è un caffè da queste parti che non è niente male.»

Gli mette in mano una cravatta e lo spinge di nuovo davanti allo specchio.

«Forza, che ci attende una lunga giornata. Ah, e portati un sacco di soldi da perdere, mi raccomando. Devi farti male al gioco per scalzare le pene d'amore. E se ti dico che funziona, fidati, è perché l'ho provato.»

Davide si annoda la cravatta e adesso, nel riflesso dello specchio, vede germogliare uno stentato sorriso. Il destino sta per compiersi, la donna che ama sposerà un altro e le sue future chance di essere felice stanno per ridursi drasticamente e irrimediabilmente. Ma non c'è niente di meglio della compagnia di un vero amico, in un giorno come questo.

39

Milano, maggio 1890

La pancia di Leda si alza e si abbassa impercettibilmente, sotto la stoffa leggera, seguendo il ritmo del suo respiro. Dorme supina sul divano, con un braccio ripiegato attorno alla testa. Davide, seduto accanto a lei, la osserva. Vorrebbe capire come fa a cambiare ogni giorno e a restare se stessa, sempre. Quel ventre abnorme, grosso e tondo come un cocomero, sembra un corpo estraneo sulla sua persona snella, eppure non riesce più a ricordarla senza. Una piccola onda ne increspa all'improvviso la circonferenza perfetta. Davide ha un leggero sussulto, quei movimenti lo sorprendono ancora. La prima volta che ne ha sentito uno, tre mesi fa, si è spaventato sul serio e ha ritirato di colpo la mano che Leda gli teneva su un fianco.

Fuori imperversa un temporale primaverile. Erano usciti a fare una passeggiata nei dintorni della villa, ma, sorpresi dai primi goccioloni, hanno subito fatto dietrofront, accelerando l'andatura man mano che la pioggia aumentava, finché c'è stato uno scroscio violento e si sono messi a correre. Davide stringeva la mano di Leda, lei rideva e si teneva la pancia, arrancandogli dietro. Dopo essersi cambiata i vestiti fradici, si è messa a leggere sul divano, ma poi si è lasciata vincere dalla stanchezza.

Quanto manca al parto? Due settimane? Dieci giorni? Maria,

la levatrice che l'ha visitata, non ha saputo essere più precisa. Si aspetta, si lascia che succeda quel che deve succedere, senza pretendere di sapere come né quando. Questa mania di calcolare e programmare è tutta di voi uomini, ha detto.

In questi mesi Davide ha dovuto imparare a non fare niente, a limitarsi a vegliare e proteggere, e adesso vedere Leda così abbandonata e fiduciosa gli fa credere di aver fatto bene. Questa creatura multipla, questo prodigioso essere in cui battono due cuori, è una responsabilità solo sua, la più spaventosa che abbia mai avuto, ma anche la più esaltante. Forse è tutto qui il senso della vita di un uomo, sentirsi meravigliosamente inadeguato e continuare a provarci sempre, e quando una donna e un bambino bussano alla tua porta e ti chiedono asilo, ti onorano della loro delicatezza, bisognerebbe tenerli con sé, non lasciarli andare via.

E se quella che ha davanti fosse un'ultima chance, una residua possibilità di accaparrarsi l'amore?

Un altro colpo sotto pelle. Forse un piede, forse un gomito. È dura sforzarsi di non immaginare cosa c'è là dentro. Davide allunga una mano e ce la posa sopra: gli pare che, chiunque sia, stia cercando di stabilire un contatto con l'esterno.

Leda, intanto, ha aperto gli occhi.

«Cosa fai?»

«Niente.»

Ritira la mano come se fosse stato sorpreso a familiarizzare col nemico.

Lei però non sembra contrariata. Sembra triste, piuttosto. Si passa una mano sulla pancia come ad accertarsi che ci sia ancora.

«Secondo te mi somiglierà?»

Quella domanda lo stupisce, perché di solito Leda non parla del bambino, mai.

«Non lo so...» s'inceppa.

Lei resta per un lungo momento a guardare il soffitto.

«Sai, ho fatto un sogno. Era bello...»

Ma poi non va avanti. La sua tristezza improvvisamente riempie tutta la stanza, Davide ha l'impressione di affogarci dentro.

«Senti» le dice, con uno strano tremore nella voce. «Se tu non vuoi... se solo hai il minimo dubbio...»

Esita. Non sa come, ma se lei glielo chiedesse sarebbe pronto a cambiare tutto, a disfare il loro patto e, magari, a immaginare un finale diverso. Leda si volta verso di lui, gli rivolge uno sguardo grato e impotente. Gli fa una carezza sul viso, poi torna a fissare il soffitto.

40

Arrivano ogni dieci, quindici minuti: fitte dolorose che tolgono il fiato e strappano gemiti. Leda, vestita di una sola camicia di lino, cammina avanti e indietro tra cucina e salotto, tenendosi la pancia tra le mani, mentre Davide lotta con la frustrazione di non poterle togliere nemmeno un grammo di sofferenza. Sono entrambi terrorizzati, anche se non se lo dicono.

In alcuni momenti, tra una contrazione e l'altra, Leda gli si avvicina e gli preme la fronte contro il petto. Davide fa per abbracciarla, ma lei scatta subito: «No, non mi toccare».

Poi riprende a camminare e ricomincia il travaglio.

In poco tempo, le doglie diventano più ravvicinate e più forti. Leda adesso urla con una voce cavernosa che non è nemmeno più sua, è un suono che le passa attraverso e sembra scaturire dalle viscere della terra.

Maria, la levatrice, arriva insieme alla cameriera che è corsa a chiamarla.

«Cercate di respirare, cara» le dice, afferrandola per le spalle. E le mostra come fare.

Leda, i capelli bagnati di sudore, urla stringendo i denti e la supplica con lo sguardo di liberarla da quell'inferno. La donna la fa accompagnare nella stanza da letto dalla cameriera e, prima di seguirle sulle scale, si rivolge a Davide.

«I nostri accordi sono sempre gli stessi?»

«Sì» risponde.

Maria ha fatto da tramite tra lui e una coppia di sposi, i Ghezzi, proprietari di una modesta fattoria a Sesto. I due hanno appena avuto un bambino e hanno accettato di prenderne in casa un altro, in cambio di una piccola rendita.

Tutto come già stabilito. Leda alla fine non ha avuto ripensamenti.

Davide siede su una poltrona ad aspettare, cercando di ignorare le urla che arrivano attraverso le porte chiuse. Non saprebbe dire quanto tempo è passato quando Maria compare di nuovo in cima alle scale, ma si sente più vecchio di un secolo ed è certo che si ritroverebbe i capelli bianchi, se si guardasse allo specchio.

«Come sta?» chiede alla donna, alzandosi in piedi.

«La signora sta bene» risponde. «E anche lui.»

Ha in braccio un lenzuolo bianco, dentro cui è avvolto qualcosa.

«È un maschio, quindi.»

«Volete vederlo?» gli domanda Maria con cautela.

Davide si dibatte nell'incertezza per qualche secondo, ma la verità è che, sì, vuole vederlo. La levatrice gli si avvicina e gli offre l'involto. Dentro, il bambino è caldo e ha un odore selvatico, emette un flebile vagito ma sembra sereno, in pace col fatto di essere nato. Ha la punta del naso piccola, leggermente rivolta all'ingiù, e questo è un dettaglio che avrebbe preferito non notare.

«È un bel *bagaj*» commenta la levatrice, come se potesse essere in qualche modo di consolazione. Come se questo gli garantisse maggiori possibilità di essere amato da qualcuno che non è sua madre.

«Leda lo ha visto?» domanda Davide.

La donna scuote la testa. «È meglio così, credetemi.»

Allunga le mani verso il bambino, lui lo guarda un'altra volta, l'ultima, e glielo restituisce.

«Lo porterete dai Ghezzi, adesso, vero?»

«Certo. Deve essere allattato il prima possibile.»

Davide raggiunge uno scrittoio e apre un cassetto dentro cui aveva precedentemente preparato una mazzetta di banconote. Mentre gliele consegna, però, un'idea gli balza in testa.

«Aspettate solo un secondo.»

Torna allo scrittoio, afferra un foglio e una penna e verga in fretta poche parole. Poi piega il pezzo di carta e lo porge alla levatrice.

«Ecco. Datelo a quella donna e a suo marito.»

Maria lo mette nella stessa tasca in cui ha riposto le banconote.

Davide la accompagna alla porta e, quando si volta, vede la cameriera scendere dal piano superiore con un lenzuolo insanguinato tra le mani.

«Posso vederla?» le domanda.

Lei fa cenno di sì e lui si precipita su per le scale.

Leda è distesa supina nel letto pulito, con una camicia candida e i capelli raccolti in una treccia. Appena lo vede entrare, nasconde la faccia nell'incavo del braccio.

Davide si avvicina e prova a scoprirle il volto.

«Ehi...»

Lei fa resistenza, lui non insiste e le siede accanto sul bordo del letto. Non può impedirsi di guardare all'altezza del ventre, dove c'è un vuoto, adesso.

Sesto San Giovanni, 17 maggio 1890

Questo bambino, nato in circostanze sfortunate, viene affidato a voi perché possa trovare nutrimento e conforto. Amatelo più che potete e battezzatelo col nome di Gaspare. Che Iddio ve ne renda merito.

41

Novara, 1859

La vetrina dei dolci è così pulita che quasi non la si vede: a forza di strofinare, Gaspare l'ha resa eterea, una superficie da immaginare, da toccare per credere. Gli piace fare le cose per bene e gli piace farle da sé, non è questione di quanto paghi un garzone, se poco o tanto, è che quando il negozio è tuo ci metti un altro spirito.

Un volto di donna compare all'improvviso nel riflesso, così magro e bianco da fare spavento. Gaspare ci passa sopra lo straccio e fa sparire anche quello.

Per tutti gli anni che ha lavorato sotto padrone, al Bass e al Cambio di Torino, ha creduto sinceramente di aver dato il massimo, di aver fatto del suo meglio, ma quando poi si è messo in proprio ha scoperto di avere una riserva supplementare di energie, e che il suo meglio poteva ancora essere superato. Piatti e bicchieri brillanti, frutta sempre fresca in esposizione, tovaglie allineate al millimetro, il bancone così lucido da potercisi specchiare dentro. Per non parlare delle bevande: tutta roba di primissimo ordine, in particolare i liquori della casa, che lui stesso produce nel retrobottega.

Questo è il Caffè dell'Amicizia di Novara, da quando Gaspare Campari l'ha prima rilevato e poi acquistato: un tocco di eleganza torinese trapiantato in provincia. Gli affari ci hanno messo un po' a decollare, i novaresi erano diffidenti all'inizio e le spese per l'avvio dell'attività erano lievitate oltre le previsioni, ma oggi può dire di averci visto giusto: per il suo debutto in proprio, il centro di una piccola cittadina era l'ideale. Torino no, sarebbe stato un azzardo. Con tutti quei caffè vecchi cent'anni e quei liquoristi che ne sanno una più del diavolo, non valeva la pena mettersi in competizione da subito. Meglio un palcoscenico un po' più defilato.

Che, poi, la mente non fa che affannarsi a giustificare quello che il cuore ha già deciso. Prima di tutti questi calcoli e strategie, Gaspare aveva già scelto di lasciare Torino: quella città era piena di brutti ricordi, ormai. Non è nemmeno sicuro di poterli definire brutti, perché in realtà era molto felice mentre viveva certi momenti, come quando è diventato padre per la prima volta e poi per la seconda. Rosa e Loretta erano nate a distanza di un anno e mezzo ed erano la luce dei suoi occhi, dei suoi e di mamma Margherita. Finché quella luce si è spenta per sempre.

Come si definisce un ricordo quando è legato a un passato felice ma ti rende triste, perché le persone che amavi non ci sono più? Bello o brutto? Felice o triste? Forse avrebbe dovuto chiederlo a quei sapientoni che frequentavano i caffè di piazza Carignano, a Torino: deputati, ministri del re, generali e pezzi grossi che avevano opinioni su tutto e passavano ore e ore seduti ai tavoli a farlo sapere agli altri.

Qui, a Novara, pezzi grossi pochi. Giusto il sindaco, il parroco, un professorone un po' matto. Nessuno abbastanza filosofo, comunque, a cui valga la pena chiedere.

Qui, a Novara, in fin dei conti, lui e sua moglie erano venuti per dimenticare, perciò meglio non rimestare in certi argomenti.

Aveva sperato che cambiare aria e panorama potesse aiutare entrambi e che, soprattutto, Margherita potesse ritrovare un po' di pace. Si era come spenta dopo il secondo funerale, quello di Rosa, la più grande. L'anima le era volata via, lasciando un corpo vivo ma vuoto. Dormiva, mangiava, beveva, parlava come ogni essere umano, ma poco, il minimo indispensabile. È sopravvissuta così per qualche anno e Dio solo sa quello che ha fatto Gaspare per cercare di guarirla. Poi, tre mesi fa, ha deciso che anche il minimo indispensabile era troppo per lei, si è messa a letto e non si è più rialzata. Forse adesso la pace l'ha trovata davvero, chissà.

Era bella, Margherita, molto più bella di come gli è apparsa in quella vetrina, prima che il dolore la trasfigurasse era una bambola di porcellana. Da quando lei non c'è più, anche Novara è un luogo di ricordi tristi. Sono attaccati ai muri, alle strade, alle piazze e sono solo tristi, perché in fondo loro due non sono mai stati davvero bene, qui.

L'unica cosa che è andata bene sono gli affari, per questo Gaspare tiene così tanto al suo caffè e ci passa intere giornate. Perché tornare a casa, quando non c'è nessuno ad aspettarlo? Meglio stare lì a lucidare la vetrina, a fare una chiacchiera con un cliente, a inventare una nuova miscela. Si è anche chiesto se non fosse meglio per lui andare via, scappare di nuovo dai ricordi e provare a ricostruirsi altrove, ma non gli è rimasto nessuno per cui farlo.

A trentun anni è certo di sapere come sarà la sua esistenza da qui in avanti: una lunga fila di giorni tutti uguali, in quel caffè di provincia. Solo, a parte i fratelli lontani e la sporadica compagnia dei clienti. Poi, quando sarà giunto il momento, se ne andrà anche lui in silenzio, senza scalpore, e non ci sarà mai nessuno a ricordare il suo nome.

42

Milano, dicembre 1894

Nella luce rossastra del tramonto, la città pullula di vita. Carrozze, biciclette e pedoni si muovono lungo il corso in un fluire vivace e senza pensieri, più che un frenetico tran tran, un allegro domenicale struscio. Non proprio Milano, ma una città ideale, che le somiglia. L'aria che si respira è quella: di benessere, di progresso, di gente attiva e laboriosa che si gode il meritato svago. Nel cielo, sospesa tra i fili dell'elettricità e i palazzi, una scritta: BITTER CAMPARI.

Due mani indelebilmente macchiate d'inchiostro battono sulla pila dei manifesti appena stampati. Appartengono al titolare dello Stabilimento Litografico Ronchi, un sessantenne canuto e contorto come un tronco d'ulivo.

«Ultime cento copie, *sciur* Campari, proprio come avete ordinato voi.»

«Fatele appendere entro questa settimana, intesi?» si raccomanda Davide, mentre estrae dalla tasca l'ultima rata per il lavoro di tipografia. Ormai è diventato difficile, per un milanese, ignorare il nome Campari, ma lui non si accontenta ancora: vuole capitalizzare questa popolarità, farla crescere.

Ronchi prende le banconote e se le infila nella tasca dei pantaloni. «Non vi preoccupate, i miei attacchini stanno facendo gli straordinari in questi giorni. Sempre così, sotto Natale: tutti che diventano matti per la réclame!»

«A proposito, buone feste» gli augura Davide mentre si rimette la bombetta e i guanti di pelle. Esce dallo stabilimento e si incammina in direzione del Caffè.

Ha messo piede per la prima volta in quella tipografia in corso Vittorio Emanuele II, non lontano dalla chiesa di San Carlo, in autunno, deciso a far realizzare il suo primo cartellone pubblicitario: una forma di promozione nuova per lui.

Giacomo Mora, l'illustratore incaricato, era un po' perplesso, all'inizio. «Ma come si fa a fare la réclame di un Bitter senza nemmeno disegnarlo, senza farlo comparire in nessun modo nell'immagine?»

Si grattava la testa ricciuta e continuava a mostrargli lavori realizzati in precedenza, in cui il prodotto da reclamizzare era in primo piano a fare bella mostra di sé: pomate per capelli, saponette, conserve di pomodoro. Davide, però, aveva un'idea abbastanza chiara in mente, voleva fare le cose a modo suo, non nel modo in cui le facevano gli altri.

«Quel che voglio mostrare non è tanto il Campari: tutti sanno com'è fatto un bicchiere di Bitter, diamine! Quello che m'interessa è far conoscere una sua precisa caratteristica. La sua...» Cercava la parola giusta, ma alla fine gliene era venuta soltanto una: "milanesità". «Perché Milano non sarà la più bella città d'Italia, ma di certo è la più dinamica, la più alla moda, la più all'avanguardia. Qui abbiamo di tutto: gli industriali e gli operai, i colletti bianchi e gli artisti, gli ingegneri del Politecnico e gli scapigliati, c'è il lavoro e il bel vivere, la politica e l'evasione, e se i milanesi hanno scelto il Campari come bevanda d'elezione, ci sarà pure un motivo! Ecco, questo vorrei dire al passante che incappasse nel mio manifesto. Capite?»

Quando aveva smesso di parlare, aveva temuto di essere preso per pazzo, invece una luce si era accesa nello sguardo del buon

Mora, che solo due giorni dopo si era presentato da lui con quel disegno.

Davide ne era rimasto così soddisfatto che gli aveva commissionato anche un manifesto per il Cordial, l'immagine di un uomo travolto da una valanga che viene soccorso da un cane, al collo del quale è appesa una botticella con la scritta CORDIAL CAMPARI.

Il creativo si era fatto di nuovo prendere dai dubbi: «Non sarà un po' troppo piccola, la scritta?».

«Voi fate come vi dico» lo aveva rassicurato Davide.

Ancora una volta, era l'istinto a guidarlo.

All'interno del locale c'è parecchia ressa, Letizia e Guido sono presi dai clienti e gli rivolgono un frettoloso saluto.

«Perego è là che ti aspetta» gli dice il fratello. E gli indica il contabile, seduto a un tavolo d'angolo, con la testa ormai pelata china su un plico di documenti. È al servizio della famiglia da tempo immemore e la sua devozione è rimasta immutata negli anni.

Davide gli siede di fronte.

«Buongiorno» lo saluta lui, alzando appena lo sguardo da sotto gli occhiali spessi.

«Prendete un caffè?» gli domanda Davide.

«Vostra madre me ne ha già offerto uno, grazie. Ho qui il rendiconto delle spese e delle entrate...»

Davide però lo ferma sollevando una mano. «Un attimo: non vi ho fatto venire per parlare del bilancio. Almeno, non solo di quello.»

Vincenzo si risistema gli occhiali sul naso aggrottando la fronte già rugosa. «Ditemi.»

«Credo sia giunto il momento di fare un po' di cambiamenti. La Campari comincia a stare stretta dentro le sue stesse mura, è ora di allargarle.»

«Cosa intendete, esattamente?»

«Un trasferimento per il laboratorio, in una sede più grande, che consenta di aumentare la produzione e di renderla più efficiente. E per il Caffè una ristrutturazione che comprenda il piano superiore.»

Il contabile è impressionato, ma il suo mestiere resta la prudenza: «La casa di famiglia. Siete sicuro che vostra madre e vostro fratello siano d'accordo?».

«Lo saranno quando vedranno la casa che ho intenzione di comprare. Trecento metri quadri, vicino al Tombon de San Marc.»

«Vedo che non vi siete posto limiti.»

«Dovrei?»

Perego accenna ai conti che ha sotto mano. «No, in effetti. Le vostre finanze sono in ottima salute.»

Da quando Davide ha aumentato la produzione, i prodotti Campari hanno sconfinato oltre le mura cittadine e ora sono venduti e apprezzati in tutta Italia. Solo qualche mese prima, il ministro Giuseppe Zanardelli in persona ha inviato una lettera da Roma per complimentarsi: "Il Bitter è la mia quotidiana preparazione al pranzo" ha scritto. No, decisamente Vincenzo non ha argomenti per contenere i sogni di grandezza del suo datore di lavoro.

«Andrò in banca domani stesso per informarmi sui mutui, ma sarà meglio che siate voi a parlare col direttore. Siete la persona più adatta a raccontargli quel che avete in mente, e di certo avete più parlantina di me.»

Davide sorride sicuro. «Gli porterò una bottiglia di Cordial, dal momento che gli piace tanto.»

Passano all'ordinaria amministrazione, poi Perego raccoglie le sue scartoffie e le infila in una valigetta di pelle. Prima di alzarsi, però, si schiarisce la voce e assume un tono vagamente carbonaro, accertandosi che nessuno possa sentirlo.

«Volevo chiedervi... Anche per l'anno venturo dovrò conteggiare quel capitolo spesa... speciale?»

Davide annuisce e lui prontamente lo imita, come chi si aspettava già la risposta ed era solo in cerca di conferma. Discorso chiuso. Gli stringe la mano e si allontana con la valigetta sotto braccio.

Davide resta seduto e si accende una sigaretta. La spesa a cui Perego si riferiva è una voce che compare ormai da più di quattro anni nei suoi bilanci personali. "Famiglia Ghezzi": mantenimento di Gaspare Colombo. Ha delegato al contabile l'incombenza del pagamento e a Maria, la levatrice, il compito di vigilare che i genitori affidatari si prendano effettivamente cura del bambino. Ogni Natale, poi, di loro iniziativa, i Ghezzi gli inviano una lettera per informarlo e ringraziarlo: "Cresce sereno e in salute insieme ai nostri due figli, come fossero fratelli".

Di solito è una stirpe sfortunata, quella dei Colombo. Gli innocenti abbandonati alla nascita vengono affidati dal Comune di Milano alle balie delle campagne circostanti e registrati all'anagrafe con questo cognome che vorrebbe evocare speranza ma che, più spesso, finisce per denotare l'attitudine a volarsene in cielo: la maggior parte di loro non supera il primo anno di vita.

Gaspare, invece, è stato fortunato, a suo modo. Vive in un ambiente sano, in una famiglia timorata di Dio, è accudito e nutrito e verrà mandato a scuola, quando sarà il momento. Davide ha mantenuto l'impegno preso, non gli ha fatto mancare niente da quando è nato, ma ha ritenuto di non incontrarlo mai, nemmeno una volta, in modo da rendere definitivo il distacco. Gli è sembrata la cosa più prudente e sensata da fare: adeguarsi al volere di Leda, lasciare che il bambino facesse la sua vita, lontano da loro. Lei lo ha messo al mondo, lui gli ha trovato un posto in cui stare, nessuno dei due ha molto altro da dargli e non c'è motivo per cui i destini di tutti e tre debbano incrociarsi di nuovo, ne verrebbero solo scompiglio e inutile turbamento.

Da quel maggio di quattro anni fa, Leda non ha mai fatto ritorno a Milano. Per un paio d'anni Davide non ha saputo dove si trovasse né se fosse viva, era andata via dalla Casa Alta senza salutarlo e senza lasciargli recapiti, solo un biglietto in cui gli chiedeva perdono.

Poi, un giorno, sulla pagina degli spettacoli di un periodico, ha letto del suo debutto in un teatro di Mosca. Era solo un trafiletto, ma da lì in poi altri articoli si sono succeduti con toni via via più entusiastici: Leda adesso è una divinità minore nell'Olimpo delle *chanteuse*, e continua a esibirsi nei caffè e nei teatri di tutta Europa.

Una volta, su una rivista, è comparsa anche una sua foto in cui posava in un lungo abito pieno di strass, con un'espressione studiatamente enigmatica sul volto truccato. Davide ha provato a confrontare quell'immagine con l'ultima che aveva di lei e ha fatto fatica a sovrapporle.

«Volete che vi serva qualcosa, signore? Un caffè, un tè...» Guido lo apostrofa con modi polemicamente cerimoniosi.

Il fratello lo guarda senza capire e lui spiega, spiccio: «Ho bisogno del tavolo, ci sono dei clienti che non trovano posto e tu me lo stai occupando... Sloggia».

Davide spegne il mozzicone nel posacenere e si alza. «Va bene. Tolgo il disturbo.»

Presto non avranno più problemi di spazio, sta per dirgli, ma si trattiene. Né Guido né Letizia sanno ancora dei suoi propositi di ampliamento e un annuncio del genere non può essere fatto così, su due piedi. Da quando non c'è più nessuno che abbia bisogno di lui e nessuno di cui abbia davvero bisogno, è l'azienda la destinataria di ogni suo pensiero e di ogni sua azione. La G. Campari Fratelli Successori è il nucleo da cui trarre forza e a cui dedicare ogni risorsa, e la sua crescita non deve trovare ostacoli.

43

Milano, gennaio 1895

«Se tu avrai un laboratorio più grande, allora anche il Caffè dovrà essere più grande.»

Questa è stata la reazione di Guido. E non è tanto quello che ha detto, ma l'espressione imbronciata, il tono battagliero, a riportare Davide indietro nel tempo, a quando erano piccoli e si spartivano con puntigliosa equità caramelle e zuccherini. Incredibile come, a ventidue anni suonati, suo fratello assomigli ancora al bambino insolente di allora.

Così, non gli ha detto di avere già previsto un ingrandimento per il locale, gli ha lasciato credere che l'idea fosse sua, l'ha debolmente contestata e, dopo una prevedibile insistenza anche da parte della madre «perché non ci siano disuguaglianze», ha finto di accettarla *obtorto collo*. Si è guadagnato l'approvazione di entrambi e, allo stesso tempo, la benevolenza che si deve agli sconfitti. Insomma, ha incassato un doppio risultato.

Ora tutti e tre possono godersi un brindisi a base di amaro nel locale vuoto, in un clima di ritrovata concordia. Prima di portare il bicchiere alle labbra, Letizia lo solleva in direzione di Gaspare che, dalla fotografia sempre più sbiadita accanto alla cassa, ha assistito alla riunione. Non le è piaciuta la tensione che ha percepito poco prima tra i figli: Davide smanioso, egoisticamente proiettato sui futuri traguardi, e Guido all'erta, preoccupato che l'altro corresse in avanti, che segnasse un distacco troppo netto. È per questo che adesso chiede ad alta voce a suo marito di vegliare su tutti loro perché, qualunque cosa accada all'azienda, restino uniti, come si addice a una famiglia. I due fratelli si studiano, poi entrambi si uniscono a quell'augurio.

Guido manda giù l'amaro in pochi sorsi e posa il bicchiere sul bancone.

«Se non vi dispiace, io andrei a dormire.» Ha l'aria tronfia e soddisfatta di chi ha fatto valere le proprie ragioni.

«Andate pure, stasera faccio io la chiusura» dice Davide, continuando a mantenere un basso profilo.

Guido accetta di buon grado ed esce dal locale, mentre Letizia si trattiene col figlio maggiore. Lo aiuta a risistemare il bancone e intanto lo occhieggia cercando un innesco.

«Questa cosa che ci ingrandiamo farebbe un gran piacere a tuo padre» butta lì, quando lui le passa accanto. «Ma sai cosa farebbe ancora più piacere a me?» Lo ferma posandogli una mano sull'avambraccio. «Che pensassi ad allargare anche la famiglia.»

Davide mette su un'espressione condiscendente, quella che sfodera sempre da quando sua madre ha cominciato a fargli certi discorsi.

«Penserò anche a quello, non preoccuparti.» Non ha voglia di un dibattito sul tema, che non potrebbe essere più lontano dal suo orizzonte, ora. Cerca di divincolarsi, ma lei lo trattiene.

«Quando? Hai ventisette anni, sei giovane, ma non così tanto...»

«Mamma, cosa vuoi? Che prenda la prima che passa?»

«No, ma il mondo è pieno di belle ragazze, brave, ben educate. E tu sei un buon partito, non dovresti avere problemi a trovarne una.»

«Vorresti pensarci tu?» la provoca Davide bonariamente.

«No, certo che no» risponde lei, ma senza troppa convinzione. «A meno che tu non me lo chieda.»

Lui alza gli occhi al cielo, ma sua madre prosegue imperterrita.

«Insomma, per chi stai facendo tutto questo, altrimenti? A chi lo lascerai, dopo? Un uomo deve pur avere una donna che gli stia accanto, che si prenda cura di lui, che gli faccia qualche figlio... Guarda me e tuo padre: cosa saremmo stati l'uno senza l'altra?»

«Lo so» le assicura Davide, paziente, prendendole la mano tra le sue. «E ti giuro che ci penso. Non c'è bisogno che te ne fai un cruccio, appena trovo quella giusta vengo a rubarti questo e glielo metto al dito.» Sfiora un anello d'oro con un piccolo brillante, un regalo di Gaspare di tanti anni prima, che lei, adesso, indossa al mignolo, l'unico dito su cui le sta ancora.

«Va bene, ma vedi di non far passare troppo tempo.»

«Certo.» La bacia sulla fronte. «Dammi retta, ora, vai a riposarti. Qui continuo io.»

Non del tutto confortata, Letizia fa come le dice il figlio.

Rimasto solo, Davide si versa un altro bicchiere di amaro e tenta di mandare giù il rimorso. Ha mentito a sua madre, come già altre volte: il matrimonio non è affatto in cima alle sue priorità e non sta cercando la donna giusta semplicemente perché sa di non poterla avere. L'amore gli è già passato per le mani, ha giocato male e l'ha perso, e non s'illude che il destino gli servirà di nuovo quella carta.

Quintilia è poco più di un'estranea, ormai. La incrocia molto di rado, sempre per caso e in situazioni pubbliche, e le notizie che ha di lei gli arrivano di seconda mano da Antonietta o da conoscenze in comune. Ha avuto una figlia che adesso ha circa quattro anni, continua a frequentare i circoli femminili e a portare avanti le sue cause emancipazioniste, a quanto pare se l'è cavata egregiamente senza di lui e ha saputo edificare attorno a sé un'esistenza serena e appagante, fatta di impegno e gioie famigliari. Ma Davide non può credere che abbia trovato il grande amore, questo no: è ancora convinto che tra loro ci sia stato qualcosa di unico e irripetibile, anche se breve, anche se non hanno saputo dirselo, e sarebbe troppo doloroso accettare di essersi illuso.

Vuole sperare che il quadro apparentemente perfetto di Tilia non sia completo, che da qualche parte nel profondo anche a lei manchi qualcosa e che quel vuoto, di tanto in tanto, torni a farsi sentire. È stato il primo a sbagliare, lo sa bene, ma ancora non può perdonarle di aver avuto paura, di non aver creduto in lui, soprattutto non le perdona, adesso, di vivere insieme a un altro la vita che avrebbe dovuto appartenergli. Al contrario di lei, non ha saputo adeguarsi a una seconda scelta: ha conosciuto altre donne in questi anni, ha avuto più di un'avventura, ma nessun incontro, finora, ha saputo sradicare il senso di solitudine che gli si è impiantato nel cuore. Chissà, forse un giorno cederà alle richieste della madre e si prenderà una moglie qualunque, solo per adempiere ai suoi doveri di uomo – magari un figlio, o due – e per condannare se stesso e la malcapitata a una comoda, rassicurante, infelicità coniugale.

Dietro lo scaffale delle bottiglie, lo specchio gli rimanda l'immagine di un uomo nel fiore degli anni che ha già visto troppo. I capelli rossicci non bastano più a conferire vivacità al suo aspetto, a dargli quell'aria sbarazzina, da eterno ragazzo, i tratti del viso e l'intera persona hanno assunto una gravità austera che, sempre di più, lo fa assomigliare a suo padre. Letizia ha ragione: non è più così giovane, ormai, e non tanto per i suoi ventisette anni, quanto per i sogni che ha già visto infrangersi.

44

Milano, fine maggio 1895

«Il signor Bianchi ordina un Bitter per sé e un Cordial per la sua signora, al prezzo di 2 lire ciascuno, più un piatto di formaggi e un dessert per altre 5 lire, ma ha già un conto in sospeso di 17 lire che, bontà sua, vuole saldare. Se paga con una banconota da 50 lire, quanto riceverà di resto?»

Letizia è un'insegnante di matematica *sui generis*, ma non si può dire che non sappia tenere alta l'attenzione dei suoi allievi. Antonio e Alberto, i nipotini di otto e nove anni, hanno aperto i quaderni su uno dei tavoli e sono pronti ad affrontare qualunque calcolo purché lei, dopo, li lasci provare col registratore di cassa. Le loro madri, Antonietta ed Eva, li hanno affidati alle cure della nonna per andare a fare compere nel luogo che calamita i desideri di tutte le signore milanesi: Alle Città d'Italia. È fine maggio e ai grandi magazzini dei fratelli Bocconi, in corso Vittorio Emanuele II, già hanno cominciato ad arrivare i tessuti estivi.

Mentre i nipoti sono assorbiti dai calcoli, Letizia si sposta al bancone, dove Guido sta preparando dei caffè. Il ragazzo si muove con efficiente eleganza, impeccabile nella divisa scura, sotto la quale si intuisce lo scatto dei muscoli. Ha preso a tagliarsi i capelli molto corti e non porta né barba né baffi, perché davanti ai clienti vuole presentarsi "pulito".

«Io dico... come si fa? Roba dell'altro mondo» borbotta la donna, in modo che il figlio possa sentirla.

«Cosa?» ribatte distrattamente lui.

Lei allora dà la stura.

«Mi chiedo come può uno scricciolo di donna... bella, eh, per carità, ma pur sempre uno scricciolo, tenere allo stesso tavolo l'ex e l'attuale. Così, come niente fosse.»

Guido non ha bisogno di seguire lo sguardo della madre per capire di chi sta parlando.

A uno dei tavoli, Anna Kuliscioff siede con piglio matronale tra Andrea Costa, marito da cui è separata, e Filippo Turati, compagno di lotta e di vita, con cui da circa tre anni convive in un appartamento proprio lì accanto, sotto ai Portici Settentrionali. L'insolito trio sta festeggiando insieme ai compagni l'esito delle ultime elezioni politiche, che ha permesso al Partito socialista italiano di entrare per la prima volta in Parlamento. Sono stati soprattutto i voti di Milano, città di fabbriche e proletariato, a garantire questo risultato alla neonata formazione, malgrado il governo di Francesco Crispi abbia cercato di ostacolarla in tutti i modi, arrivando a scioglierla d'autorità nell'ottobre precedente. Tra i deputati eletti ci sono, appunto, Costa e Turati che, insieme alla Kuliscioff, sono tra i fondatori del partito.

La compagnia discute allegramente, avvolta in una nebbia di pipe e sigari, nonostante il pranzo sia finito da un pezzo. L'atmosfera è vivace e non c'è alcun segnale di tensione nell'aria.

«Vedi, mamma, la passione politica può molto più della passione amorosa» dichiara Guido, dandosi un tono da saggio.

«*Fa' minga el sapientón cun mi!*»

Sebbene tra i capelli abbia dei fili d'argento e abbia messo su peso, è la Carotolin puntuta e battagliera di sempre. Lui ridacchia e si china verso di lei, avvicinando al suo il viso ampio e ben rasato.

«Credimi, la pacifica convivenza di quei tre porterà un gran bene agli italiani.»

«E un po' di religione gli farebbe male, agli italiani?»

«Ma lo sai che il Turati torna a dormire tutte le sere dalla sua mamma? Di cosa ti lamenti? Il decoro è salvo.»

«*Facia de s'giaff*» chiosa Letizia. «E dico a te, è inutile che guardi lui.»

Guido le scocca un bacio e, preso il vassoio, si allontana dal bancone per andare a servire. La sala è al completo, tanto che ha dovuto mandare via alcuni clienti per mancanza di spazio. Non è la prima volta che capita, ma questi sono gli ultimi giorni del Caffè Campari vecchia maniera: proprio adesso Davide è a un incontro con gli architetti e la ditta incaricata della ristrutturazione. È già stabilito che i lavori cominceranno con l'arrivo dell'estate e il nuovo locale dovrebbe essere inaugurato a settembre, due volte più grande e cento più bello. Nei mesi scorsi, Guido ha partecipato ad alcune di quelle riunioni cercando di dare un contributo, ma suo fratello e i tecnici avevano già idee molto chiare e particolareggiate, andavano d'amore e d'accordo su tutto e a lui sembrava di sabotare l'idillio ogni volta che apriva bocca, così finiva per stare zitto e si ritrovava a fare da terzo incomodo. Alla fine ha smesso di farsi vedere e nessuno se ne è lamentato. «Insieme faremo grandi cose» gli aveva promesso Davide. Ma le grandi cose, a quanto pare, preferisce farle da solo.

Passa di nuovo al tavolo dei socialisti per versare acqua e offrire un altro giro di amari. Letizia gli ha detto più volte che non dovrebbe riservare loro un trattamento di favore, o almeno non farlo così apertamente: «I clienti sono come i figli, vanno trattati tutti allo stesso modo». Lui però non la pensa così. Il principio di uguaglianza, nel quale peraltro crede moltissimo, non si applica al servizio in sala, a suo parere, soprattutto quando hai l'onore di ricevere le menti più brillanti di tutta Milano, se non del Paese.

Guido non è andato all'università come Giuseppe ma, dopo il liceo, ha continuato a formarsi ai tavoli del Caffè, a contatto con un certo tipo di clientela. A furia di servire da bere a Turati e Kuliscioff, a Felice Cavallotti e Carlo Romussi e agli altri esponenti della sinistra milanese, si è imbevuto a sua volta di idee progressiste. Dal momento che si sono accorti di questo suo interesse, i suoi paladini hanno preso a ricambiarlo con sincera benevolenza: non è raro che, dopo un pranzo o una cena, si fermino a scambiare due chiacchiere con lui o gli consiglino letture.

Ma oggi non è solo l'ammirazione per i partecipanti al convivio che spinge Guido a essere tanto premuroso e a girare intorno al tavolo dei socialisti come una mosca su un barattolo di marmellata. Accanto ad Anna Kuliscioff è seduta una giovane sulla ventina, mora, occhi verdi, un viso che sembra dipinto. Segue i discorsi con attenzione, interviene raramente ma prende appunti su un taccuino, e di tanto in tanto scambia qualche parola con l'autorevole dottora.

Guido non si stanca di guardarla, andando avanti e indietro per la sala trova sempre una nuova angolazione da cui ammirarla, un pertugio da cui spiarla, tanto che un paio di volte si è scontrato con i camerieri. Comunque la si veda, lei resta sempre di una bellezza superba.

Mentre il gruppo si alza per andare via, si accorge che un foglio le è scivolato fuori dal quaderno. Corre a raccoglierlo, ma non fa in tempo a raggiungerla che lei è già sparita all'esterno. Fa per seguirla, ben contento di avere una scusa per abbordarla, ma ecco che la porta si riapre di colpo sulla sua faccia. Eva gli si para davanti trafelata, livida di paura.

«Venite, presto. Antonietta sta male!»

45

Milano, fine dicembre 1895

Il tonfo di un ceppo che si spezza nel camino quasi spento è l'unico rumore nella stanza. Casa Migliavacca è immersa nel silenzio, la famiglia è riunita in salotto, ma nessuno ha molta voglia di parlare. Antonietta è a letto e sta riposando.

Sono passati parecchi mesi da quello svenimento ai grandi magazzini. All'inizio si pensava che aspettasse un bambino, ma è stato presto chiaro che i suoi malori non erano dovuti a una seconda gravidanza. Qualcosa le stava crescendo dentro e non era una nuova vita. Ha continuato ad avere episodi di mancamenti, cefalee e nausee, e Carlo ha interpellato i più grandi luminari, l'ha portata in pellegrinaggio da un ospedale all'altro, nessuno, però, ha saputo dire con esattezza quale sia il male che sta consumando sua moglie, a parte ipotizzare che sia localizzato all'interno del cranio. Antonietta oscilla tra momenti di forte malessere e momenti di precario benessere e, in sostanza, tutti stanno a guardare.

Davide, Eva e Guido vengono in visita dalla sorella quasi ogni giorno per farle compagnia, per portare conforto a Carlo e un po' di distrazione ad Antonio. Letizia, invece, si è trasferita qui, nella stanza degli ospiti, per non lasciare la figlia da sola nemmeno un secondo. Oggi anche Giuseppe è arrivato da Domodossola: quando lo ha visto entrare con la tonaca nera e le mani candide strette attorno al crocifisso, la madre è scoppiata a piangere. Tutti le si sono fatti intorno per confortarla e l'hanno portata nell'altra stanza perché Antonio non sentisse.

Adesso Letizia si è calmata, siede sul divano accanto al figlio sacerdote e gli si stringe al braccio come un naufrago al suo salvagente. Eva ha preparato un vassoio con i dolci avanzati dal Natale e lo ha messo sul tavolo, nessuno però ha allungato la mano; panettone e torroni sono rimasti intonsi a sfoggiare inutilmente la loro aria festosa.

L'arrivo di nuovi visitatori, amici di Antonietta e Carlo, porta un po' di movimento in quel quadro immobile. Davide e Guido si alzano in piedi e fanno gli onori di casa procurando altre sedie, tutti si scambiano saluti e auguri per le feste passate e da passare.

Tra i nuovi arrivati c'è anche Quintilia. Seppur nella pena del momento, Davide non può fare a meno di notare che il suo viso è sempre fresco, per quanto sia ora una donna matura, e che la maternità ha regalato una gradevole morbidezza al suo corpo longilineo. Si ritrovano seduti l'uno davanti all'altra e per lui è un esercizio di volontà dosare gli sguardi, osservarla meno di quanto vorrebbe. Non pensare a lei gli è possibile finché è lontana, ma averla sotto gli occhi è una specie di tortura.

In salotto, a poco a poco, l'atmosfera si rianima. Anche Carlo è rientrato dalla quotidiana visita in chiesa ed è stato accolto con calore dagli ospiti. La cameriera ha attizzato il fuoco e messo altra legna ad ardere, poi ha servito un tè e, seppure a bisbigli, qualche conversazione è stata intavolata.

Quando Antonietta compare sulla soglia, il silenzio cala di nuovo nella stanza. È magra fino all'osso dentro la vestaglia da casa, e il viso cereo è segnato da profonde occhiaie nere.

«Cosa ci fai in piedi?» le domanda il marito, andandole incontro.

«Ho sentito le voci e avevo voglia di stare in compagnia» dice lei con un debole sorriso.

Tutti vogliono vedere in quello sforzo coraggioso un segnale positivo, un sintomo di miglioramento, e subito le fanno posto a sedere. Antonietta viene fatta accomodare in poltrona tra mille premure, nonostante protesti: «Non mi trattate come se fossi di cristallo, per favore, e raccontatemi cosa succede fuori».

Antonio corre a sedersi ai suoi piedi sul tappeto, sotto lo sguardo lucido del padre.

Davide si alza di scatto dalla sedia e con la scusa di fumare si rifugia sul balcone. Affacciato alla ringhiera di ferro battuto, aspira fumo di sigaretta e soffia via rabbia impotente.

Poco dopo, Quintilia lo raggiunge, anche lei in fuga dalla mesta allegria del salotto.

«C'è aria viziata in casa, forse il camino non tira bene» mente, stringendosi nello scialle.

«Già» concorda lui. Resta per qualche secondo in silenzio e poi si ritrova, senza averlo deciso, ad aprirsi con lei: «Ho fatto un brutto pensiero. Ho immaginato che questa potrebbe essere una delle ultime volte che la vedo viva».

Quintilia annuisce chinando la testa, compresa nel suo stesso dolore. Davide finisce la sigaretta, poi se la rigira tra pollice e indice finché non si spegne. «Non trovi che sia sempre più facile, col passare del tempo, capire quali momenti si trasformeranno in futuri rimpianti? E lo stesso non puoi farci niente.»

«Lei è ancora qui, però. Sei ancora in tempo per dirle quanto le vuoi bene.»

Davide sente una stretta al braccio: abbassa lo sguardo e, con stupore, vede le dita di Tilia chiudersi attorno alla stoffa della propria giacca. La fede che la identifica come donna sposata. Ed è come se invece dell'omero gli stesse afferrando il cuore.

Finalmente riesce a guardarla negli occhi e in quel nero petrolio vede scorrere per un istante tutto quello che non ha avuto. Un'altra esistenza fatta di amore, di calore domestico, di intimità, di prossimità di corpi che invecchiano insieme. Alternative così vicine a realizzarsi da essere quasi vere.

Ma non è più in tempo per dirle quanto la ama. Antonietta se ne andrà e nessuno potrà più riportarla indietro né a loro torneranno mai quei momenti in cui avrebbero potuto scegliersi e tutti quelli che non hanno passato insieme. Quella che hanno alle spalle è la sola vita che conta, la sola che abbia mai avuto luogo, ed è certa e irreversibile proprio come la morte.

46

Milano, primavera 1896

I primi raggi del sole non hanno ancora raggiunto i muri dell'officina, quando gli operai cominciano ad arrivare alla spicciolata. Dall'interno, Davide li sente radunarsi sulla strada: voci di uomini, di donne e qualche freno di bicicletta a corto di olio. Si salutano in lontananza, si apostrofano con nomignoli e battute, ridono quando qualcuno ci va giù pesante. Ma la goliardia non varca la soglia del capannone, tutti si ricompongono in un contegno ossequioso non appena si ritrovano al cospetto del *parùn*.

«'Giorno, *sciur* Campari.»

S'infilano in fretta i camici e raggiungono le loro postazioni.

Davide è lì già da qualche minuto, anche lui in camice, il primo ad arrivare e a dare il buon esempio. Ha controllato le vasche d'infusione e regolato la temperatura degli alambicchi, e ricambia i saluti dei dipendenti chiamandoli per nome: Maruchèt, Agostino, la Iole, l'Elvira...

«Gino, come va la moglie, è tornata dal paese?» domanda a un giovane esile e bianchiccio che gli sfila davanti.

«Purtroppo no, *sciur* Campari, mia suocera non vuol decidersi a morire» risponde lui, allargando le braccia.

«E tu che credi ancora alla storia della *mama malada*!» s'intromette Demetrio, un colosso di due metri, dall'altra parte dello stanzone. «Tua moglie l'ha trovata buona la scusa, *barlafus*!»

E giù a sghignazzare, imitato da tutti quelli che sono a portata di voce. La goliardia lasciata fuori dalla porta rientra dalla finestra, più forte di loro. Davide non ha nulla in contrario a che i suoi operai si divertano, purché lo facciano continuando a lavorare.

Ne ha dovuti assumere altri quattro, da quando ha spostato la sede della Campari da via Corsico a via Galilei, vicino alla Stazione Centrale, e adesso sono nove in tutto, tra uomini e donne. Sedici centesimi all'ora per dodici ore di lavoro al giorno, sei giorni alla settimana. Non hanno di che lamentarsi con lui, ma è stato chiaro fin dall'inizio: poche chiacchiere e rigare dritto.

La sua è una ditta piccola, ancora semiartigianale, niente a che vedere con gli stabilimenti che sorgono lì attorno: Pirelli, Elvetica, Officine Meccaniche Stigler. Davide ha per vicini di casa le grandi firme dell'imprenditoria milanese e a loro guarda con rispetto e ammirazione, ma di certo non invidia le ondate di scioperi che periodicamente fermano le catene di montaggio e i picchetti di sindacalisti fuori dai cancelli. I suoi dipendenti lui li conosce a uno a uno, sono un plotone piccolo ma fidato. Maruchèt, che è stato promosso caposquadra, lo aiuta con solerzia a mantenere l'ordine.

Lo stabile ospita un'officina ampia e attrezzata con distillatori industriali e grandi vasche d'infusione, un laboratorio chimico, un reparto imbottigliamento e spedizioni, un rimessaggio dei tricicli utilizzati per le consegne in città. Una stanza al primo piano Davide l'ha adibita a ufficio: quando non è in prima linea tra gli operai, quello è il quartier generale da cui coordina tutto. Seduto dietro una bella scrivania in noce, riceve i clienti, sbriga la corrispondenza con i fornitori e parla con i creativi a cui affida le sue idee per la réclame.

Già, perché non basta aumentare la produzione, bisogna continuare a oliare la domanda con la pubblicità, e in quel campo Davide ha ormai perso ogni inibizione. Guido e Letizia si sono scandalizzati per quanto è cresciuta quella voce di spesa, e allora ha dovuto spiegare loro che quei soldi ne frutteranno molti di più. A ogni modo, è lui a condurre gli affari: «Venite a lamentarvi se e quando le casse saranno vuote» li ha messi a tacere.

Poco lontano da lì, in Galleria, anche il Caffè è stato rivoluzionato. I locali che ospitavano la casa di famiglia al piano ammezzato sono stati inglobati per ricavarne altre sale da ricevimento e sono stati collegati al pianterreno da un'elegante scala in marmo. Ora i Campari vivono in via Montebello, in un palazzo signorile, con ambienti raffinati e ariosi, più adatti al loro status, e perfino Letizia, che era affezionata alle mura in cui aveva vissuto con Gaspare, si è arresa alla comodità della nuova abitazione.

C'è voluto qualche mese per la ristrutturazione del locale, ma l'attesa è stata ampiamente ripagata. Davide non ha lesinato quanto a boiserie, stucchi e cristalli, e il pezzo forte del *décor* è un'opera dell'artista Giovanni Spertini: la statua in marmo di un putto che cavalca un delfino con i piedi puntati sulla valva di una conchiglia. «Ci vediamo all'Angiolin» hanno preso a dire gli avventori da quando il Caffè ha riaperto in grande stile. E, se per qualche ragione l'appuntamento va a vuoto, si lasciano biglietti nel cesto che il puttino porta in testa. Non è raro che i camerieri trovino tra quei messaggi testimonianze di intrighi sentimentali e amori clandestini.

Quella del Campari è del resto la clientela più vivace e interessante che si possa immaginare: Giacomo Puccini, Luigi Illica, Arrigo Boito, Giuseppe Verdi e tutti gli artisti che gravitano attorno alla Scala; gli editori Emilio e Giuseppe Treves coi loro scrittori Gabriele D'Annunzio, Edmondo de Amicis, Giovanni Verga. Sotto la protezione dell'Angiolin, giornalisti e politici di opposte fazioni si ritrovano in una relativamente pacifica convivenza: il moderato Torelli-Viollier prende l'aperitivo con il radicale Felice Cavallotti, i sinistrorsi dell'Associazione Democratica siedono accanto ai destrorsi dell'Associazione Costituzionale, Filippo Turati e Anna Kuliscioff tollerano la vista del deputato conservatore

Giuseppe Colombo, che ha definito le rivendicazioni del proletariato "fango che sale".

Tutto questo sotto lo sguardo compiaciuto e vigile di Guido. «Li tengo d'occhio io» rassicura Letizia, quando la donna teme che gli animi dei suoi ospiti si stiano surriscaldando. Ma è molto raro che il suo intervento sia necessario: il clima è sempre piacevole al Caffè Campari, e non c'è intellettuale, artista, politico o personalità in vista a Milano che non abbia varcato almeno una volta la sua porta e lasciato un affettuoso attestato di stima.

Sì, decisamente c'è di che essere orgogliosi. Davide non ha ancora compiuto trent'anni, ma nelle sue mani la piccola impresa artigianale di Gaspare è cresciuta fino a diventare un marchio conosciuto e rispettato in tutta Italia. E non solo: da pochi mesi i suoi liquori sono smerciati al Caffè Brusa di Lugano, in Svizzera. È il primo caso di export per la ditta, il primo cauto passo di un viaggio che potrebbe portare lontano.

Eccola qui la successione che non hai voluto, pensa spesso Davide, quando il ricordo del padre fa capolino nella sua mente stipata di impegni e scadenze da rispettare. Eccola qui, e scommetto che non avresti niente di cui lamentarti.

Attorno a lui, gli operai continuano a scherzare prendendo di mira il povero Gino e quell'allegria contagia un poco anche lui, strappandogli un sorriso. Gli è capitato così raramente di ridere, negli ultimi tempi, che quando succede non può fare a meno di notarlo.

Antonietta è morta a gennaio, e da allora tutto ha preso un sapore più amaro. La tragedia ha investito la famiglia come una valanga, l'hanno vista arrivare ma non hanno potuto evitarla. Davide ha provato talmente tanto dolore che a un certo punto non sapeva più cosa farne, così l'ha chiuso da qualche parte dentro di sé e ha smesso semplicemente di occuparsene. Ha fatto come si fa con certi distillati: si mettono in botte e si lasciano lì, in attesa che diventino potabili, e nel frattempo si passa ad altro, si continua a vivere. Il suo pensiero salvifico sono stati l'azienda e i sogni di espansione che aveva lasciato in sospeso. Letizia e Guido gli dicevano di aspettare, di far passare del tempo, ma lui non ha dato ascolto a nessuno, ha risposto «chi si ferma è perduto» e tirando su l'officina ha rimesso in piedi anche se stesso.

Adesso che un'altra delle donne che ha amato se ne è andata per sempre e il perimetro degli affetti si è ulteriormente ristretto, l'impresa resta il suo orizzonte più grande, il solo ambito in cui sente di poter crescere e progredire con successo. Se c'è qualcosa che gli sia mai riuscita, a questo mondo, è il mestiere di suo padre. Lì, in officina, come negli affari, a ogni azione corrisponde un effetto, a ogni sforzo un risultato, e in queste acque sicure e conosciute Davide ha scelto di tracciare la propria rotta, il timone ben saldo nelle sue mani. Di mari in tempesta non vuole più saperne.

47

Milano, maggio 1896

La cameriera tiene la porta aperta a Guido, che entra con una cassa di bottiglie tra le braccia.

«Prego, sapete dov'è la cucina.»

La precede lungo il corridoio, in effetti conosce bene la strada. È stato diverse volte a fare consegne in quell'appartamento, che è tante cose insieme: rifugio di una coppia irregolare, ritrovo di intellettuali e redazione di un giornale socialista.

Posata la cassa in cucina, torna indietro e si affaccia in una delle stanze che si aprono sul corridoio. È una via di mezzo tra uno studio e un salotto, ci sono libri, riviste, copie vecchie e nuove della «Critica Sociale» sparsi un po' ovunque e, su un tavolino, un samovar eternamente in funzione.

Anna Kuliscioff e Filippo Turati sono al lavoro, ma regna uno strano silenzio tra loro. Lei, seduta su un divano di velluto verde, è assorta nella lettura di un foglio manoscritto, lui aspetta, le mani incrociate dietro la schiena, guardando fuori dalla finestra.

Guido si palesa con un colpo di tosse.

«Buongiorno» dice, restando rispettosamente sulla soglia.

Anna solleva gli occhi cerulei e subito gli sorride. Ha quasi quarant'anni, il suo fisico è debilitato dalla tisi contratta durante un giovanile soggiorno in carcere e dal lavoro infaticabile di dottora e politica, ma c'è qualcosa di eternamente giovane e vitale in lei. Guido ha ormai superato l'adolescenziale infatuazione, eppure, più il tempo passa, più nutre ammirazione per questa donna fuori dal comune.

«Scusateci, eravamo così concentrati che non ci siamo accorti del vostro arrivo.» Gli fa segno di entrare.

«Non voglio disturbarvi» si schermisce lui. «Vedo che siete occupati.»

«È Anna a essere occupata» interviene Filippo. «Io sto solo qui a prendermi le sue bacchettate, come uno scolaro.» Indica il foglio che la compagna ha davanti. «Lo vedete quanti segni ha fatto sul mio articolo?»

Guido si sporge a guardare. «Pochi, a dire il vero.»

«Ecco!» L'uomo allarga le braccia. «Questo è il chiaro segnale che non le è piaciuto niente!»

Anna ride della sua disperazione, poi torna a prestare attenzione a Guido. Lui tira fuori dalla tasca un libro e glielo consegna, è una copia di *Stato e anarchia* di Michail Bakunin.

«Siete riuscito a leggerlo?» gli domanda la donna.

«Sì, tra un caffè e un cordiale» minimizza lui.

Filippo intanto si è avvicinato e, nel vedere il libro, rivolge ad Anna un'occhiata tra il sorpreso e il contrariato.

«Perché proprio Bakunin? Mi pare che siamo andati oltre da un pezzo...»

Lei sembra molto sicura della sua scelta.

«È giusto che il nostro amico legga i fondamentali. I giovani devono conoscere tutte le idee e poi farsi la loro, come abbiamo fatto noi ai nostri tempi.»

Filippo allarga di nuovo le braccia, in segno di resa. «E va bene. Adesso, però, lascia che passi a Marx.»

«Era proprio quella l'idea» concede lei, poi si rivolge a Guido: «Il libro che vi serve è *Il capitale*, lo abbiamo nell'altra stanza. C'è una nostra collaboratrice, Ida, che sta lavorando di là, chiedete a lei di trovarlo».

Guido ringrazia e fa per andare, ma Turati lo richiama indietro: «Aspettate, e per le bottiglie che ci avete portato?».

«Regoleremo in un altro momento» glissa lui, uscendo.

Accanto alla redazione c'è una stanza adibita a biblioteca, resa un po' asfittica e buia dagli scaffali pieni di libri stipati al suo interno.

Guido entra bussando delicatamente sulla porta già aperta, la vista ci mette qualche secondo ad abituarsi alle nuove condizioni di luce, ma poi individua una figura in piedi davanti a un grosso tavolo, su cui sono ammonticchiati dei volumi aperti. Ha una lunga treccia scura che le scende lungo la schiena e, quando si volta, lo infilza con lo sguardo.

«Prego?»

È la ragazza che l'anno scorso sedeva insieme ai socialisti, durante il festeggiamento post elezioni, il giorno che Antonietta si è sentita male. Guido l'ha rivista qualche volta, da allora, ma non ha mai più cercato di approcciarla: quel che è successo di lì in poi a sua sorella gli ha tolto ogni slancio, ha smorzato ogni pulsione. Ma ora la ritrova qui, dopo mesi che non pensava a lei, e qualcosa gli si riaccende dentro, quasi si svegliasse da un letargo. Sarà che è di nuovo maggio e il desiderio è tenace quando si hanno ventiquattro anni.

«La signora Kuliscioff mi ha detto di venire da voi» spiega e, senza darlo troppo a vedere, modifica un po' la postura, allarga le spalle e tira fuori il petto. «Vuole prestarmi il suo capitale. Cioè... vuole darmi il libro, il libro di Marx.»

A Ida scappa un sorriso, ma lo riacciuffa immediatamente.

«Ve lo cerco subito» annuncia con fredda gentilezza.

Si muove verso un cunicolo stretto tra due librerie, Guido la segue pur non essendo stato invitato.

«Siete una giornalista?» le domanda, appoggiandosi col gomito a una mensola.

«Operaia alla Richard» risponde lei con un certo orgoglio, continuando a perlustrare le file di volumi. «Operaia *e* sindacalista.» Poi prende un tomo da uno scaffale e glielo consegna. «Ecco a voi. Potete andare.»

Guido si fa da parte per lasciarla passare. «Dopo di voi.»

Lo spazio tra le due librerie è minimo e per poterne uscire Ida deve per forza passargli davanti, a una distanza molto, molto ravvicinata. In pratica, un agguato mascherato da galanteria. La ragazza, però, non si lascia intimidire e si infila nello stretto passaggio con altezzosa disinvoltura; è solo un attimo, ma Guido ha tutto il tempo di notare i due piccoli nei che ha sul collo e di percepire l'odore di bucato dei suoi vestiti.

«Arrivederci» lo liquida sbrigativamente, non appena sono fuori da quella specie di tunnel.

«Arrivederci... Ida, vero?» s'informa lui, per niente scoraggiato dai suoi modi.

«Sì. Ida Moiraghi.»

«Guido Campari, molto piacere. Sono il titolare del Caffè in Galleria.»

Lei si concede con distacco a un baciamano.

«Vi conosco. Sono già stata da voi.»

«Lo so. Infatti aspetto da allora il vostro ritorno.»

Di nuovo un sorriso prova a nascere sulle labbra di Ida e finisce implacabilmente stroncato.

«Venite a trovarmi quando volete, sarete mia ospite.»

Guido fa un lieve inchino, poi se ne va con *Il capitale* sotto braccio e un'espressione vittoriosa sulla faccia di bronzo. Per come la vede lui, due mezzi sorrisi al primo incontro sono da considerarsi un ottimo inizio.

48

La sala scherma del Circolo del Giardino è un enorme ambiente a base rettangolare con grandi finestre ad arco che si aprono sul verde. Le pareti, completamente affrescate e intervallate da lesene, sono ricoperte nella parte più bassa da una boiserie che, insieme al soffitto a cassettoni, contribuisce ad assorbire lo sferragliare delle armi. Tre lunghe pedane di legno percorrono la stanza nella sua lunghezza, su di esse gli schermidori, in divise imbottite e maschere di protezione, si muovono a due a due avanti e indietro, come giganteschi insetti impegnati in una macchinosa danza d'accoppiamento.

Guido si sposta con discrezione lungo la parete, cercando di individuare suo fratello dietro le maglie di ferro che coprono i volti.

«Guido!»

Alla fine è lui a essere trovato.

Davide si toglie la maschera per farsi riconoscere, ha i capelli fradici di sudore e la faccia arrossata, è primavera inoltrata e dentro quegli scafandri si suda parecchio.

Il suo avversario è un cinquantenne asciutto e dritto come un fuso, con due gambette sottili dentro le braghe candide: il maestro Pietro Duelli, uno degli istruttori di scherma più famosi di Milano.

«Mi spiace interrompere, ma ho bisogno di mio fratello» dichiara Guido.

«Che succede?» domanda Davide aggrottando la fronte.

«Una donna chiede di te al Caffè. Non so chi sia, ma ti sta aspettando.»

L'allievo allora si rivolge con deferenza al maestro.

«Vogliate perdonarmi...»

Quello, però, fa un cenno rassicurante. «Andate pure. Ma vi aspetto la prossima settimana, mi raccomando.» Poi allunga la mano verso Guido e gli dà una calorosa stretta. «E spero di rivedere anche voi, prima o poi.»

Duelli ha avuto come allievi entrambi i fratelli Campari, ma era dalla morte della sorella maggiore, quattro mesi prima, che non li rivedeva in quella sala. La sorte ha sferrato loro un colpo durissimo, di quelli che nessuno è preparato a parare.

Nel breve tragitto dal Circolo alla Galleria, Davide prova a estorcere al fratello qualche informazione in più sulla persona che lo sta cercando.

«Ti ho detto che non l'ho mai vista» ribadisce lui. «Ma fossi in te metterei da parte aspettative romantiche» aggiunge sornione.

Al Caffè, seduta in posizione defilata, Davide trova Maria, la levatrice di Sesto San Giovanni.

«Cosa ci fate qui?» le chiede, raggiungendola al tavolo.

Lei fa per alzarsi, lui la induce a desistere e le siede di fronte. Il tempo le ha ingrigito i capelli e ha accentuato le rughe che dal naso intersecano la linea della bocca. È chiaro che non è venuta a portare buone notizie.

«Signor Campari, mi scuso se vi ho disturbato e se mi presento così, senza preavviso, ma la situazione è grave, e ho pensato che fosse mio dovere...»

«Venite al dunque, vi prego.»

«Polmonite. Il nostro Gaspare è allettato da cinque giorni e sta molto male.»

Immediatamente Davide recupera nella mente l'unica immagine che ha del bambino, il giorno della sua nascita, e si rende conto di non potersene servire per dare concretezza alle parole della donna. Non avere un volto a cui appigliarsi rende piuttosto astratto il suo dispiacere.

«I Ghezzi hanno chiamato un medico?»

«Certo, subito, la sera stessa che ha cominciato a stare male. Lo sapete, son brava gente... Stanno facendo tutto il possibile per quel *bagaj*.»

In questi anni, nei suoi resoconti, Maria ha sempre elogiato la dedizione dei Ghezzi nei confronti del piccolo Gaspare, l'amorevolezza con cui l'hanno accolto in famiglia. Davide, da parte sua, è convinto che a infondere tanto zelo parentale abbiano contribuito più i suoi assegni che un innato altruismo, ma non ha mai pensato che dovesse essere diversamente. Anzi, questa concomitanza di fattori è stata per l'orfano la migliore garanzia di accudimento: laddove non esistono legami di sangue, bisogna che sia l'interesse a colmare le lacune. Se Gaspare non fosse trattato bene o addirittura morisse, i Ghezzi perderebbero la loro rendita mensile.

«E allora? Cosa bisogna fare, cosa siete venuta a chiedere?»

«Ecco... il medico dice che in questi casi ci si deve preparare al peggio.» Maria parla con il fatalismo di chi ha dimestichezza coi corpi e con la loro attitudine a nascere e morire. «Pensavamo che magari volevate venire a Sesto per... accertarvi delle condizioni del bambino.» Non dice "per vederlo finché è vivo", ma è chiaro che lo intende.

Davide è spiazzato, comprende solo ora che quella donna si trova lì più per riguardo nei suoi confronti che per chiedere un aiuto concreto. Ma non crede che incontrare Gaspare, adesso, dopo tutti questi anni, sia la cosa giusta da fare. Piuttosto, apre un lembo della giacca e tira fuori il portafogli. Porge una banconota alla levatrice.

«Prendete, datela ai Ghezzi. Dite loro di procurare tutto il necessario e tenetemi aggiornato.»

Maria accetta la banconota pur continuando a tenere lo sguardo su quell'uomo di cui non è mai riuscita a leggere i sentimenti.

Sembrerebbe sul punto di aggiungere qualcosa, ma alla fine desiste.

«Che Dio vi benedica, signor Campari.»

Intasca il denaro e fa per lasciare il tavolo, Davide però la trattiene: «Restate quanto volete e ordinate il pranzo, siete mia ospite».

Quindi è lui ad andarsene. Prima che possa raggiungere l'uscita, viene intercettato da Guido. «Allora? Chi è quella donna? E cosa vuole?»

Ha già preparato una risposta, generica e plausibile: «Una parente di amici che vivono fuori città. È di passaggio a Milano ed è venuta a portarmi notizie».

Prima che il fratello possa chiedere chiarimenti, si dilegua oltre la porta. È una specie di fuga, la sua, e non tanto dalle domande degli altri, quanto da quelle che gli sorgono dentro. Si mette a camminare a passo svelto cercando di sgomberare la mente, ma non c'è andatura abbastanza veloce, non c'è posto abbastanza lontano per sfuggire a certi pensieri. Ha seppellito una sorella da pochi mesi, ed ecco che lo spettro della morte torna ad alitargli sul collo. Ma per chi dovrebbe dolersi, ora, dal momento che quel bambino non è niente per lui?

L'impegno preso per affetto e lealtà nei confronti di Leda è diventato a poco a poco una vuota abitudine. In questi sei anni si è occupato di Gaspare mantenendo un'igienica distanza, ha provveduto al suo sostentamento nel modo che gli è diventato più congeniale: sborsando denaro, pagando qualcuno che lavorasse per lui. Ma adesso quella vita che ha contribuito a far nascere e che ha alimentato così distrattamente viene a reclamare la sua attenzione, minacciando di spegnersi. E, anche se è del tutto irrazionale, anche se non capisce come sia possibile, non riesce a restare indifferente.

La casa dei Ghezzi è una piccola cascina di due piani poco fuori dal paese. Sull'aia antistante razzolano qualche gallina e un vecchio cane, mentre due bambini giocano attorno al rottame di un carro. Si respira pace campestre, il quieto scorrere di vite serene, appartate.

Davide batte due colpi alla porta di legno e si mette in attesa. È venuto fin qui dopo lunghe riflessioni, più per un'esigenza di ordine che per uno scopo preciso, per cercare di rimettere dentro la cornice un quadro impazzito.

Ad aprire è una donna giovane, dall'aspetto florido, che si asciuga le mani in un grembiule candido.

«Buongiorno, siete voi Loretta Ghezzi?»

Lei lo guarda per un istante interrogativa, poi si dà la risposta da sé: «Oh, *Signùr*! Il *sciur* Campari!».

«In persona» conferma lui, togliendosi la paglietta. «E scusate se non ho annunciato la mia visita, ma...»

Loretta non lo lascia nemmeno finire e subito si fa da parte perché possa entrare.

«Ci mancherebbe! Voi avete tutto il diritto di venire quando volete, *l'è un onòr grand per mi e per el me marì.*» Si volta verso l'interno per chiamarlo a gran voce. «Tommaso! *Córr, ghe chi el sciur Campari!*»

Davide entra in un tinello con le pareti intonacate di bianco e il pavimento di cotto, la signora Ghezzi si affretta a liberare il tavolo da un mucchio di cicoria di campo nemmeno fosse la prova di un misfatto e gli indica una sedia.

«Prego, accomodatevi e scusate *el desórden.*»

Nel frattempo anche Tommaso è arrivato. È un uomo nerboruto, ma con languidi occhi blu. Dopo una stretta di mano e altri cerimoniosi convenevoli, Davide viene al dunque e chiede di vedere Gaspare.

I due coniugi si guardano per un momento con facce smarrite, poi Loretta s'incarica di rispondere: «È di sopra, non si alza dal letto da giorni».

«Il medico è tornato a visitarlo anche stamattina» le fa eco Tommaso.

«E cosa ha detto?»

L'uomo si stringe nelle grosse spalle, sembra quasi volersi scusare per la propria impotenza. «È una malattia brutta e *infamm*. Ai nostri vicini purtroppo ha portato via una *piscinìna* di due anni, l'anno scorso.»

Quindi gli fa segno di precederlo sulle scale. Una volta giunti al piano di sopra, gli indica una porta socchiusa.

«Prego, è lì dentro.»

Davide varca la soglia mentre l'altro rimane all'esterno. La stanza è piccola ma fresca, la finestra è riparata da una persiana, in modo che non entri troppa luce. Alla parete più lunga è accostato un letto con la testiera in ferro, su cui è disteso il malato. Si avvicina con passi cauti cercando di attutire lo scricchiolio delle assi del pavimento e si sporge a osservarlo, in preda a una curiosità ormai innegabile. Gaspare dorme profondamente emettendo un penoso rantolo, con la bocca socchiusa e i capelli madidi di sudore, è scuro e magro, ma le guance hanno ancora il turgore tipico della prima infanzia. A colpire Davide, però, come quel giorno di sei anni fa, è la particolare forma del naso, identico a quello di sua madre. Una velleitaria e unilaterale rivendicazione d'appartenenza.

Prova a toccargli una mano, è morbida ed esangue. Ora che è qui non sa bene che fare, e nemmeno gli pare di avere più chiaro cosa provare e cosa pensare rispetto a tutto questo. Si lascia andare sulla sedia di paglia accanto al letto, arrendendosi al proprio impaccio. Detesta sentirsi così.

Poi l'occhio gli cade su un oggetto posato sul comodino, un rudimentale modellino di un'automobile, fatto con tavolette di legno e fil di ferro. Lo prende e lo esamina: chiaramente è opera di un bambino. La fattura è così approssimativa che un pezzo si stacca e gli resta in mano e, nonostante ci provi in ogni modo, non riesce a rimetterlo a posto.

«L'avete rotta» certifica una flebile voce.

Davide ha quasi un sussulto. Si volta verso Gaspare e si accorge solo adesso che ha aperto gli occhi: lo fissa immobile dal suo capezzale, senza la forza di muovere un muscolo. Impossibile non sentirsi giudicati da quello sguardo.

«Non era mia intenzione» prova a giustificarsi. «Ma posso aggiustarla.»

«No, non potete» ribatte il bambino con sforzo tenace.

Le palpebre gli si richiudono come se fossero pesantissime. Davide resta in attesa che si riaprano, ma Gaspare sprofonda di nuovo nel sonno e poco dopo riprende a rantolare, allora rimette i due pezzi della macchinina sul comodino ed esce dalla stanza, attento a non fare rumore e con la netta sensazione di essere un idiota.

49

Il pensiero di qualcosa da riparare gli resta appiccicato addosso come uno straccio bagnato. Il mattino seguente, invece di andare al lavoro, Davide va a prelevare con una carrozza il dottor Locatelli, internista dell'Ospedale Maggiore e da anni medico dei Campari, e lo porta a Sesto San Giovanni. Dopo aver visitato Gaspare, il luminare esce dalla stanza del bambino con espressione imperscrutabile.

«Continuate con suffumigi e vapori» dice a Davide e ai Ghezzi, che aspettano in corridoio. Sembra un tentativo di tenerli occupati, più che altro. «Tornerò a visitarlo domani.»

Ma nelle ore successive le condizioni di Gaspare peggiorano. Il bambino alterna stati di semincoscienza ad accessi di tosse violenta, la febbre si mantiene costantemente alta e a nulla valgono le spugnature fredde con cui Loretta cerca di abbassarla.

Il giorno dopo la faccia del medico da imperscrutabile si è fatta funerea.

«Pregate per la sua anima innocente» dice soltanto.

Davide resta incollato alla sedia di paglia, accanto al capezzale del bambino. Sul comodino, insieme alla macchinina rotta, ce n'è un'altra, adesso, nuova fiammante: un piccolo gioiello preso nel più bel negozio di giocattoli di Milano. Gaspare, però, non l'ha ancora degnata di uno sguardo.

Quella sera, mentre veglia il bambino inerme, abbandonato

nel letto, Davide non può impedirsi di pensare che quel corpo l'ha tenuto tra le mani, appena vivo, e non era poi tanto tempo fa: era la stessa carne, lo stesso respiro, lo stesso cuore coi suoi primi battiti. Era caldo, ne ricorda ancora la sensazione sui palmi, e l'idea di vederlo raffreddarsi e spegnersi ora gli appare come una spaventosa assurdità. Gaspare non è nessuno per Davide, è vero, ma Davide è stato testimone e custode della sua vita e questo semplice fatto gli si rivela tutt'a un tratto con la caratura di un legame.

«*Sciur* Campari.» La voce di Tommaso lo riscuote delicatamente. «*L'è tan tardi*, volete che vi faccio preparare un letto?»

Davide si raddrizza sulla sedia, cercando di darsi un contegno. «No, grazie. Me ne torno a casa.»

Il mattino dopo, però, intorno alle sette, è di nuovo dai Ghezzi. La cascina è ancora silenziosa e in cucina c'è solo Loretta che inforna il pane. L'aria ha un odore buono, sacrale.

«Siete passata a controllare Gaspare?»

«Sì, poco fa. Dormiva ancora.»

«Ne siete sicura?»

Un sinistro presentimento assale Davide, mentre si precipita su per le scale. Apre la porta della stanza e all'interno trova due occhi spalancati ad attenderlo. Sono grandi e infossati, ma decisamente vivi.

«Ho sete» dichiara Gaspare, saltando ogni preliminare.

Davide gli versa un bicchiere d'acqua, il bambino lo beve e poi ne chiede un altro, quindi si lascia cadere esausto sul cuscino.

«Come ti senti?» Gli posa una mano sulla fronte, la trova fresca e finalmente un peso gli cade dal cuore.

«Mi sento un po' meglio, dottore, grazie» risponde lui con voce roca.

Davide alza un sopracciglio, si vede costretto a rettificare. «Non sono un dottore.»

«E allora chi siete?»

La risposta richiede una rapida elaborazione: «Un amico».

È davvero questo? Un amico? Esiste una definizione per lui? Tutte domande che dovranno aspettare: ora c'è da scendere al piano di sotto per avvertire Loretta che Gaspare è sveglio e sembra avere appetito. La donna molla immediatamente la pala da forno e corre su per le scale mandando baci in cielo e lodi al Signore. Abbraccia il figlio acquisito e, dopo averlo riempito di carezze e benedizioni, torna in cucina a preparargli la colazione.

Guardare Gaspare che inzuppa il pane caldo nel latte regala a Davide un inaspettato senso di pace. Quando ha finito, lo libera della tazza e del tovagliolo e lo aiuta a distendersi di nuovo.

«Cos'è quella?» domanda il bambino, notando l'automobile giocattolo sul comodino.

Lui la prende e gliela mette tra le mani. «Ecco, è un regalo per te.»

Gli occhi di Gaspare diventano ancora più grandi, come se non riuscissero a contenere la meraviglia.

«Impressionante» dice, facendo girare le piccole ruote di gomma. «Non ho mai ricevuto un regalo così bello. È per il mio compleanno?»

«Sì... certo, per il tuo compleanno.» Davide realizza solo in quel momento che qualche giorno prima il bambino ha compiuto sei anni. «Ora mettiti a riposare.»

«Va bene» obbedisce lui. «Io però ve l'avevo detto.»

«Cosa?»

«Che non riuscivate a ripararla.» Indica i pezzi del suo rudimentale modello, ancora abbandonati sul comodino.

«Infatti» ammette Davide.

Mai come in quei giorni ha fatto i conti coi propri limiti.

La macchinina, alla fine, la ripara lo stesso Gaspare, appena sta un po' meglio e riesce a procurarsi l'occorrente. Una mattina, entrando nella stanza, Davide la ritrova integra sul comodino.

«Bravo» gli dice, senza il coraggio di toccarla di nuovo. «Bella macchina.»

«È una Peugeot» specifica il bambino con un certo puntiglio.

«In effetti, ora che la guardo bene...»

Viene fuori che Gaspare ha davvero visto un modello dei fratelli Peugeot, un anno fa, passare per le strade di Sesto San Giovanni. Pare che a guidarla fosse un facoltoso industriale tessile che l'aveva fatta arrivare direttamente dalla Francia e che si era fermato nel paesino per riparare una ruota rotta. Il bambino era rimasto così suggestionato dalla carrozza a motore che si era messo a ritagliare ogni articolo, disegno o fotografia sull'argomento e, non contento, aveva iniziato a fabbricarne delle riproduzioni.

Per tutto il tempo della convalescenza, Davide torna a trovarlo regolarmente, portando a lui e ai suoi fratelli di latte doni e leccornie. A volte, porta anche giornali e riviste di motori, generando reazioni entusiastiche.

Nel giro di una settimana, Gaspare si ristabilisce del tutto, e una mattina Davide lo trova in cortile a importunare le galline.

«Sono felice di vedere che hai recuperato le forze» gli dice, mentre accarezza il cane che ormai lo riconosce e gli fa le feste. «Adesso, però, sarà il caso di tornare a scuola.»

«Tanto sono bravo, la maestra lo dice sempre. Sono anche andato un anno prima degli altri, sapete?» Gaspare fa spallucce. «E poi... non è che sono proprio guarito guarito... Non so se mi sento proprio bene, ecco.»

«Sì che sei guarito. Non hai voglia di rivedere i compagni?»

«Sì...» Ma c'è qualcosa che lo impensierisce: «Non è che, appena torna tutto come prima, voi sparite?».

Quella domanda atterra su Davide come un pacco pesante dal contenuto fragile. Un carico delicato, recapitato precisamente a lui, che non può lasciar cadere né trasferire ad altri.

«Vuoi che torni a trovarti?» si accerta di aver capito.

«Sì. Avete detto che siete un amico. Che amici siamo, se ci perdiamo di vista?»

Un silenzio impacciato, durante il quale l'uomo cerca di sistemarsi dentro la visuale del bambino. Toccherebbe a lui mettersi a fuoco, stabilire la cornice e le distanze, ma la questione di chi essere ai suoi occhi non l'ha più affrontata, così Gaspare ha preso per buona la prima versione e l'ha immortalata.

«Va bene, amico, allora tornerò. Ogni tanto.»

50

Arona, settembre 1897

Sul Lago Maggiore il cielo è un soffitto basso e annerito, percorso di tanto in tanto dalla linea contorta di un lampo. Il tuono che segue, però, non si riesce quasi a sentirlo, coperto com'è dal rombo delle macchine radunate sulla strada. Oggi, domenica 12 settembre 1897, parte la Arona-Stresa-Arona, prima corsa automobilistica d'Italia. Nonostante il meteo minaccioso, un centinaio di persone è accorso nel punto prescelto per la partenza, appena fuori dal paese, per vedere da vicino i veicoli del futuro: biciclette e tricicli a motore e, soprattutto, le automobili, che, secondo alcuni, soppianteranno presto le carrozze a cavalli.

Tra la folla c'è un uomo con barba e capelli di un rosso vivo, ramato, in compagnia di un bambino dagli occhi spropositatamente grandi. È passato un anno e mezzo da quella brutta polmonite e Davide è tornato a trovare Gaspare più di "ogni tanto". Durante una delle sue visite, si è lasciato strappare la promessa di portarlo a vedere delle macchine vere e oggi l'ha onorata nel modo più spettacolare.

I due si aggirano tra i veicoli in esposizione con facce serie, da intenditori della prima ora, le passano in rassegna a una a una, fanno commenti, parlano con i meccanici, e il bambino ottiene da un pilota il permesso di montare sul suo bolide a quattro ruote.

Dopo essere sceso, fa cenno a Davide di abbassarsi e gli parla all'orecchio.

«Secondo me, vince questo ingegner Cobianchi.»

«Solo perché ti ha fatto salire a bordo?»

«No! *Sun minga un ciòla!*»

«E allora cosa te lo fa pensare?»

«Ha la faccia sveglia, e poi è molto agile. Guardate che fisico atletico.»

Davide osserva il pilota, poi torna su Gaspare con espressione indulgente. «Lo sai, vero, che non devono correre sulle loro gambe? Contano le macchine, non la prestanza dei guidatori.»

«Sono tutte di marca Benz, come si fa a decidere qual è la migliore?» contesta il bambino. «Mentre sui piloti qualcosa si può dire, e io dico che vince Cobianchi. Ha proprio la faccia del vincente. Vi avviso nel caso vogliate scommettere...»

In quel momento, il giudice annuncia in un megafono che la gara sta per cominciare e invita a schierarsi ai posti di partenza. Sono in quattro a partecipare per la prima categoria, quella riservata alle quattroruote. Le vetture hanno scocche di metallo e carrozzerie di legno, sono una curiosa via di mezzo tra meccanica futuristica e tradizione artigiana: i piloti, dopo averle avviate a manovella, le manovrano grazie all'ausilio di una leva, tanta esperienza e una buona dose d'improvvisazione. Il percorso consiste in trentacinque chilometri di curve e tratti sterrati lungo il lago, da Arona a Stresa e ritorno. Vincerà chi al cronometro farà il tempo migliore, ma non è detto che tutti riescano a tagliare il traguardo. In fondo, deve riconoscere Davide, l'idea di Gaspare che per affrontare tutto questo serva anche un certo physique du rôle non è del tutto peregrina.

Al via, le automobili partono con gran fracasso e si allontanano in una nuvola di fumo nero e puzzolente, tra le urla e gli applausi del pubblico.

«Impressionante» chiosa Gaspare.

Poco dopo, mentre si prepara la partenza della seconda categoria, quella riservata ai tricicli, cominciano a cadere le prime gocce di pioggia. All'inizio solo grandi, pesanti avvertimenti, poi, in un attimo, il diluvio. La superficie del lago comincia a friggere e tra gli spettatori si scatena il fuggi fuggi generale. Davide afferra Gaspare per una manica e insieme corrono a ripararsi dentro una carrozza.

«Credo sia ora di tornare» decreta mentre si scrollano l'acqua di dosso, all'interno dell'abitacolo.

Gaspare vorrebbe aspettare per vedere chi si aggiudicherà la vittoria, ma capisce che non è il caso d'insistere e si rassegna a essere riaccompagnato a casa.

Due mattine dopo, però, mentre è nel suo ufficio intento a redigere un ordine, Davide solleva gli occhi e se lo ritrova sulla porta con un giornale sotto al braccio.

«E tu che ci fai qua? Come sei arrivato?»

«Con il tramvai» risponde il bambino, come se fosse tutto regolare.

«I Ghezzi lo sanno?»

Gaspare si stringe nelle spalle e si mette a sedere davanti a lui.

«Torno a casa prima che se ne accorgono, però dovete assolutamente vedere questo.»

Posa sulla scrivania la copia del «Corriere della Sera», già aperta sulla terza pagina. In basso, cerchiato a matita, c'è un articolo che titola: *La prima corsa italiana di automobili Arona-Stresa e ritorno*. Segue la lista dei vincitori con i relativi tempi.

«Che vi dicevo? Alla fine ha vinto Cobianchi. Se mi davate ascolto, se scommettevate, a quest'ora eravate ricco!»

Davide è consapevole che il suo dovere di adulto sarebbe rimproverarlo per essersi allontanato da casa, ma «Hai fatto colazione, almeno?» è l'unica cosa che gli viene da dire.

Poco dopo, i due si aggirano in officina, tra gli operai al lavoro. Davide illustra a Gaspare il funzionamento dei vari reparti e delle macchine e lui lo segue in concentrato silenzio, sbocconcellando una ciambella ricoperta di zucchero. I dipendenti osservano con dissimulata curiosità la strana coppia, conoscono i due nipoti del *parùn*, Antonio e Alberto, ma quel *bagàj* lì non l'hanno mai visto.

Alla fine del tour, Gaspare gira l'indice attorno, a indicare l'officina.

«E tutto questo è vostro.»

«Mio e della mia famiglia.»

«Impressionante.»

Un secondo di raccoglimento, poi l'illuminazione: «Dunque voi siete *già* ricco».

«Abbastanza.»

«Ed è vostro padre che vi ha insegnato il mestiere di liquorista?»

Davide ha bisogno di vagliare la risposta dentro di sé prima di darle voce.

«Sì, in un certo senso.»

«E voi lo insegnerete a vostro figlio.»

«Non ho figli, io.»

«E perché?»

«Non sono sposato.»

«E perché non lo siete?»

«La questione è un po' complicata...»

«Io le capisco, le questioni complicate, ormai dovreste saperlo.»

«Hai lo zucchero della ciambella sul naso.»

Più tardi, sono su un omnibus diretto a Sesto. Gaspare ha chiesto a Davide di poter tornare a trovarlo, ogni tanto, lui ha acconsentito, a due condizioni: che avvisi sempre i Ghezzi, prima, e che non marini mai la scuola.

«E mi regalerete altre ciambelle?»

«Che Dio mi fulmini se non lo faccio.»

Incrocia le dita e le bacia, in un verso e nell'altro, un gesto che, prima che se ne sia reso conto, lo scaraventa indietro nel tempo, a un'infanzia ormai dimenticata. Gaspare appare molto soddisfatto e incassa la vittoria sistemandosi bello dritto contro lo schienale. Poco dopo, però, colto da un dubbio, si volta a guardare di sottecchi il suo compagno di viaggio. Una volta, poi un'altra, alla fine trova il coraggio: «Signor Davide...».

«Dimmi.»

«Non sarà che siete voi mio padre?»

Davide si ritrova a ingoiare un impasto di saliva e imbarazzo. Essere investito di punto in bianco di quel ruolo ha un che di ridicolo e tragico.

«Come ti è stato detto, sono un vecchio amico dei Ghezzi.»

Il bambino annuisce, apparentemente preparato a quella risposta. Resta qualche secondo in silenzio, poi la curiosità torna a mordere: «Va bene... magari però potete dirmi... forse, ecco, sapete qualcosa dei miei genitori, di mia madre?».

«No, mi dispiace. Preparati a scendere, siamo quasi arrivati.»

Quando arrivano alla fattoria, sotto il sole della controra, Loretta va incontro a Gaspare, sollevata e infuriata allo stesso tempo: «*Te set chi, screanzàa. Tel set che serum adrée a cercat per mare e per terra? Te me fa ciapàa un bel stremizzi!*».

Gli assesta un ceffone sulla nuca e solo la presenza di Davide la trattiene dall'andare oltre.

«Fila in casa!» gli ordina per toglierselo dalla vista.

Gaspare corre all'interno senza nemmeno salutare. La donna intanto si rivolge a Davide schermandosi dal sole con una mano: è pronta a dare giustificazioni per la mancata vigilanza, ma lui la tranquillizza, dichiarandosi in parte responsabile.

«Il bambino merita una punizione, me ne rendo conto. Ma che non sia troppo severa» si raccomanda, prima di andare.

Quella sera, quando è il momento di coricarsi, Davide ripercorre con la mente la giornata appena trascorsa e in lui si affaccia il dubbio di aver concesso troppo, di aver autorizzato aspettative che non potrà soddisfare. Suo padre? La fantasia di un bambino è fervida e non è giusto alimentarla con idee sbagliate. Forse dovrebbe mantenere un po' di distanza, porre maggiori limiti, per il bene di entrambi...

Ma il sonno lo coglie poco dopo, mentre sta fantasticando su dove porterà Gaspare, la prossima volta che verrà a trovarlo.

51

Milano, marzo 1898

Il Cimitero Monumentale raramente ha ospitato così tanti vivi, tutti insieme. Una fiumana di gente è affluita inarrestabile e silenziosa lungo i vialetti, tra le cappelle di famiglia, le statue funebri e le semplici croci, per raccogliersi attorno al feretro di Felice Cavallotti, patriota, garibaldino, fondatore dell'Estrema sinistra storica, deputato, giornalista, scrittore, spirito libero.

La sua singolare esistenza si è conclusa il 6 marzo 1898, a Roma, durante un duello alla sciabola con il conte Ferruccio Macola. Doveva essere uno dei tanti duelli in cui si lanciava per via del carattere orgoglioso e irruento, una pura formalità, una sfida al primo sangue per risolvere una disputa che si trascinava da mesi, dopo che Macola aveva pubblicato sul suo giornale, «La Gazzetta di Venezia», una notizia non verificata sul suo conto e lui lo aveva tacciato di essere un mentitore.

Invece, secondo quanto riportato dai testimoni, al terzo assalto, la sciabola del conte si è infilata dritta nella bocca del suo avversario, recidendone la carotide. Felice Cavallotti è morto poco dopo, e in molti adesso dicono che forse non gli è dispiaciuto farlo nello stesso modo in cui ha vissuto: combattendo.

Che lo si amasse o lo si odiasse, il "Bardo della democrazia" era un'istituzione a Milano, e ora, tre giorni dopo il tragico duello, i suoi concittadini vengono a porgergli l'estremo saluto, prima che il corpo sia portato ad Arona, dove verrà sepolto. Chiuse le fabbriche, i negozi, gli uffici, migliaia di persone si sono riversate in strada per seguire il corteo fino al cimitero.

Ci sono dolore e costernazione, ma anche una corrente di rabbia che percorre la folla: da mesi le classi popolari protestano a Milano e nel resto d'Italia per chiedere migliori condizioni di vita e le istituzioni continuano a rispondere con una repressione cieca e violenta, con arresti e spari sui manifestanti. E ora quest'ennesima, illustre morte: il paladino dei diritti ucciso da un deputato conservatore. Per quanto lo si voglia derubricare come un tragico incidente, l'episodio ha in sé una portata simbolica enorme e una carica emotiva impossibile da controllare.

Guido arriva proprio mentre Filippo Turati sta parlando da un palchetto approntato per l'occasione. È venuto, come tutti, a porgere il suo omaggio al Bardo, ma ha anche una piccola missione da compiere. Mentre si fa strada tra la folla, le parole del deputato socialista vibrano nell'aria dense di commozione: «Caro Felice, recliniamo oggi sulla tua bara la nostra rossa bandiera, del colore che pure tu amavi, sapendo che la sua ombra non ti sarà molesta».

La folla risponde con un applauso scrosciante. Guido, intanto, è riuscito a guadagnare posizioni e, finalmente, l'ha individuato: Giuseppe Cavallotti, detto Peppino, figlio del defunto. Se ne sta in raccoglimento davanti al feretro, a testa bassa, gravato da un dolore troppo grande per i suoi tredici anni. Un uomo di mezza età, forse un parente, gli tiene una mano sulla spalla; Guido si avvicina e gli chiede il permesso di parlare al ragazzo. Ricevuto il consenso, infila una mano nella tasca interna del paltò e tira fuori un foglio piegato. Gli occhi spenti dell'orfano sono attraversati da un lampo di curiosità.

«Il giorno prima che tuo padre partisse per Roma, è venuto nel mio Caffè» spiega Guido. «Ha passato parecchie ore seduto da solo. Leggeva, meditava, sembrava preso da molti pensieri. Poi, quando è andato via, mi sono accorto che aveva appuntato qualcosa sul marmo del tavolo. Erano dei versi, mi sono permesso di ricopiarli ed ecco... non potendo restituirli a lui...» La voce gli muore in gola.

Peppino prende il foglio e lo apre per leggerlo. Guido, ormai, quelle parole le ha imparate a memoria.

E più s'abbuia il cielo
più chiaro ti discerno
bel sogno del passato
marciante all'avvenir,
che il cuor dà il suo sembiante
all'ideale eterno
per cui m'è oscuro il fato
combattere o morir.

Il ragazzo inghiotte il pianto, prima di risollevare gli occhi verso lo sconosciuto.

«Grazie.»

Gli porge la mano con adulto contegno, Guido gliela stringe, poi si allontana tirando su col naso.

Fatti pochi passi, si ritrova un fazzoletto sventolato sulla faccia. La mano che lo tiene è di Ida.

«Tenete, asciugatevi» lo esorta, ostentando sopportazione.

Guido accetta il fazzoletto, si strofina occhi e naso, poi lo ripone in tasca.

«Lo farò lavare e inamidare per bene, prima di restituirvelo.»

«Non vi facevo così sentimentale» quasi lo rimprovera.

«Non direi che sono sentimentale, sono profondamente addolorato per la morte di un grande uomo. Voi non lo siete, forse?»

«Certo che sono addolorata, ma più di tutto sono arrabbiata. Questa morte non è un caso sfortunato, è la meticolosa attuazione di un piano.»

«Siete anche voi dell'idea che ci sia Crispi dietro?»

«Se non è lui che l'ha comandato, è di certo lui che l'ha ispirato.»

L'ex presidente del Consiglio, costretto a dimettersi due anni fa, dopo il disastroso epilogo dell'avventura coloniale a Adua, in Etiopia, era avverso a Cavallotti e alle sue posizioni radicali, e ora si vocifera che abbia idealmente guidato la mano di Macola.

«Se ci pensate, non c'è molta differenza tra questa uccisione e l'uccisione di quei disperati che protestano per il pane» prosegue Ida. «Chi comanda non vuole saperne di noi, ci eliminano piuttosto che ascoltare le nostre idee, ci sparano addosso piuttosto che farci vivere una vita degna di questo nome.»

L'indignazione le ha indurito i tratti del viso, donandole il fascino di una dea guerriera. C'è un'energia marziale, in lei, un rigore e una purezza di visione che la rendono tanto terribile quanto desiderabile agli occhi di Guido.

La cerimonia intanto è finita, la folla comincia a defluire verso l'uscita del cimitero e i due si lasciano trasportare dalla corrente. Una volta ai cancelli, Guido decide che è il momento di buttarsi: «Dove andate? Posso accompagnarvi?».

Lei lo soppesa con lo sguardo. Quel ragazzone con la faccia pulita e le spalle larghe le fa la corte da quasi due anni, lei lo ha sempre tenuto a bada, ma è ammirevole la tenacia con cui continua a proporsi.

«Se insistete...»

«Possiamo prendere una vettura. Dove abitate?»

«In via degli Olivetani, tra Sant'Ambrogio e San Vittore.»

«Chiesa e carcere, i due simboli dell'oppressione borghese» commenta lui con una gravità che le fa il verso. «Spero ne siate consapevole.»

Ida alza gli occhi al cielo e per un momento la tensione sul suo viso si scioglie. La leggerezza di Guido, l'attitudine a non prendere mai niente troppo sul serio è proprio il segno della sua condizione privilegiata, un atteggiamento tipico di chi ha sempre le spalle coperte. Purtroppo è anche ciò che di lui la seduce.

Trovare una carrozza, con tutta quella calca, si rivela impossibile e alla fine i due decidono di andare a piedi. Fa ancora freddo, ma è una bella giornata di sole. Mentre attraversano il Parco Sempione, alle spalle del Castello Sforzesco, Ida si libera del cappello svelando la lunga treccia nera arrotolata sulla nuca. Guido segue i suoi gesti in silenziosa adorazione, ha notato che i copricapi della ragazza hanno sempre una funzione pratica, proteggere la testa dal caldo o dal freddo, non sono mai le complicate impalcature che vede sulle signore che frequentano il Caffè. Anche questo gli piace di lei, lo considera un sintomo di carattere.

Attorno a loro, frotte di milanesi si godono il verde che, anni fa, hanno strappato alle mire degli speculatori. Il parco è un susseguirsi di vialetti bordati di alberi e giardini all'inglese, e il castello, che doveva essere demolito, è stato destinato a usi civici e culturali.

Camminano conversando fitto e, più parlano, più rallentano i passi: senza rendersene conto, hanno messo da parte la politica e per la prima volta si scambiano confidenze personali. Lei gli racconta della famiglia di tradizioni operaie, dei genitori anziani e di una sorella emigrata a Nuova York, insieme al marito. Un giorno le piacerebbe raggiungerla, prendere una nave e vedere quell'altra parte di mondo, restarci a vivere, magari. Guido segue il discorso ipnotizzato dal movimento delle sue labbra e prega che quel giorno non arrivi mai.

Il quartiere attorno alla basilica di Sant'Ambrogio, dove Ida abita, è la zona più antica di Milano e mantiene ancora il suo assetto medievale, con stradine strette, lastricate in pietra, e palazzi in laterizio. Sui vicoli e sulle piazzette si aprono botteghe di generi alimentari e di piccolo artigianato, le persone appaiono più umili nell'aspetto e sono molto meno frettolose e indaffarate di quelle che passeggiano in piazza del Duomo, quasi tutti si conoscono, si salutano, si fermano a chiacchierare. Anche Ida scambia cenni di saluto con alcuni passanti.

«*Chi l'è quel bel fioeu che te se portet adrèe?*» la interroga una fruttivendola corpulenta, dalla porta del suo negozio. «*Sarà minga el to morós?*»

«*L'è minga el me morós. Tegn la lengua dent i dent!*» risponde lei, piccata.

Quindi affretta il passo, costringendo Guido a tenerle dietro. Nonostante faccia di tutto per nascondere il viso, è quasi certo di averla vista arrossire.

La casa dei Moiraghi si trova a metà di via degli Olivetani, in un palazzetto basso e trasandato, con una piccola corte interna.

«Grazie per avermi accompagnata» dice Ida, fermandosi davanti al portone aperto. «Arrivederci.»

Lui però non si muove.

«Sentite, stavo pensando...»

Si guarda intorno, poi la prende per un braccio e la trascina sotto l'arcata dell'androne per sfuggire a sguardi indiscreti.

«Che fate?» protesta lei.

«Io non credo che l'America sia poi davvero così bella.»

«Ah, sì? E come fate a dirlo? Ci siete mai stato?»

«No, ma promettetemi che non ci andrete nemmeno voi.»

«E a voi cosa importa?»

«Ecco... Quella cosa che io sarei il vostro fidanzato. Perché non potrebbe essere vera?»

Gli occhi grigioverde di Ida si spalancano per la sorpresa.

«Be'... perché...»

Per una volta le mancano le parole.

«Guardate che, se non mi date un motivo valido per non farlo, vi bacio seduta stante. Conto fino a tre. Uno, due...»

Al tre, lei chiude gli occhi e lui dà seguito alle minacce.

52

Milano, maggio 1898

C'è una tensione palpabile, in questa giornata di tarda primavera, nel quartiere delle fabbriche. Dalla soglia della sua officina, Davide osserva la massa di operai raccolta davanti alla Pirelli: sono in agitazione da quella mattina, da quando uno di loro è stato arrestato per via di alcuni volantini socialisti che stava distribuendo. Li sente vociare, alzare cori, li ha visti lanciare sassi contro le vetrate dello stabilimento. Il signor Pirelli si è adoperato in prima persona per la scarcerazione del suo dipendente pur di evitare maggiori scompigli, e perfino Filippo Turati è accorso a placare gli animi. Le parole del deputato socialista sono arrivate forti e chiare: «Non oggi, non è il momento». Ma le hanno lasciate cadere nel vuoto.

Da mesi soffiano venti di guerra tra le file dei proletari. Recentemente, il richiamo alle armi della classe 1873 e l'uccisione da parte della polizia del giovane Muzio Mussi, figlio del deputato radicale Giuseppe, hanno esacerbato la situazione. Altri operai continuano ad arrivare dalle fabbriche vicine: dalla Stigler, dalla Vago, dall'Elvetica. Donne e uomini dalle facce indurite, scolpite dalla rabbia e dalla fame.

Maruchèt si affaccia dall'interno, a richiamare Davide.

«*Sciur* Campari, vi aspettiamo per l'assaggio.»

Lui getta via la sigaretta che stava fumando e lo segue fino a una delle vasche, dove una nuova miscela ha completato il ciclo di riposo. Prende il bicchierino che Demetrio gli porge, ne assaggia il contenuto trattenendolo sulla lingua, restituisce il vetro vuoto.

«Va bene. Avanti con l'imbottigliamento.»

Subito i due si mettono all'opera, mentre lui li osserva qualche passo indietro. Non hanno velleità rivoluzionarie, i suoi dipendenti, non vanno dietro alle chiacchiere dei sindacati, l'idea di seguire l'esempio dei vicini non li ha nemmeno sfiorati. Possono chiamarlo "Barba di Rame" quanto vogliono, quando lui non li sente, ma non si permetterebbero mai di contestarlo apertamente. Non esiterebbe a licenziarli, se solo ci provassero.

A fine giornata, a ogni modo, Davide li raduna tutti e dice loro di non presentarsi al lavoro l'indomani mattina: pagherà la settimana per intero ma l'officina resterà chiusa, anche se è sabato. Ha sentito dire che i suoi vicini più grandi faranno così, per timore di disordini, e ha deciso di allinearsi.

«Tornate subito a casa e vedete di non cacciarvi in qualche guaio» si raccomanda, mentre escono dal capannone.

All'esterno, una gran massa di gente si sta già muovendo con l'intento dichiarato di raggiungere la caserma di via Napo Torriani, dove si trova l'operaio arrestato.

«Ci vediamo lunedì, *sciur parùn*!» lo saluta qualcuno.

«Sempre che Milano sia ancora in piedi, lunedì...» risponde lui, cupo.

Quella sera, in effetti, le peggiori previsioni di Davide sembrano avverarsi: un migliaio di persone prende d'assalto la caserma, i soldati sparano e restano a terra tre corpi. Grazie alle pallottole e a un violento temporale, la folla viene infine dispersa.

Poche ore dopo, però, una nuova protesta prende piede in piazza del Duomo. Davide, che nel frattempo ha raggiunto il Caffè, ordina a Guido di chiudere tutto e di abbassare le saracinesche. Fatti uscire gli ultimi clienti, liquida i dipendenti e mette Letizia su una carrozza perché la riporti a casa in fretta.

I due fratelli restano da soli, asserragliati nel locale chiuso, mentre fuori imperversa la rabbia dei manifestanti. Gridano il loro odio contro il re Umberto I, contro il governo di Rudinì, contro il generale Bava Beccaris, che comanda le truppe di stanza a Milano.

«Questi sono completamente pazzi... Ma cosa si sono messi in testa, di fare la rivoluzione?» sbotta Davide, osservando la piazza dalle maglie della saracinesca.

«Non sono pazzi, sono affamati» ribatte Guido. «Sono mesi che chiedono condizioni di lavoro decenti e misure per il prezzo del pane, e nessuno li ha ascoltati.»

Il fratello lo guarda come se fosse impazzito anche lui.

«E secondo te dobbiamo rimetterci noi? *Varda che ghe faràn di guaj, 'sti maladétt!*»

È una paura fondata: nel corso degli anni, il Caffè ha avuto più di qualche vetrina spaccata in occasione di proteste e manifestazioni. È la contropartita di trovarsi nel cuore della città, dove tutto accade, nel bene e nel male.

«Cosa vogliamo fare, allora?» domanda Guido, sedendosi su un tavolo. «Stare qui tutta la notte a presidiare il fortino?»

«Sì, se necessario!» prorompe Davide, esausto per la giornata di lavoro, ma comunque pronto a offrire il suo corpo per proteggere l'attività.

Alla fine, però, la guardia notturna possono risparmiarsela. L'esercito interviene di nuovo a sedare la protesta, e stavolta senza incidenti.

La pace dura lo spazio di una notte. Il mattino dopo, i disordini ricominciano con ancora più veemenza. La rabbia sociale esplode di colpo, dopo mesi d'incubazione, e la città è percorsa da un'ondata di violenze. I più prudenti se ne stanno chiusi in casa, i più curiosi escono a guardare a rischio della propria incolumità, mentre le strade diventano scenario di battaglie impari tra manifestanti e soldati. Da una parte tegole, sassi, mattoni, dall'altra moschetti e pistole.

I Campari si ritrovano nella casa di via Montebello come un equipaggio su una nave in tempesta. Davide ha fatto venire anche Carlo e Antonio, Eva con Giovanni e Alberto. Se ne stanno rinserrati nel salone, ad ascoltare l'eco delle urla e degli spari che arriva da fuori.

«Via dalle finestre, voialtri!»

Letizia richiama i due nipoti che si sono sporti dal davanzale, spinti da una bambinesca curiosità.

Qualcuno suona il campanello. Davide va ad aprire e si trova di fronte Ida, che senza salutarlo lo scansa e fa irruzione all'interno. È visibilmente eccitata, i capelli scarmigliati, la gonna sporca del fango rimasto a terra dalla sera prima.

«Guido è qui?»

Non appena sente la sua voce, lui si affaccia nell'ingresso e la raggiunge.

«Stai bene? Non dovresti andare in giro con questa bagarre.»

«Sei tu che non dovresti stare in casa!» risponde lei impetuosa. «Siamo tutti per strada a combattere, in largo La Foppa e in corso Venezia hanno alzato barricate con due vagoni del tram e qualunque altra cosa hanno trovato. Siamo in tanti, Guido, possiamo farcela.»

«Potete fare cosa?» s'intromette Davide, freddo, in tono quasi canzonatorio. «Signorina, voi dovete essere in preda a un delirio... Vi prego, sedetevi un momento e cercate di calmarvi.»

«Io non devo calmarmi affatto» ribatte lei, fronteggiandolo senza la minima soggezione. «Tutta Milano è con noi, siamo stufi marci di soprusi e ingiustizie, e finalmente lo stiamo dimostrando!»

«E quindi cosa pensate di fare, adesso? Il governo del proletariato?»

«E perché no!» Lo sguardo di Ida è materia incandescente. «Vi credete invincibili, voi, coi vostri soldi, con le vostre pose da padroni. Vi accorgerete di cosa possiamo fare, noi.» Quindi si volta verso Guido, quasi a sfidarlo: «Allora, cosa fai? Sei con me o no?».

Davide ha già conosciuto, in passato, lo spirito ribelle di una donna e sa quale effetto possa avere su un uomo. Questa ragazza, indubbiamente bella e accesa di passione, è venuta fin lì a intonare il suo richiamo insidioso, ma lui non permetterà al fratello di caderne vittima. Gli posa una mano sulla spalla a rimarcare un'appartenenza.

«Signorina, vi prego di andare via. In questa casa i facinorosi non sono i benvenuti.» È un ordine, dato con la calma di chi è abituato a essere obbedito. La famiglia è unita, compatta, e fa quello che lui dice.

Con uno strattone, però, Guido si libera dalla presa e afferra la mano di Ida.

«Non fare sciocchezze» gli intima Davide, incredulo. È la prima volta che suo fratello dà prova d'insubordinazione.

«La sciocchezza è rimanere qui» ribatte lui, mettendoglisi di fronte. «Se tu vuoi stare dalla parte sbagliata fai pure, stavolta non ti seguo.»

Quindi infila la porta insieme alla ragazza, mentre il fratello gli urla dietro: «Andrai a farti ammazzare, imbecille!».

Ma i due nemmeno lo sentono e corrono già lungo le scale, mano nella mano, incontro al mondo migliore che certamente li aspetta.

È un vero e proprio movimento rivoluzionario, quello che sta ribaltando la città, un tentativo organizzato di sovvertire l'ordine precostituito. Questo, almeno, dicono le fonti ufficiali. È lecito, dunque, e addirittura doveroso difendersi con ogni mezzo. Già nel pomeriggio un regio decreto dichiara lo stato di assedio a Milano e in tutta la provincia, conferendo pieni poteri a Fiorenzo Bava Beccaris. Il Cavaliere dell'Ordine d'Italia, eroe del Risorgimento, promette di sedare la rivolta entro tre giorni e per raggiungere lo scopo è pronto a usare le maniere forti.

Degli arresti di giornalisti e politici, della soppressione della stampa "sobillatrice", dello scioglimento delle associazioni operaie, del divieto di assembramento e di circolazione dopo le ventitré, la famiglia Campari viene a sapere attraverso i giornali e il correre delle voci di bocca in bocca. Ma dell'arrivo dei cannoni si accorge da sé: se ne sente il boato fin dentro le mura di casa. A ogni colpo, Letizia ed Eva si tappano le orecchie con le mani e pregano che Guido sia lontano da lì. Davide freme come un leone in gabbia, esce più volte per andare a cercarlo, senza successo.

Il telegramma per Roma parte già nel pomeriggio di domenica 8 maggio: Bava Beccaris ha una certa fretta di intestarsi il risultato, dichiara di aver avuto la meglio sugli insorti e che l'ordine pubblico è ristabilito. Il lunedì mattina, però, la città è ancora sotto assedio e Guido non è rientrato a casa. Davide rassicura la madre e la sorella ed esce di nuovo per mettersi in cerca del fratello. Incappa in alcuni conoscenti, che gli riferiscono di un attacco che sta avvenendo al convento dei cappuccini in piazza Monforte, sospettato di essere un covo di rivoltosi.

«*Ghe minga pù de religiòn!*» commenta una donna tra sgomento e riprovazione. «Lo sanno tutti che lì dentro ci son solo *i povérett e i frà che ghe dan de magnà*.»

Quando ci arriva, Davide trova una piccola folla radunata a debita distanza dall'edificio. Nel muro di cinta le cannonate hanno aperto una voragine e dall'interno i soldati portano fuori gli occupanti per tradurli in carcere: frati in saio e miserabili in stracci, molti dei quali così vecchi e malmessi da non tenersi in piedi, oltre a una decina di ragazzi, poco più che bambini. Tre corpi senza vita vengono portati via a braccia e caricati su un carro. Né di Guido né di altri sovversivi c'è alcuna traccia.

Davide prosegue la ricerca minimamente sollevato, ma sempre più rabbioso. Questa non è la loro battaglia, tutto questo non ha niente a che vedere coi Campari: sono dei commercianti, loro, dannati borghesi che guardano al profitto, che accumulano denaro, che valgono quello che posseggono, e adesso suo fratello va a farsi sparare in mezzo ai proletari. Certo, non si sarebbe lasciato coinvolgere se non fosse stato per i begli occhi di quella Ida, ma anche così non riesce a giustificarlo. Lui ha abbandonato da tempo le romanticherie giovanili, si è messo sulle spalle il camice di Gaspare con tutte le responsabilità che comporta, ha accettato il fatto che provvedere alla propria famiglia significa scendere a compromessi, sporcarsi le mani. Ma suo fratello non vuole saperne, ha deciso di restare un sognatore, nonostante abbia già ventisei anni, e adesso chissà dove si è andato a cacciare, quel maledetto idiota.

La città, intorno, ha un che di spettrale. Le saracinesche sono tutte abbassate, in giro si vedono pochissime persone, a parte militari e carabinieri, anche Davide viene fermato più di una volta per essere interrogato su chi è e dove sta andando. Verso il tramonto, esasperato dal clima marziale e dall'inutilità della ricerca, si rassegna a rientrare a casa.

Con quell'ultima giornata di sangue, la vittoria dello Stato sul caos è definitivamente assicurata. Si contano ottantatré morti, quattrocentocinquanta feriti, duemila arresti; i cannoni e le truppe presidiano ancora la città e permane lo stato d'assedio. In compenso, le autorità annunciano che le fabbriche potranno riaprire, l'indomani: il capitale non subirà ulteriori danni.

Quella sera, mentre Davide e Letizia cenano al grande tavolo del salone tornato silenzioso, si sente la porta di casa aprirsi. La madre solleva lo sguardo dal piatto, animata di speranza. Guido compare sulla soglia, la manica della giacca strappata e una lieve ferita sulla fronte.

«Dio sia lodato!» esclama Letizia, e corre ad abbracciarlo.

Lui ricambia ma senza trasporto, un animale bastonato.

Davide resta seduto a tavola. Impassibile, si versa un bicchiere di vino come se quel ritorno fosse la logica conclusione di tutto, qualcosa di ampiamente previsto.

«Vuoi mangiare?» domanda al fratello. «Immagino tu sia affamato. Ma non preoccuparti, c'è il tuo piatto preferito: arrosto di vitello. E anche un ottimo vino toscano. Sai, sono tutte cose che abbiamo acquistato coi nostri soldi, soldi guadagnati onestamente, con il duro lavoro e a costo di sacrifici. Perché è questo che facciamo: ci procuriamo da noi quello che ci serve, senza pretendere che cali dall'alto e senza rubare niente a nessuno.» Lo dice restando calmo, come farebbe con un teorema matematico.

Guido gli rivolge uno sguardo carico di disprezzo e, senza rispondere, scompare verso le stanze da letto.

«Davide...»

Letizia ha un rimprovero nella voce, ma lui lo stronca sul nascere.

«No, mamma, non dire niente. Torna a mangiare.»

È la prima volta che si rivolge a lei in tono così perentorio e la donna non ha la prontezza di reagire. Si risiede al suo posto, per la prima volta remissiva nei confronti del figlio, e in silenzio riprendono il pasto. Davide addenta la carne che ha nel piatto, ingolla rabbiosi sorsi di vino e si gode il sapore amaro della vittoria. Il problema di essere realisti è che si finisce sempre per avere ragione e che gli altri poi ti odiano come se tutte le storture del creato dipendessero da te. Ma il mondo non può essere migliore per tutti, non c'è abbastanza felicità per quanti sono i vivi, e allora cosa c'è di male a cercare di prendersi la propria parte, a entrare in competizione e vincere? È triste, è ingiusto, ma è così che vanno le cose. E non sarà lui a chiedere scusa per questo.

53

Milano, estate 1898

È una stagione di afa e morte. Un'estate di punizioni e rese dei conti. Il tribunale militare insediatosi in una sala del Castello Sforzesco sforna un'assoluzione ogni sei condanne, per un totale di circa ottocento sentenze. A giugno si celebra il processo "dei giornalisti" – ventiquattro imputati, tra cui Anna Kuliscioff, condannata al carcere – e a luglio quello "dei politici", con tre imputati, tra cui Filippo Turati.

Ogni giorno, una piccola folla di parenti, amici e reporter dei pochi giornali ancora aperti si riunisce fuori dalla fortezza per conoscere l'andamento delle udienze.

«Cosa fanno quelli là?» domanda Gaspare, addentando una fetta d'anguria.

Davide lo ha fatto arrivare da Sesto per passare qualche ora insieme, cosa che avviene ormai d'abitudine, all'incirca una volta a settimana. Sono venuti a passeggiare nel parco all'ombra dei grandi tigli, unico riparo dal caldo canicolare di questo primo giorno di agosto. La gente radunata davanti al castello è più numerosa del solito, ci sono anche poliziotti, carabinieri a cavallo e qualche fotografo.

«Aspettano di sapere se alcune persone andranno in carcere» è la spiegazione di Davide al bambino.

«E quelli che devono andare in carcere sono cattive persone?»

«Non proprio.»

«E allora perché non li lasciano andare?»

«Perché anche le brave persone sbagliano, a volte.»

Non è completamente sicuro delle sue risposte, ma il bambino sembra aver acquisito elementi sufficienti per riordinare il proprio mondo e smette di fare domande.

Passando accanto all'assembramento, Davide riconosce la figura di Eugenio Torelli-Viollier. Discute con altri uomini, probabilmente giornalisti anche loro, mentre si asciuga il sudore da sotto la paglietta con un fazzolettone bianco.

«Aspettami qui» dice a Gaspare, e si avvicina per salutarlo.

«Signor Campari, come state?» Appena lo riconosce, il giornalista gli tende la mano. Ha la faccia abbronzata a causa delle molte ore passate in attesa, fuori dal tribunale, ed è visibilmente stanco, smagrito.

«Oggi è il giorno della sentenza, vero?» chiede conferma Davide.

«Eh, già. Stiamo tutti aspettando di vedere questo capolavoro» risponde con sarcasmo non troppo velato.

Il processo ai politici si è aperto il 27 luglio e si è concluso nel giro di pochi giorni. Sul banco degli imputati, insieme a Filippo Turati, il deputato repubblicano Luigi De Andreis e quello socialista Oddino Morgari. Tutti sono accusati di aver incitato le masse alla rivolta e di aver partecipato in prima persona ai disordini, ci si aspetta che i giudici commineranno pene esemplari.

Torelli-Viollier ha lasciato la direzione del «Corriere della Sera» a inizio giugno, quando gli è stato vietato di pubblicare la propria versione dei fatti di maggio, e la sua onestà intellettuale gli ha impedito di mettere la firma sui resoconti approvati dalla censura. Ha preferito abbandonare il giornale da lui stesso fondato, piuttosto.

«Vi si è visto di rado al Caffè, ultimamente» osserva Davide.

«Non ci crederete, ma da quando mi sono dimesso ho molte più cose da fare.»

«Scriverete un articolo sul processo?»

«Guardate, per scrivere, io scrivo sempre. Ma su cosa si può o *non* si può pubblicare non chiedete a me. A quanto pare, ora sono anch'io una specie di sovversivo.» Sorride dietro i pince-nez, quasi a scusarsi.

«Allora buon lavoro e... buona fortuna.»

Davide gli stringe la mano e si allontana. Continua a provare un profondo rispetto per quell'uomo e per le sue idee tenacemente moderate, e si è trovato d'accordo con lui quando ha scritto che quelli sono "giorni d'incomparabile bruttezza". Quello di maggio è stato uno scoppio di rabbia scomposto e velleitario, ma non è meno scomposta e velleitaria la repressione che ne è seguita. La maggior parte dei cittadini, come lui, vorrebbe solo un po' di pace per gli animi e stabilità per gli affari.

Raggiunge Gaspare, che nel frattempo è occupato a interrogare un fotografo sul funzionamento del suo macchinario.

«Andiamo» gli dice passandogli accanto senza fermarsi. Il bambino getta via la buccia dell'anguria e obbedisce all'istante.

«È già ora di tornare a casa?» gli chiede trotterellandogli dietro.

«Non ancora, ma qui tra poco l'aria potrebbe farsi pesante.»

Il contenuto della sentenza Davide lo legge il giorno dopo, proprio sul «Corriere della Sera», diretto ora da Domenico Oliva. Morgari: assolto. De Andreis e Turati: dodici anni di carcere.

54

Milano, 31 dicembre 1899

Al Caffè Campari fervono i preparativi, i camerieri e i garzoni vanno avanti e indietro, su e giù per le scale, ad allestire le sale sotto la millimetrica supervisione di Letizia, mentre dalla cucina arrivano il clangore di piatti e padelle e la voce imperiosa di Svelt che dà ordini alla brigata. Guido è all'esterno, a coordinare lo scarico delle ultime casse di champagne. Davide, in piedi al centro della sala, le mani unite dietro la schiena, osserva quel febbrile fermento con espressione compiaciuta.

«Non starai faticando troppo?» lo rimbrotta il fratello minore mentre fa strada a un facchino verso lo scantinato.

«Non vorrei essere d'intralcio, vedo che ve la cavate così bene.»

Guido lo manda al diavolo, prima di sparire in fondo alle scale.

A mezzanotte, tra circa otto ore, il mondo dirà addio al Diciannovesimo secolo e saluterà l'inizio del Ventesimo. Il Novecento è stato preannunciato da tempo come una nuova, felice era di progresso e benessere, e questa speranza si è fatta ancora più sentita dopo la turbolenta fine dell'Ottocento.

I moti del 1898 hanno inferto ferite profonde alla città e a tutto il Paese, e per un momento la reazione della destra e della borghesia più retriva ha assunto i toni di un colpo di mano. C'era chi invocava la fine del regime parlamentare, in favore di un governo più forte, alla prussiana. Il presidente del Consiglio succeduto a di Rudinì, il generale Luigi Pelloux, è stato molto vicino a realizzare il progetto, ma l'opposizione delle sinistre, uscite più unite e quasi rafforzate dalla repressione, glielo ha infine impedito. Stavolta, anche la borghesia moderata e progressista ha fatto sentire la sua voce. Il livello dello scontro è ancora molto alto, in Parlamento e a livello sociale, ma si intravede un nuovo equilibrio all'orizzonte.

Il Caffè ha riacquistato due dei suoi più illustri clienti, Turati e Kuliscioff, e questo per Davide è stato il segno più concreto di una possibile pacificazione. Subito dopo le sentenze del tribunale militare nell'estate di fuoco, si sono moltiplicati gli appelli all'amnistia da parte di intellettuali e politici eminenti e, alla fine, molti dei condannati sono stati rilasciati. Anna già in dicembre, Filippo nel giugno successivo. Rivederli al tavolo del Campari, davanti a un bicchiere, entrambi più magri e segnati ma ancora uniti e combattivi, ha suscitato la commozione di tutti, perfino di Carotolin, di solito così critica nei confronti di quella coppia "senza sacramenti".

Quel giorno, anche Davide e Guido si sono ritrovati dalla stessa parte. Tra loro la ricomposizione è avvenuta in modo silenzioso, senza gesti eclatanti, un processo spontaneo di rimarginazione. Gli screzi dell'anno precedente sono stati archiviati da ognuna delle due parti in maniera differente: il maggiore li ha annoverati con ordine tra i punti che non ha intenzione di ridiscutere, il minore li ha messi da parte come conti in sospeso. Sono ancora i fratelli Campari, adesso, ma non più come una volta. Anche se apparentemente è tutto come prima, è rimasto un invisibile spazio a dividerli, una crepa sottile e insanabile.

Guido riemerge dalle scale pulendosi le mani con un panno. Congeda il facchino e poi raggiunge Davide, che nel frattempo si è seduto al bancone.

«Mi allontano un paio d'ore» annuncia, gettando via il panno.

«Come, ti allontani? E dove vai?»

«Non devo rendere conto a te, ti pare? È da stamattina che sono qui a sgroppare.»

Oltre la vetrata, all'esterno, Davide scorge una figura di donna malauguratamente familiare: Ida. Sente il volto irrigidirsi in un'espressione di sdegno.

«Mi preoccupo solo che tu non perda il tuo tempo, tutto qua.»

«Non serve che ti preoccupi per me, fratello, so bene quello che faccio.» Guido ha indossato cappello e paltò ed è già sulla soglia, ma poi ci ripensa e voltandosi indietro affonda: «Forse, se non avessi considerato l'amore una perdita di tempo, a quest'ora non ti ritroveresti solo come un cane». Quindi varca la porta, che si richiude dietro di lui con uno scampanellio.

Davide lo vede attraverso il vetro prendere la mano di Ida e allontanarsi con lei sulla piazza, verso chissà quale destinazione da innamorati. Ha provato a dire a Guido che quella non è la donna giusta per lui: troppo combattiva, troppo accecata dall'ideologia, troppo invischiata in una guerra che non li riguarda e nella quale, semmai, dovrebbero trovarsi su fronti opposti. E poi la differenza di classe rende quel legame piuttosto sospetto: impossibile sapere quanto ci sia di vero sentimento e quanto di interesse. Suo fratello, però, non vuole ascoltarlo, lo accusa di essere invidioso. Coltiva utopie, che siano politiche o sentimentali, e si sente superiore al resto del mondo. Non sa che Davide commisera la sua sciocca felicità e che le sue frecciate non arrivano a segno. Se Guido può permettersi di giocare al rivoluzionario, se può andarsene a spasso con la sua sindacalista, farsi bello con lei e comprarle regali è perché lui è rimasto saldo al suo posto, alla testa della famiglia e dell'azienda, proprio come gli è stato chiesto. Ha sacrificato l'amore, è vero, ma non perché lo considerasse una perdita di tempo: ha solo deciso di non umiliarsi con un ripiego.

Guido e Ida passeggiano mano nella mano per le strade del centro, senza una meta precisa. Comprano un cartoccio di caldarroste da un ambulante in piazza dei Mercanti e si siedono a mangiarle su una panchina. Lei si scotta le dita, Guido allora gliene porge una già sbucciata e raffreddata nelle sue mani.

«Grazie» gli dice lei.

Ma la rigira tra le dita senza mangiarla, è insolitamente taciturna e tiene gli occhi bassi come se le pesasse lo sguardo.

«Guido... ho ricevuto una brutta notizia, ieri» annuncia a un tratto.

«Che notizia?»

«Mia sorella mi ha scritto da Nuova York. Suo marito l'ha lasciata, così, all'improvviso, pare sia andato all'Ovest con un'altra.»

«Che bastardo vigliacco.»

«Già... e adesso lei è lì da sola, lontano dalla famiglia, con due bambini piccoli e nessuno ad aiutarla.»

«E quindi cosa si può fare?» Guido si rifiuta di immaginare dove quel discorso andrà a parare.

Ida gli rivolge uno sguardo straziato, sa di infliggergli un colpo tremendo.

«Lo sai. Devo partire.»

«No, non devi.»

«Si tratta di mia sorella. So che lei farebbe lo stesso per me.»

Lui continua a scuotere la testa, Ida gli parla come se cercasse di far ragionare un bambino: «Non c'è altra soluzione, lo capisci anche tu. I miei genitori sono troppo vecchi, cosa potrebbero fare? Io posso imparare la lingua, cercare un lavoro».

Guido inspira profondamente e poi soffia via l'aria che si condensa in una nuvoletta di vapore davanti alla sua bocca.

«Per quanto tempo starai via?»

Ida torna a guardare la castagna che ha tra le mani, ormai fredda.

«Non lo so» dice piano. «Non so quanto tempo sarà necessario perché tutto si sistemi. Potrebbe trattarsi di un paio d'anni, forse di più.»

Lui si alza in piedi di scatto. «No!»

Lei resta seduta, sfranta. «Mi dispiace, ma ormai è deciso. Vorrei che ci fossero alternative, ma non ce ne sono.»

Guido resta per un po' voltato di spalle, preso in un turbine di pensieri. Quando si gira verso di lei, ha gli occhi lucidi ma lo sguardo determinato.

«Va bene, vai pure. Io ti aspetto.»

Stavolta è lei a scuotere la testa: «Non dire sciocchezze».

Le torna vicino e la prende per le spalle. Ida prova a protestare, a divincolarsi, ma lui insiste, discutono, si arrabbiano e alla fine si ritrovano a piangere insieme. Guido l'abbraccia e, mentre le bagna le trecce di lacrime, le giura che non si perderanno.

«Io sarò qui, anche tra cent'anni. Tu pensa soltanto a tornare da me.»

Quella sera, al Caffè Campari, la festa imperversa implacabile. Guido si aggira tra la folla come un guscio svuotato, totalmente estraneo all'allegria che lo circonda. Dentro di sé è in lutto, solo col proprio dolore.

Per Davide, al contrario, quella serata è un trionfo. Tutto è esattamente come lui l'ha voluto e pensato, una macchina perfetta e sfavillante: ogni minimo dettaglio, dai lampadari a goccia ai centrotavola d'argento, dalle livree dei camerieri alle tovaglie di fiandra, trasuda lusso ed eleganza. Le sale scoppiano di buona società, c'è stata una vera e propria corsa tra i clienti più facoltosi per assicurarsi un posto in quel gran galà: essere lì è un privilegio, una prova di status, oltre che un piacere. Ha indossato uno smoking nero con rever di seta, si è fatto tagliare e lucidare barba e capelli, e ora sfila tra i tavoli stringendo mani e scambiando saluti. I signori che suo padre e sua madre hanno servito per decenni in grembiule adesso lo trattano da pari. Certo, Letizia e Guido fanno ufficialmente parte della società, ma è lui l'artefice di tutto, è lui la mente e il cuore della Campari, è lui che i clienti vengono a omaggiare e a ringraziare per la magnifica accoglienza.

La *crème* della società meneghina è tutta qui, questa sera. Nonostante le ferite ancora fresche, Milano non ha perso la voglia di divertirsi, è una città briosa e ottimista che seguita a crescere da ogni punto di vista. È una città in cui il nome Campari corre sulla bocca di tutti.

Fuori da lì, quel nome è ripetuto su centinaia di affiche appese ai muri. Due floridi volti di donna, riverberati dal rosso del Bitter e dal giallo lunare del Cordial, invitano sorridenti e spensierati a brindare al nuovo secolo.

«Alla vostra, Campari!»

Due distinti signori in smoking levano i calici in direzione del padrone di casa, quando passa accanto al loro tavolo. Adolf Hohenstein e Leopoldo Metlicovitz sono gli artefici materiali delle sue ultime réclame, il direttore artistico e il direttore amministrativo delle Officine Grafiche Ricordi. La loro tipografia è la fucina da cui escono tutte le migliori stampe in circolazione, comprese quelle che pubblicizzano gli spettacoli alla Scala: Davide ha trovato in loro i perfetti interpreti delle sue idee.

Appena lascia il loro tavolo, è Edoardo Brambilla ad agganciarlo con l'unico braccio a disposizione.

«Amico mio!» lo apostrofa affettuoso, versandogli sul petto un po' del Bitter che ha in mano. «Festa superba, i migliori complimenti da parte mia e della mia signora.» Indica una donna sulla trentina seduta poco distante, una faccia piccola e stretta e denti sporgenti da roditore. È l'unica che abbia trovato disposta a sposarlo, e tuttavia ne è estremamente orgoglioso. «Peccato che tanto sforzo sia mal riposto, perché di fatto non stiamo entrando nel nuovo secolo...»

Davide alza gli occhi al cielo, esasperato, mentre tenta di asciugarsi la giacca con un fazzoletto.

«Anche tu con questa storia che il Novecento comincerà nel 1901.»

«È matematica, amico, non certo una mia opinione! E l'ho capita solo adesso, sai? Al terzo bicchiere di Bitter. Ci dev'essere dentro qualcosa che fluidifica i pensieri.»

«Quindi dovremo aspettare ancora un anno per vedere la fine del mondo» gli dà spago Davide, citando un'altra diceria diffusasi di recente sul nuovo secolo. Secondo la profezia "mille e non più mille", l'apocalisse dovrebbe essere alle porte.

«Ahimè, sì. Ma è sempre bene essere pronti a ogni evenienza» riconosce Edoardo con umiltà. «Dovesse essere stanotte, tu hai espiato i tuoi peccati, ti sei messo la coscienza a posto, e soprattutto: ti sei tolto qualche sfizio?» Tira fuori dalla tasca una cipolla d'oro per consultare l'orario. «Perché, ti avverto, restano solo cinque minuti per rimediare.»

«Grazie per l'informazione.»

«Prego. Sempre al tuo servizio.»

Edoardo batte due volte col dorso della mano sul petto dell'amico e poi torna piroettando dalla sua dolce metà.

Davide raggiunge il tavolo dove ha cenato insieme alla famiglia. Ci sono tutti: Guido, Letizia, Eva, Carlo e Giovanni, i nipoti Antonio e Alberto. Lo stanno aspettando per il brindisi. Mentre libera il tappo di una bottiglia di champagne dalla gabbietta di metallo, getta un'occhiata circolare sulla sala, davanti a sé. Se il mondo dovesse finire stanotte, avrebbe poco di cui lamentarsi: ha raggiunto tutti i traguardi che si era prefissato, è invidiato e rispettato come uomo e come imprenditore, ha goduto di ogni possibilità regalatagli dalla sua posizione, si è concesso passatempi, avventure, amori mercenari.

Sono davvero pochi i desideri che non è riuscito a realizzare, ma tra questi ce n'è uno in particolare che brucia, stasera. Quintilia è lì, sotto i suoi occhi, più bella che mai, vicina e irraggiungibile. È seduta a un tavolo insieme a suo marito e a una compagnia di amici, con un abito di tulle nero che le scopre il décolleté e un delicato giro di perle ad accarezzarle il collo maestoso. È una donna di mezza età innegabilmente attraente e squisitamente raffinata, ma Davide è certo che nessun altro provi nel guardarla la sua stessa vertigine, lo stesso senso di adorazione, lo struggimento, perché nessuno l'ha mai amata con altrettanta devozione e per così tanto tempo. Quasi avesse captato i suoi pensieri, Quintilia solleva lo sguardo a incontrare il suo e per un momento restano agganciati sopra le teste degli invitati, attraverso il brulichio della sala. Intorno ribolle l'eccitazione, le voci si alzano in crescendo, i bicchieri passano di mano in mano, comincia il conto alla rovescia. Lei gli sorride e lui risponde, un sorriso che è un intimo, reciproco riconoscersi, ma dura pochi secondi: tre, due, uno e la mareggiata dei corpi li sottrae l'uno alla vista dell'altra. Esplodono i tappi dello champagne, esplodono le urla, esplode una fiduciosa e preventiva gioia per un futuro ancora solo immaginato.

Davide viene travolto dalle effusioni della famiglia, si lascia abbracciare e baciare da tutti e solo alla fine si accorge che suo fratello è sparito.

«Dov'è Guido?» domanda a Letizia.

Né lei né gli altri famigliari, però, sanno dire dove sia finito.

Gli ospiti, intanto, stanno lasciando il locale per prendere parte alla baldoria all'esterno e per assistere all'esibizione delle bande che si sono riunite in Galleria, sotto la volta dell'ottagono.

I Campari si accodano alla fiumana festante, solo Davide resta indietro.

«Non vieni, zio?» gli domanda Antonio.

«Tra poco vi raggiungo.»

È immerso da interminabili ore in quel bagno di folla, sente il bisogno di venirne fuori, di prendere un po' di respiro.

La sala si svuota fino a rimanere deserta. I camerieri ne approfittano per rassettare i tavoli, sollevare qualche sedia rovesciata a terra e raccogliere i frantumi dei bicchieri rotti. È uno scenario da apocalisse minore, da fine del mondo mancata.

Davide svuota la coppa di champagne fumando una sigaretta, con calma, poi, spremuta anche l'ultima goccia dalla bottiglia, la rovescia nella glacette e si alza per uscire.

Mentre scende lo scalone di marmo che porta al pianterreno, però, qualcosa congela i suoi passi. Quintilia è appena rientrata dalla porta del Caffè e nel vederlo si è fermata di colpo anche lei. C'è un che di immediatamente e inspiegabilmente scabroso nel loro ritrovarsi così, l'uno di fronte all'altra, nel locale vuoto.

«Davide... sei ancora qui.» La donna cerca di stemperare l'imbarazzo con un sorriso. «Sto andando di sopra a recuperare la borsetta.»

Quindi avanza verso di lui con l'ottusa fiducia dell'agnello al cospetto del lupo, supera la tenda che separa i due ambienti e fa per salire le scale. Davide scarta di lato e le blocca il passaggio col proprio corpo. Quintilia resta immobile, un gradino sotto di lui, aggrappata al passamano come per paura di volare via. Respira affannosamente, non ha il coraggio di guardarlo.

«Non farlo» gli dice.

Ma è una preghiera malferma e Davide non ha alcuna intenzione di esaudirla: lei è il grande vuoto della sua vita, il tassello che manca, e ora è lì, davanti a lui, non può averla così vicina e lasciarla andare via.

La spinge piano alla base della scala, fino a che la sua schiena non incontra il muro, nell'angolo coperto dalla pesante tenda di velluto. Le bacia il volto, il collo, le labbra, si infila dentro la scollatura dell'abito, sotto la gonna, e scopre che Tilia brucia della sua stessa febbre. Si sono cercati a lungo e adesso hanno fretta di trovarsi, in quell'angolo buio, soffocando i gemiti, con i vestiti addosso, mentre fuori impazza la festa e il resto del mondo si dimentica di loro. In quei pochi istanti rubati alle rispettive vite, provano a darsi tutto l'amore che si sono negati per anni.

Poi lei si scioglie dalle braccia di lui, si risistema la gonna e il corpetto. Ha sul volto un'espressione di colpevole appagamento, sembra sul punto di piangere e ridere insieme.

«Devo andare. Si chiederanno tutti che fine ho fatto.»

Davide le chiude il viso tra le mani e la bacia un'ultima volta.

«Vai» le dice. «Puoi andare dove vuoi, ma noi da oggi ci apparteniamo.»

«Sì» conferma lei, con la rassegnazione di chi sa di aver aperto le porte al proprio inferno. È sempre stata sua, anche prima di oggi, perché ha sempre amato solo un uomo, e adesso non può più negarselo.

Scappa via e lui raggiunge la grande vetrata al pianterreno per poterla vedere riemergere all'esterno e sparire tra la folla. Sa che mentire a suo marito la farà soffrire, ma loro due stanotte si sono ripresi ciò che era loro, hanno rimesso insieme due metà divise per errore, e non può esserci colpa in questo, solo un senso di compiutezza, di finale riparazione.

Nessuna apocalisse, dunque, nessun giudizio universale, non solo il mondo è ancora in piedi, ma anche l'ultimo desiderio si è finalmente avverato.

E il nuovo secolo comincia pieno di promesse.

55

Parigi, 25 luglio 1900

Tilia, amore mio,
dicono che quelli che stiamo vivendo siano tempi veloci. Ma, se è così, a Parigi lo sono più che altrove. Qui ogni cosa corre: le nuove costruzioni, la nuova metropolitana, l'elettricità e il cinematografo dei fratelli Lumière, tutto ciò che puoi trovare all'Exposition è all'insegna della celerità, come se il tempo fosse diventato improvvisamente un bene raro e inestimabile. Anche gli atleti corrono, e l'idea di tenere le Olimpiadi in concomitanza con l'Esposizione, da questo punto di vista, appare del tutto coerente. So benissimo quanto tu sia entusiasta della partecipazione delle donne, quest'anno, e credo anch'io che sia una vergogna che non sia stata permessa prima... ma meglio tardi che mai, non credi? Per farti felice andrò ad assistere a qualche incontro femminile di tennis: Etienne mi ha procurato i biglietti, e dice che è uno spettacolo notevole. Sospetto che il suo interesse si concentri soprattutto sulle gambe delle atlete, ma ti prometto che non gli darò troppo spago, non ingelosirti, ti prego.
Ti ho già parlato di Etienne Fourier, mio amico dai tempi dell'apprendistato a Bordeaux. In tutti questi anni ci siamo scritti delle lettere, ma abbiamo avuto rare occasioni di vederci, e questa ci sembrava imperdibile. Lui è lo stesso di allora,

non ha perso la forma longilinea – al contrario di me! – e ha ancora lo spirito giocoso di quando eravamo ragazzi. Ha ereditato un'ingente fortuna da sua nonna, l'ha investita in Borsa e l'ha quasi raddoppiata, e in questo modo si è liberato per sempre del suo spauracchio più grande: dover lavorare per vivere. Ora si gode la vita meglio che può, è uno scapolo impenitente e viaggia parecchio in terre lontane, passione che invece ha ereditato da suo nonno. Forse dalla mia descrizione non sembra, ma è una cara persona, mi è stato vicino sempre, ha vegliato su di me anche da lontano. Per questo gli ho parlato di noi, perché so di potermi fidare ciecamente, e ha detto una cosa che mi ha colpito: che io e te siamo fortunati, perché il fatto di non poter vivere i nostri sentimenti appieno, alla luce del sole, ci salverà dal grigiore della consuetudine e renderà il nostro amore eterno.
A Etienne piace fare così: prendere le cose e ribaltarle, chiamare fortuna la sfortuna e convincerti del contrario di ciò che hai sempre creduto. Ma non mi ha convinto, stavolta, niente affatto. Non riesco a ritenermi fortunato per non averti accanto tutti i giorni, per non poterti portare a Parigi con me, per non svegliarmi ogni mattina nel tuo stesso letto. Io ti vorrei qui anche adesso, mentre scrivo in questa stanza d'hotel, con la Tour Eiffel che svetta davanti alla finestra, a occupare quel pezzo di cielo che solo un anno fa era vuoto e che ora le appartiene di diritto. Un anno fa anche tu eri una chimera, il mio sogno irrealizzabile, e invece... ora so che sei mia e che mi ami come io ti amo.
L'allestimento dello stand Campari, all'Exposition, è quasi concluso. Ho uno spazio piccolo, ma ben visibile, in un punto di passaggio. Ci sono altri italiani, qui, a presentare i loro prodotti e sono stati i primi a venire per assaggiare i miei liquori, alcuni di loro già li conoscevano, a dire il vero, e questo mi ha riempito di orgoglio. Poi sono arrivati gli altri, francesi e non solo, visitatori provenienti da tutta Europa e dal resto del mondo. L'altro giorno mi è capitato di servire un Bitter a dei giappone-

si, pensa!, e da quel poco che ho capito lo hanno apprezzato parecchio.
La notizia più bella, però, è che Monsieur Bertrand, un grossista di Nizza, si è detto interessato a commercializzare le mie bevande in Francia e siamo già in trattative per aprire una rappresentanza Campari oltralpe.
Tutto questo, Quintilia, per dirti che il mio lavoro qui è quasi concluso. Ho trovato un valido collaboratore a cui affidare lo stand: presto lascerò Parigi e sarò di nuovo da te. So che dovrò aspettare per vederti, ma almeno saremo nella stessa città, respireremo la stessa aria.
Metti da parte paure e sensi di colpa, ti prego, e trova un modo per incontrarmi il più in fretta possibile. Magari in quella piccola trattoria fuori porta, dove ci siamo visti l'ultima volta, prima che io partissi. L'immagine di te, seduta sotto quel pergolato di campagna, con il viso acceso e i capelli sciolti sulle spalle, mi riempie ancora gli occhi e il cuore.
Ti amo, Quintilia. Potrei scrivere pagine e pagine per spiegarti quanto, ma per decenza mi fermo.
Aspetto con ansia una tua risposta e, ancora di più, il momento in cui potrò riabbracciarti.

Tuo,
Davide

***

Milano, 30 luglio 1900

Davide, mio adorato,
quando leggerai questa lettera, la notizia sarà sicuramente arrivata anche a te, in Francia. Il nostro re, Umberto I, è morto. L'hanno ucciso le rivoltellate di un anarchico, Gaetano Bresci. L'assassino ha detto di voler vendicare i morti del 1898 e punire l'infamia della decorazione di cui lo stesso monarca aveva insi-

gnito il generale Bava Beccaris. Che impressione ha suscitato in me questa tristissima circostanza! Ecco che da un crimine ne scaturisce un altro e sangue chiama altro sangue. È una regola che non conosce deroghe. Da giorni pensieri cupi affollano la mia mente e non so quali parole dire a mia figlia, che è abbastanza grande per sapere e tuttavia troppo piccola per comprendere. Il corpo del re è ancora a Monza, e noi a Milano respiriamo un'aria pesante, di lutto e violenza. Finirà mai questa scia di morte?

Vorrei che fossi qui, in questo momento. Più aumenta il senso di smarrimento, più cresce il bisogno di stringersi agli affetti, di aggrapparsi a una qualche certezza. Il mio più grande affetto e la mia più grande certezza sei tu, Davide.

Mi chiedi di non farmi pregare, di mettere da parte le remore per venire a incontrarti, al tuo ritorno, ma non sai che io fremo dal desiderio e che non penso ad altro, notte e giorno. Sono una donna perduta e felice di esserlo. Chi lo avrebbe mai detto? Io, da sempre irreprensibile, ligia ai doveri di moglie e di madre, abbastanza matura da non aspettarmi più sorprese dalla vita, sono tornata a palpitare come una ragazzina al primo amore. Mi guardo allo specchio e conto le rughe sul viso, i primi capelli bianchi, e mi vedo bella perché so che tu mi ami. Non ho più paura di niente, nemmeno di invecchiare, non ho più vergogna, né coscienza, né dignità. Dovrei odiarti per quello che mi hai fatto diventare, e invece ti amo.

Ora devo sbrigarmi, sento già nell'altra stanza mio marito che mi chiama. Ma la separazione sarà breve, Davide, te lo prometto. Tu fai solo in modo di tornare e io ci sarò.

Per sempre tua,
Tilia

56

Sesto San Giovanni, novembre 1900

Lo strombazzare del clacson sorprende le galline appollaiate sull'aia facendole svolazzare via in preda al terrore. Il cane, più coraggioso, risponde abbaiando e corre dietro all'automobile, che si ferma poco dopo, davanti all'abitazione dei Ghezzi. Annusa guardingo l'odore di benzina e olio bruciato, finché, scendendo dalla vettura, Davide non lo allontana con un piede.

«Buongiorno, Tommaso. Gaspare è qui?»

Il padrone di casa è rimasto a bocca aperta sulla porta della stalla, in maniche di camicia e stivaloni pieni di fango.

«*Va' a ciamàl*» intima alla moglie, che corre dentro gridando: «Gaspareeeee! *El sciur Campari l'è chi!*».

Il signor Ghezzi guarda la carrozza motorizzata con inebetito stupore e la stessa identica faccia, in versione miniaturizzata, hanno i due figli, usciti da chissà quale tana per osservare il prodigio. Sono divorati dalla curiosità, ma paralizzati dalla soggezione nei confronti di Davide.

«Volete vederla più da vicino?» li invita lui.

I due bambini si fanno avanti, ma solo un po'.

«Mio Dio, ditemi che non sto sognando!» Gaspare esce all'esterno e si avventa sull'automobile superando di corsa i due piccoli Ghezzi, ancora dubbiosi sul da farsi.

Fa un giro attorno, e passa le dita sulla carrozzeria studiandone ogni dettaglio a occhi sgranati. È in tutto e per tutto una carrozza di piccole dimensioni, tranne che per l'assenza di cavalli, con ruote in gomma, cerchi in legno e due sedili in pelle, posti uno nel senso di marcia e l'altro di fronte. Davide si gode lo stupore di Gaspare, gongolando in silenzio.

«È vostra?» s'informa il bambino.

«Di un amico. Me l'ha prestata per farmela provare.»

«Che modello è?»

«Fiat 3 ½ HP. È una nuova casa automobilistica di Torino. Di questa ne hanno fatti solo ventisei esemplari.»

«Magnifica! Vero che è magnifica?»

Il bambino si volta verso i fratelli di latte, che rispondono annuendo. Benché uno dei due abbia la sua stessa età, dieci anni, e l'altro sia di poco più piccolo, sono di gran lunga più timidi e impacciati di lui. Non hanno mai avuto un ricco benefattore che li portasse a spasso nel fine settimana e gli facesse conoscere le cose del mondo. Ogni volta che Gaspare li lascia per andarsene in giro con lui, lo guardano partire con una punta d'invidia.

«Vogliamo andare?» domanda Davide al suo protetto.

«Certo!»

Gaspare salta su con un balzo e si sistema sul sedile, accanto al posto di guida. Davide lo raggiunge dopo aver avviato il motore con la manovella posta sul retro.

Abbottonati i cappotti e calcati i cappelli, si allontanano salutando con la mano la piccola platea di esseri umani e animali riunita nell'aia.

È una tiepida giornata di novembre, e il vento che ricevono sul viso, man mano che prendono velocità, è una gradevole carezza. Davide guida cercando di apparire disinvolto, ha imparato da poco a muovere il sistema di leve e manovelle che governano l'auto, ma ci tiene a farsi vedere padrone della situazione. Gaspare, infatti, lo osserva ammirato.

«Quanto può andare veloce?» gli domanda.

«Fino a trentacinque chilometri orari.»

«E ora siamo al massimo?»

«Più o meno.»

«E quel pedale a che serve?»

«A frenare. È un sistema innovativo, le altre macchine non ce l'hanno.»

«Dopo mi fate provare?»

«Certo che no. Ho promesso al mio amico di riportargliela intera.»

«Dove andiamo?»

«Ora vedrai.»

Per quella gita domenicale, Davide ha in mente una meta speciale, non molto lontano da lì. È un posto che non visita da parecchi anni.

Il cancello è mezzo arrugginito e bisogna faticare non poco per sbloccarne la serratura. Una volta risolto l'intoppo, l'automobile può immettersi sul vialetto d'ingresso, in fondo al quale, dietro i rami spogli degli alberi, già si intravede la Casa Alta.

Davide ferma la vettura proprio davanti alla porta. Scende e invita Gaspare a fare lo stesso.

«Perché siamo qui?» gli domanda il bambino, guardandosi attorno.

L'uomo abbraccia la villa con uno sguardo, resistendo all'assalto di vecchi ricordi.

«Perché ho un progetto in mente. Vieni.»

Apre la porta ed entrano. I pochi mobili rimasti sono coperti da lenzuola bianche e sul pavimento si è posato uno spesso strato di polvere. Si respira odore di chiuso e di vecchio. Quando Edoardo ha dato le chiavi a Davide, lo ha avvisato: la casa è semiabbandonata, nessuno la usa ormai da anni. Alla domanda sul perché volesse andarci, però, lui non ha risposto.

Fanno un breve giro di ricognizione al pianterreno e poi salgono di sopra. Quando passa davanti alla porta di una precisa stanza, Davide intravede in un lampo l'immagine di Leda, distesa sul letto, con la lunga treccia che scende sulla spalla e il braccio a coprirle la faccia. Si ferma sulla soglia e l'apparizione scompare di colpo. Tutto sembra rimasto uguale ad allora.

«Davide! Venite a vedere cosa ho trovato!» Gaspare lo chiama nella stanza a fianco.

Lo raggiunge e lo trova ad armeggiare con un vecchio fonografo impolverato. La scritta EDISON sulla valigetta è leggermente scolorita, ma ci sono ancora i cilindri di cera, dentro.

«Vediamo se questa vecchia ferraglia suona ancora» dice il ragazzino, cercando di capirne il funzionamento. In qualche modo riesce ad avviarlo e per uno scherzo del destino l'aria contenuta nel cilindro è proprio quella della *Traviata* che tanto piaceva a Leda. «*È strano! È strano...*» canta la soprano, e la memoria di Davide corre a quel giorno in cui loro due l'avevano ascoltata insieme e avevano provato a mettere insieme le rispettive solitudini.

Gaspare sorride, contento della piccola magia che è riuscito a fare, e il suo sorriso assomiglia ora più che mai a quello di sua madre, anche se gli occhi sono diversi, più limpidi e quieti.

«Chi viveva in questa casa?» chiede, ignaro della portata di quella domanda. È vicinissimo alla risposta che cerca da sempre, se solo qualcuno fosse disposto a dargliela.

Ma per Davide è fin troppo facile svicolare: «Non lo so. Persone che non ci sono più».

In fondo, non è del tutto una bugia.

A quel punto ferma la musica e gli fa cenno di uscire dalla stanza. «Torniamo fuori.»

Non ha mai raccontato al bambino delle circostanze in cui è nato e non ha intenzione di farlo ora. È convinto che sia meglio per lui continuare a riempire il vuoto con le sue fantasie, piuttosto che avere la certezza che sua madre non lo abbia mai voluto. Ovviamente ha imposto il silenzio anche ai Ghezzi, pena la rottura dell'accordo.

Se ha portato Gaspare qui, oggi, non è per parlargli del suo passato, ma del futuro.

Si incamminano nel parco che circonda la villa, circa diciannove ettari di prati puntellati da boschetti di cipressi, tassi e faggi, e, qua e là, qualche esemplare solitario di ginkgo e magnolia. L'erba è bagnata per via delle piogge dei giorni precedenti, e sotto gli alberi si distendono tappeti di foglie gialle e marroni. Arrivato a quello che gli appare più o meno il centro dell'area, Davide si ferma e si guarda intorno.

«Che ne pensi?» domanda a Gaspare.

«Tanta terra» risponde lui, senza particolare entusiasmo.

Davide indulge con un mezzo sorriso.

«Tanta terra su cui si può costruire.»

«E cosa vorreste costruire?»

«Una fabbrica. La fabbrica Campari.»

Lo sguardo del ragazzino si accende d'interesse.

«Volete dire una vera fabbrica? Con le ciminiere e i nastri trasportatori e tutto quanto?»

«Esattamente. È ancora un'idea, ma è da un po' che ci sto pensando.»

Da quando è tornato da Parigi, per la precisione, ed è già molto più che un'idea. La modernità della capitale francese, la sua vitalità, la sua *grandeur*, gli hanno ispirato il coraggio di tradurre in progetto un'ambizione che coltivava da tempo: passare dalla dimensione artigianale a quella industriale. Tutto ha bisogno di espandersi, di evolvere, le aziende come le persone, e quella che stanno vivendo è un'era di eccezionale dinamismo e di straordinarie conquiste, è il momento giusto per osare. Davide si sente ottimista, forte abbastanza da realizzare un sogno, e ha appena trovato il terreno perfetto su cui farlo: deve solo convincere l'amico Brambilla a cederglielo a un prezzo ragionevole.

Indica lo spazio vuoto davanti a sé, come se vedesse l'opera già compiuta. «Immagina: un edificio ampio e luminoso, costruito secondo i più moderni criteri, capace di produrre migliaia di bottiglie in pochissimo tempo. Lontano dalla città ma non troppo. E, accanto, una bella villa di rappresentanza, dove fare feste e ricevimenti.» Accenna alla Casa Alta, alle loro spalle, poi alla strada provinciale Milano-Monza che passa a fianco. «Qui, una fila di carri che partono con casse di liquori da spedire in tutta Italia. Anzi, in tutto il mondo.»

«In tutto il mondo?»

«Perché no? Credi che il mio Cordial non possa piacere agli eschimesi?»

Gaspare ride scoprendo un paio di finestre tra i denti e Davide ride con lui, anche se in realtà non scherza affatto. All'Exposition Universelle ha ricevuto una medaglia d'argento e, soprattutto, ha avuto modo di constatare che i suoi prodotti piacciono a tutti, senza distinzione di razza e cultura. Bitter e Cordial sono già arrivati in Svizzera e in Francia, e presto sbarcheranno anche in Sud America, dove la folta presenza di immigrati italiani ha già creato le condizioni per un nuovo mercato. Ora Davide si è messo in testa di conquistare il mondo.

Tra pochi giorni compirà trentatré anni, non ha una legittima discendenza, il suo legame con Quintilia lo appaga pienamente e mettere su famiglia non è da tempo tra le sue preoccupazioni. Non sa se avrà mai dei figli a cui trasmettere il nome Campari, come ha fatto suo padre prima di lui, ma sa che quel nome vuole renderlo grande, vuole farlo viaggiare fino ai più remoti angoli della terra e, chissà, anche attraverso i secoli. Ecco, è questo il suo prossimo traguardo, la sfida per gli anni che verranno: arrivare dove suo padre non avrebbe mai osato nemmeno immaginare.

E non è un caso che Gaspare sia stato il primo a cui l'ha confidato.

«Allora. Come la vedi la fabbrica Campari?»

Il ragazzino risponde con trasporto: «Mi piace. Facciamola».

Davide prende un respiro pieno di soddisfazione e gli posa un braccio attorno alle spalle. Lui accoglie quel gesto tra sorpresa e impaccio, poi però si abbandona fiducioso contro il suo fianco. Se ne stanno lì, l'uno accanto all'altro, a ragionare di futuro e, anche se nelle loro vene non scorre lo stesso sangue, sono quanto di più simile a un padre e un figlio abbiano mai avuto.

57

Milano, febbraio 1901

Un bacio rovente tra due amanti nella penombra di un *tabarin*, lui proteso verso di lei in uno slancio di passione, i corpi saldati in una linea diagonale che termina sul tavolino ai loro piedi, su cui sono posati due piccoli calici. Il tutto pervaso da una vivida luce rossa che dà a quel bacio un sapore proibito e sensuale.

Il nuovo manifesto creato per Campari da Marcello Dudovich, uno dei più geniali illustratori delle Officine Grafiche Ricordi, è un'immagine che sembra estratta direttamente dalla memoria di Davide. Più il disegno prendeva forma sotto la matita dell'artista, più si rendeva conto che quei due amanti altri non erano che lui e Quintilia, colti durante uno dei loro appassionati incontri, e l'idea di esporre davanti a tutta Milano il loro amore clandestino, in modo così plateale e allo stesso tempo anonimo, ha assunto nella sua testa il sapore di una rivincita. È un'innocua affiche pubblicitaria, ma è anche una spudorata dichiarazione alla donna che ama e uno sberleffo alla cecità di un mondo che quell'amore non può vederlo.

Davide se ne è fatta stampare una copia in anteprima, e ha chiesto a Tilia di incontrarsi al solito posto perché vuole mostrargliela. C'è una piccola trattoria a conduzione famigliare, nei pressi di San Siro, circondata da un boschetto di betulle, che è diventata da tempo il luogo prediletto dei loro appuntamenti. In genere, per poterlo raggiungere, Quintilia sgattaiola fuori di casa quando suo marito non c'è, o prolunga fittiziamente gli impegni con le associazioni benefiche.

Mentre sorseggia un cordiale, alla fine di un pranzo solitario al Caffè, Davide assapora il gusto dell'attesa. Tra poche ore anche lui e Tilia saranno l'uno tra le braccia dell'altra, come gli innamorati di Dudovich.

È talmente preso nelle sue fantasticherie che quasi non si accorge della servetta che è appena entrata.

«*Sciur* Campari...» La ragazza gli si avvicina con fare vagamente circospetto. «Ho una consegna per voi.»

Davide la conosce bene: è la cameriera di casa Benvenuti, non è la prima volta che Quintilia si serve di lei per fargli arrivare i suoi messaggi.

Prende la busta che lei gli porge e, dopo averle messo in mano una moneta, la congeda. Apre la lettera e ne legge il contenuto.

Davide, amore mio,
perdonami, ma non verrò oggi al nostro appuntamento, né posso prometterti che ce ne saranno altri. È successo l'inimmaginabile e io mi sono improvvisamente svegliata da un sogno, un sogno bellissimo, ma che, adesso me ne rendo conto, rischiava di condurmi alla rovina.
Mia figlia Eleonora ha scoperto di noi. L'ho sorpresa stamattina seduta al mio scrittoio, era riuscita non so come a trovare delle tue lettere conservate nel doppio fondo di un cassetto e le stava leggendo. La mia piccola, capisci? Mi sono sentita morire, Davide, l'orrore di quella scena mi ha gelato il sangue nelle vene. Ho provato a toglierle di mano i fogli, a dirle che non erano miei, ma ha dieci anni, ed è troppo intelligente per credere a bugie rabberciate. E quello che ha letto è inequivocabile.
Ha preso a piangere, a chiedermi perché, a minacciare di dire tutto a suo padre. Io ero terrorizzata, e già mi prefiguravo lo scandalo, la vergogna, la disgrazia della nostra famiglia, ma alla

fine, grazie a Dio, un po' con le buone, un po' con le cattive, sono riuscita a calmarla. Le ho fatto giurare che non si farà sfuggire una parola con nessuno, e siccome la conosco – è una bambina saggia e giudiziosa – so che posso fidarmi.

In cambio, però, ho dovuto prometterle che non ti vedrò più e che tornerò sulla retta via. So che ti opporrai, che proverai a farmi cambiare idea, ma ti prego fin da ora di desistere. Si tratta di mia figlia, il mio bene più grande, e lei, no, non posso tradirla.

Se mi ami quanto ti amo io, saprai che questa decisione mi strazia il cuore e che continuerò ad amarti mio malgrado, anche in silenzio, anche a distanza. Da oggi, io porto dentro di me il lutto di una vedova, ma questo fardello devo accettarlo in nome di quell'innocente.

Addio per sempre,
Tilia

Non ci sono pensieri lucidi nella mente di Davide mentre percorre come una furia le vie del centro, solo un imperioso, cieco obiettivo: riprendersi Quintilia. Si è fatta vincere dalla paura, tutto qui, si è lasciata intenerire dai capricci di sua figlia, ma quello che gli ha scritto non può essere vero e lui non può in alcun modo accettarlo. Non si butta via un amore come il loro, non adesso che si sono finalmente ritrovati.

Infila il portone di un palazzo, in via della Spiga, divora le scale fino al primo piano e si attacca ai battenti. È la stessa servetta che gli ha portato la lettera ad aprirgli.

«Signor Campari!» esclama, stupita e allarmata.

«Dite alla vostra padrona che voglio vederla» le intima Davide, perentorio.

Si introduce all'interno costringendola ad arretrare. Intuendo che quella non è una visita di piacere, la ragazza lo invita ad accomodarsi in un salottino appartato e sparisce verso le altre stanze.

Poco dopo, Quintilia compare sulla porta, il volto terreo.

«Sei per caso uscito di senno? Presentarti qui, nella mia casa, senza preavviso. Non saresti dovuto venire...»

«E tu non avresti dovuto scrivermi quella lettera» la incalza lui, slanciandosi verso di lei. «Dimmi che te ne sei già pentita, che è stata la debolezza di un momento.»

Prova a prenderle le mani, ma lei le ritrae subito e incrocia le braccia, come a difendersi.

«Per favore, Davide. Datti un contegno. Mio marito potrebbe rientrare da un momento all'altro e in casa c'è la servitù. Quello che stai facendo è una follia!»

«Io non me ne vado finché non ritiri ciò che hai scritto» dichiara lui, irremovibile. Le si avvicina di nuovo, prova a parlarle con dolcezza. «Tilia... lo sai che non è possibile, che non riusciremo a fare a meno l'uno dell'altra. Va bene, adesso sei scossa per via di tua figlia, lo capisco... ma troveremo un modo, ci sarà una soluzione.»

Lei si tappa le orecchie per resistere alla malia di quella voce.

«Smettila, ti prego! Vuoi capirlo o no che non puoi avere tutto? Ci siamo presi molto più di quello che ci spettava, non possiamo tirare la corda fino a spezzarla.»

«Io non rinuncio a te, di' pure quello che vuoi, ma non rinuncio.»

L'afferra per le spalle come per ricondurla a sé, lei si libera ancora, e stavolta con rabbia.

«Ma tu hai *già* rinunciato a me, ricordi? Lo hai fatto tempo fa, quando eravamo giovani, quando ancora tutto era possibile. Ti sarebbe bastata una sola parola, allora, e io ti avrei sposato, sarei caduta ai tuoi piedi! E invece no, sei sparito una prima volta in Francia e poi di nuovo, tre anni dopo, senza che io abbia mai saputo perché!»

Il veleno di quelle parole intossica entrambi. Tanto Quintilia, che le ha sputate fuori dopo averle tenute a lungo tra i denti, tanto Davide che le ha finalmente ascoltate dalla sua voce. Dentro di sé, si era già interrogato su come sarebbero state le loro vite se

Leda non fosse esistita o se solo lui non gliele avesse lasciate stravolgere.

«Ho sbagliato, lo so. Ma tu non mi hai dato il modo di rimediare.» La sua difesa è fiacca e lo sa bene.

«E allora siamo stati in due a sbagliare.»

«Anche se abbiamo fatto un errore, non dobbiamo pagarlo per sempre.»

«E invece sì» tronca Quintilia, anche lei stremata. «Finora sei stato tu a decidere per entrambi. Mi hai cercata, mi hai perduta e poi hai deciso che era il momento di riprendermi, quella notte di un anno fa. Ma adesso non sta più a te, Davide, adesso sono io a dire basta.»

Ha gli occhi lucidi ma non cede alle lacrime. Non è nemmeno una decisione, la sua, è istinto di conservazione, è come devono andare le cose.

«Non credere che questo ci renderà meno infelici» l'avverte lui, dolente.

«Lo so, ma almeno potrò ancora guardare in faccia mia figlia. Ti prego, adesso, vattene.»

Davide si rimette il cappello con gesti lenti, misurati, mentre le rivolge un ultimo sguardo. Cerca di imprimersi bene in mente quel volto e quel corpo che gli sono appartenuti per così poco, che in realtà si è solo illuso di possedere. Tilia è stata la sua amante, è vero, ma non ha mai smesso di essere la moglie di un altro e la madre di sua figlia, e quei vincoli adesso la reclamano indietro. Realizza quanto sia stato sciocco da parte sua rivendicare un diritto soltanto in virtù di un sentimento, essersi sentito al di sopra delle convenzioni e dei ruoli socialmente stabiliti. Ci sarebbe perfino da ridere di se stesso, se non fosse in preda a un vergognoso desiderio di piangere.

«Addio, Tilia» dice quasi scappando via.

Preferisce uscire di scena prima di coprirsi di ridicolo.

58

Milano, 1867

Letizia è distesa su un fianco coi capelli rossi sparpagliati sul cuscino, fiduciosamente abbandonata a un sonno profondo. Accanto a lei, avvolto in un panno di cotone, dorme il bambino. Gaspare si è seduto con delicatezza sul letto, ad ascoltare quei due respiri che vanno all'unisono.

Ancora non crede alla fortuna che gli è capitata, e non capisce cosa abbia fatto per meritarsela. Quel giorno in cui Letizia è entrata nel suo caffè, a Novara, ha percepito da subito qualcosa di speciale: non era la più bella ragazza che avesse mai visto, ma era senza dubbio la più rossa e, soprattutto, sprigionava un'energia che spostava l'aria. Ma come poteva immaginare, allora, che gli avrebbe cambiato il destino?

Sette anni dopo, sono a Milano, hanno appena aperto il loro Caffè in pieno centro, e da pochi giorni hanno avuto il quarto figlio, Davide. Il primo bambino in assoluto a nascere sotto la Galleria nuova di zecca: perfino il sindaco ha voluto celebrare l'evento, e ha inviato una targa con tanto di firma e timbro. Se non è fortuna questa...

Letizia apre gli occhi di colpo e, nel vederlo, si tira su, stando attenta a non svegliare il neonato.

«Che fai?»

«Niente, vi guardavo.»

«Non hai proprio nulla da fare, eh?»

Si sorridono. In realtà sono mesi che lavorano senza tregua per allestire il nuovo locale e la nuova casa, e non hanno ancora finito. Letizia ha seguito il trasloco personalmente, con la pancia grossa, c'è mancato poco che quel figlio lo facesse sulle scale. Dopo tre parti, uno dietro l'altro, non aveva più paura di niente e adesso, a starsene a riposo, le sembra quasi di togliere tempo alle mille altre cose che restano da fare.

«I bambini dove sono? Hanno mangiato?» chiede al marito.

«Sono di là, ci sta pensando la tata, non ti preoccupare.»

Gaspare infila una mano in tasca ed estrae una piccola scatola di carta.

«Cos'è?» domanda Letizia, stupita, mentre gliela posa sul palmo.

Invece di rispondere, lui si stringe nelle spalle. Lei apre il pacchetto e ne tira fuori un anello d'oro, sottile, con un piccolo brillante al centro.

«Ti te set pròpri màtt» *lo rimprovera, invece di ringraziarlo. «Si può sapere perché hai dovuto prendermi un altro anello? Ho già la fede.»*

«Se non lo vuoi, lo riporto indietro.»

Letizia sbuffa, tiene il piccolo gioiello tra le mani, senza il coraggio di metterlo al dito.

«Insomma, con tutti i debiti che abbiamo! Hai dovuto spendere soldi anche per questo.»

«Sai com'è. Tu hai detto che venendo a Milano diventavamo ricchi e io ti ho creduto.»

Ridono di nuovo e lei gli assesta una manata sulla spalla.

«Te set pròpri un stùpid!»

In quel momento il bambino emette un vagito. Letizia fa cenno a Gaspare di abbassare la voce, ma ormai è troppo tardi: si è svegliato. Comincia un pianto sommesso, la madre cerca di riaddormentarlo cullandolo, ma il pianto diventa sempre più convinto.

«Vegn chi. Mi te capissi ben, prepotént!»

Si arrende, infine, e lo attacca al seno. Intanto, senza quasi accor-

gersene, ha infilato l'anello al dito. Gaspare l'ha notato, ma non dice niente.

«Lo so che stai pensando» lo smaschera lei, seguendo il suo sguardo. «Diciamo che lo tengo finché non avrò una nuora a cui regalarlo.»

«Tu guardi troppo lontano.»

«Te set minga che la vitta la passa in un moment?»

59

Sesto San Giovanni, settembre 1904

Un'automobile percorre la strada provinciale Milano-Monza a velocità sostenuta. Al posto del conducente Davide, in abbigliamento da gita fuori porta e berretto all'inglese, e, accanto a lui, un giovane un po' preoccupato per la sua guida disinvolta: Achille Ferrario, di professione fotografo.

«Da quanto tempo avete preso la patente?» domanda, affondando le unghie nel sedile.

«Un mese circa» risponde il pilota, evitando con un'improvvisa sterzata l'ennesima buca.

Anche la vettura, un prototipo della Fabbrica Toscana Automobili, è un acquisto recente: alla fine, Davide non ha resistito e ne ha comprata una tutta per sé. Di solito, per venire a Sesto usa la tramvia, che è stata completamente elettrificata e resta il mezzo più affidabile, ma in questa luminosa mattina di fine estate ha voluto concedere a sé e al suo passeggero un piccolo lusso.

Ferma l'automobile davanti a una costruzione in mattoni rossi, poco fuori dall'abitato di Sesto San Giovanni.

«Eccola qui» dichiara con un certo orgoglio.

La fabbrica. Uno stabilimento in rigoroso stile industriale, abbellito sulla facciata da decorazioni in maioliche invetriate, un armonioso connubio tra funzionalità ed estetica. In alto, un frontespizio in marmo su cui campeggia la scritta:

G. CAMPARI, FRATELLI CAMPARI SUCCESSORI

Dal giorno in cui Davide l'ha immaginata per la prima volta, sono passati quattro anni. Nel mezzo ci sono state una lunga contrattazione con Edoardo Brambilla – che, alla fine, ha preteso 70.000 lire per il terreno, la Casa Alta e le suppellettili al suo interno –, la progettazione dell'edificio a opera dell'architetto Luigi Perrone, che ha utilizzato le recentissime tecniche del cemento armato, e la realizzazione vera e propria, in quattordici mesi, a cura della ditta Fratelli Vender.

In tutto questo, la parte più delicata è stata convincere il resto della famiglia della bontà dell'operazione: soprattutto Guido era scettico a causa dei debiti che avrebbero contratto. In realtà, dietro quelle preoccupazioni si nascondevano, e nemmeno troppo velate, l'insofferenza per l'ennesima iniziativa non sua, la certezza, più che il timore, di restare nell'ombra del fratello. Stavolta non c'erano contropartite da chiedere, la fabbrica era in tutto e per tutto una creatura di Davide, la prova monumentalizzata delle sue capacità imprenditoriali. Per fortuna è riuscito a portare Letizia dalla sua parte, e alla fine la fabbrica si è fatta.

Eccola qui, adesso, fresca di calce, pronta per essere avviata. Tutti gli sforzi e i pensieri degli ultimi anni sono stati dedicati a lei, ed è in virtù della sua sola esistenza che i Campari hanno smesso di essere semplici bottegai e si apprestano a entrare nell'empireo degli industriali. Se non fosse accecato dall'invidia, anche Guido vedrebbe la bellezza di tutto questo.

«Vogliamo entrare?»

Davide fa strada a Ferrario che, prima di seguirlo sulle scale d'ingresso, preleva macchina fotografica e treppiedi dal sedile posteriore dell'auto.

Oltre la soglia, si ritrovano in un ambiente unico, privo di pilastri, con mura intonacate di bianco e soffitti alti sei metri. Tutto tace, gli impianti sono fermi e, a vederli così, si direbbero gli organi interni di un enorme animale dormiente. Le sole presenze umane, a parte loro, sono due tecnici impegnati nel collaudo di una macchina.

«Devo dire che me la figuravo più rumorosa» scherza Ferrario, mentre deposita gli attrezzi del mestiere in un angolo.

«Gli operai cominciano il trasloco da via Galilei nei prossimi giorni» spiega Davide. «Ho pensato che per fotografare gli interni era meglio averla ancora vuota.»

Gli mostra i distillatori e gli impianti per l'imbottigliamento e l'imballaggio, poi il reparto lavatura vetri e gli uffici amministrativi che sono sullo stesso piano.

Il fotografo studia gli ambienti con occhio professionale: dalle grandi finestre entra luce abbondante e c'è abbastanza spazio per piazzare il suo treppiedi e fare scatti da diverse angolazioni. L'incarico che gli è stato affidato è di immortalare il neonato stabilimento per un opuscolo pubblicitario, l'ultima trovata del signor Campari, che in fatto di réclame è sempre un passo avanti: i suoi battage tappezzano ciclicamente i muri di Milano e si fanno notare per la forza delle immagini e la raffinatezza delle grafiche. Adesso, però, vuole fare qualcosa di ancora diverso: presentare la fabbrica ai clienti mediante una pubblicazione che racconti i processi produttivi, che mostri il dietro le quinte del suo lavoro. Qualcosa che nessuno ha mai fatto, finora.

«Sapete che vi dico? I vostri impianti sono dotati di una certa fotogenia» dichiara Ferrario, già pronto a mettersi all'opera.

«Non è finita qui. Venite, c'è altro da vedere.»

Attraverso una scala di ferro, i due accedono al seminterrato che ospita le cantine, con le vasche in vetrocemento per la maturazione dei liquori e le botti in rovere di Slavonia. Nel salone macchine Davide mostra le caldaie, la motrice a vapore e la dinamo per la produzione di energia elettrica. Il cuore pulsante del mostro di ferro e cemento.

Al primo piano, dove si trovano i magazzini delle erbe e il laboratorio chimico, i due s'imbattono nel dottor Emilio Soncini, che si occupa dell'elaborazione di sistemi di controllo delle materie prime e del prodotto finito.

«C'è chi crede ancora che la liquoreria sia una roba di alchimia e oscure cantine, una specie di arte esoterica» spiega al visitatore con piglio professorale, mostrando il suo regno di provette e apparecchi di misurazione. «Noi qui ci affidiamo alla scienza.»

Terminata la panoramica, Ferrario recupera il treppiedi nell'angolo in cui lo aveva lasciato e comincia a montarlo.

«Mi prenderò l'intera giornata, finché c'è luce» annuncia a Davide.

«Fate con comodo, io sarò nel mio ufficio.»

Il nuovo ufficio è un'ampia stanza al pianterreno, arredata con mobili su misura che ancora odorano di legno e vernice. Alle pareti, oltre alle medaglie e alle onorificenze ricevute nel corso degli anni, Davide ha fatto appendere le réclame Campari più recenti, alla stregua di vere e proprie opere d'arte. Capolavori di Aleardo Villa, Adolf Hohenstein, e anche del blasonato ritrattista Cesare Tallone, che in un primo momento era restio a mischiare la propria arte con la cartellonistica. Ma il calendario da lui realizzato, con ritratti di donne famose del mondo dello spettacolo o dell'alta società, è per sua stessa ammissione una delle sue opere più riuscite. L'unica immagine che manca a quella carrellata è il bacio di Marcello Dudovich: Davide non l'ha voluto sotto gli occhi, perché odia ripensare a Quintilia e odia il senso di vuoto e fallimento che quel ricordo porta con sé.

Apre la finestra per stemperare l'odore del legno e siede alla scrivania, sulla poltrona di pelle. Da un cassetto tira fuori alcuni fogli manoscritti, pieni di correzioni e cancellature: sono giorni che è alle prese con l'elaborazione del testo che accompagnerà le fotografie sull'opuscolo di presentazione.

"Ci si permetta la legittima compiacenza di guidare i nostri clienti in un rapidissimo giro attraverso il nostro nuovo stabilimento. Oltre a una modesta soddisfazione di amor proprio, vorremmo avere la speranza di poter così provare loro che la fiducia di cui ci onorano non è immeritata. Perché nel concepire la nostra opera ci siamo appunto ispirati al criterio che il compito della industria moderna, onde riesce feconda di prospero avvenire, debba essere quello della perfezione dei prodotti, ottenuta coi mezzi di produzione più potenti e perfetti, epperò più convenienti. Non è questo il vanto di tutta la meravigliosa meccanica moderna?"

Più tardi, nel pomeriggio, mentre si concede una pausa dalle fatiche letterarie passeggiando nel parco, vede una bicicletta sfrecciare lungo la recinzione e inchiodare davanti al cancello d'entrata. Gaspare smonta di sella e lo raggiunge con passo dinoccolato.

«*Cóme la va?*»

Nessuno dei due saprebbe dire qual è stato il momento esatto in cui hanno abolito le formalità e il ragazzo ha smesso di dargli del voi. Ha quattordici anni, adesso, già da diversi mesi lo ha superato in altezza, ma è magro all'inverosimile, come se la carne che aveva addosso si fosse limitata a distribuirsi sulle ossa allungate, anziché aumentare di volume.

«È arrivato il fotografo?» domanda, indicando l'interno.

«Sì, è già dentro. Sta lavorando.»

Gaspare è perfettamente informato su ogni cosa che riguarda la fabbrica e tutto quello che le ruota attorno. Sta frequentando la scuola tecnica, ma Davide gli ha promesso di farlo iniziare da subito come apprendista accanto a Perego, e lui si è sentito investito di una specie di missione. Viene a verificare l'avanzamento dei lavori quasi ogni giorno, da quando gli operai hanno cominciato a scavare le fondamenta dell'edificio, e si è fatto anche regalare una bicicletta per fare la spola più velocemente da casa dei Ghezzi. Non c'è nessuno, a parte Davide, che sia più entusiasta di lui.

Mentre camminano nel parco, s'informa sui dettagli dell'imminente inaugurazione, prevista per il 1° ottobre, fino a quando Ferrario non li raggiunge.

«Signor Campari, io avrei quasi finito.»

«Quasi?»

«Be', ho fotografato tutto all'interno e all'esterno, però mi chiedevo... quand'è che fotografo voi?»

«Me?» Davide libera una risatina imbarazzata.

«Non pensate che una vostra immagine starebbe bene sull'opuscolo? Una specie di impegno, di garanzia per i vostri clienti.»

«Ma figuratevi... Siamo seri. Io vendo bibite, non la mia faccia.»

Ferrario sta per desistere, ma Gaspare interviene: «Il signore ha ragione. Le persone vorranno sapere che volto ha l'uomo che ha realizzato tutto questo. O forse sei troppo timido per posare?».

«Timido... io!»

Davide si mostra quasi offeso dall'insinuazione, ma Gaspare non è andato troppo lontano dal vero: è a disagio davanti alla macchina fotografica, non ama fare da bersaglio per un occhio meccanico e tanto meno rivedersi nella fissità di un'immagine.

«Allora che aspetti? Tra poco la luce andrà via e non si potrà più scattare, non è vero?»

Il ragazzo cerca la complicità del fotografo, che torna alla carica: «Ho già in mente dove farla: sul tetto. L'attrezzatura è già lì».

«Guarda caso» chiosa Davide.

Si sente preso in trappola ed è una sensazione che non gli piace.

«Forza, non farti pregare!» lo pungola Gaspare.

Coadiuvato dal fotografo, lo spinge verso le scale d'ingresso e poi all'interno della fabbrica, fino all'ultimo piano.

Davide si ritrova sul tetto, contro la ringhiera che delimita la terrazza, con il panorama di Sesto San Giovanni alle spalle e la macchina fotografica davanti. Un pugile alle corde.

Il fotografo ha già montato la lastra di bromuro d'argento sull'apparecchio e sta controllando la messa a fuoco sotto un panno nero.

«Sorridete!» lo incita, sbucandone fuori.

«Sembrerai un attore del cinematografo!» gli fa eco Gaspare, sempre più sfacciatamente divertito.

«Se non la smetti, *te fò vedéè mi!*» lo minaccia Davide.

Sbuffa, sposta il peso sulle gambe, si calca il berretto sulla testa, mette una mano in tasca e si volta un po' di lato come a proteggersi, a offrire all'obiettivo il minimo essenziale.

«Ecco, fermo così!»

Ferrario aziona lo scatto, un lampo di magnesio ed è tutto finito.

«Posso muovermi, adesso?»

«Certo, signor Campari. Sono sicuro che avremo un bellissimo ritratto. Ne volete uno insieme a vostro figlio?»

60

Milano, settembre 1904

La cameriera si avvicina al tavolo per portare via i piatti ma, vedendo quello di Davide ancora intonso, ha un momento di esitazione. Lui abbassa un angolo del giornale che sta sfogliando nervosamente e le fa cenno di procedere.

«Volete che vi prepari qualcos'altro, signore?»

«Non ho fame, grazie.»

La donna gli versa ancora del caffè, poi carica il vassoio con i resti della colazione e sparisce in cucina.

Davide mette via il giornale, smanioso, e ignora la tazza fumante davanti a lui. Tira fuori dalla tasca un biglietto, lo rilegge, lo posa sul tavolo e ci tamburella sopra con le dita.

Letizia compare alle sue spalle, già vestita e pettinata di tutto punto. Gli anni e i dolori hanno lavorato sul suo volto come meticolosi scalpellini: due profonde linee tra le sopracciglia, alla radice del naso, le conferiscono un'espressione perennemente afflitta, e attorno alle labbra si sono appuntate tante piccole rughe, sottili come spine. Eppure, ogni giorno, continua ad alzarsi dal letto e a prepararsi per andare al Caffè, come se ce ne fosse ancora bisogno.

«*Te set borlà-giò del lecc, stamattina?*» domanda al figlio.

Davide fa sparire in fretta il biglietto e si alza per scostarle la sedia dal tavolo. No, non è caduto dal letto, è stato quel piccolo pezzo di carta ricevuto la sera precedente a guastargli il sonno.

«Ho un appuntamento di lavoro» mente.

La madre siede al suo posto ripiegando la gonna sotto di sé. Mentre Davide le versa il caffè, lo osserva con occhio sapiente e annusa la sotterranea tensione che lo percorre.

«Qualche problema?»

«No» risponde lui. «Solo non ho dormito bene.»

«Allora resta a casa a riposarti. Questa cosa della fabbrica ti sta consumando.»

«Ancora qualche settimana, mamma, poi sarà tutto sistemato. Ti prometto che dopo ti porto al lago, così ci riposiamo insieme, io e te.»

Le accarezza la mano costellata di macchie scure, ma i suoi pensieri sono già altrove. Combatte ancora un po' con se stesso, poi prende un'improvvisa risoluzione: «Vado».

Si obbliga a infilare la giacca e il cappello, a uscire di casa e scendere in strada. Nel biglietto che ha in tasca c'è scritto:

Sono a Milano per qualche giorno, alloggio all'Hotel de Milan,
in via Manzoni. Vorrei rivederti.
Ti prego, vieni a cercarmi appena puoi.

Leda

L'Hotel de Milan è un edificio in stile eclettico che si apre su via Manzoni, alloggio d'elezione per facoltosi viaggiatori e artisti della Scala, che si trova poco distante. Anni fa ospitava abitualmente Giuseppe Verdi, che si è spento proprio qui, nel suo appartamento al primo piano. Davide ricorda ancora la strada cosparsa di paglia per attutire il rumore delle ruote e degli zoccoli dei cavalli, in modo da non disturbare l'agonia del maestro. Con passo sicuro e animo incerto, entra nel grande atrio e va diretto al bancone del concierge.

«Sono qui per la signora Leda Baroni. Davide Campari.»

L'uomo incarica un ragazzo di andare ad avvisare l'ospite, poi lo invita ad accomodarsi in uno dei salottini.

La hall è un grande ambiente con uno spazio centrale delimitato da un colonnato e sormontato da un lucernario. Poltrone in rattan e tavolini da caffè sono raggruppati qua e là e divisi tra loro da piante tropicali e séparé in carta di riso. Ovunque, specchi e cristallerie riflettono la morbida luce che entra dal soffitto e, a terra, i tappeti sparsi sul pavimento alla veneziana rendono soffici i passi. Tutto lì dentro è un invito alla quiete, a un ovattato raccoglimento, ma Davide ha ben altra disposizione d'animo, mentre prende posto a sedere e accende la prima sigaretta della giornata.

Sta spegnendo la cicca nel posacenere, quando finalmente Leda fa la sua apparizione nella hall e gli va incontro. Si alza di scatto, pronto a farle un baciamano, ma lei annulla la distanza e lo abbraccia.

«Che bello rivederti.»

Si lascia avvolgere dal suo profumo francese e, quando lei si discosta, la osserva meglio. Il viso è ancora quel formidabile gioco di pieni e vuoti, di luci e ombre, solo con i tratti più marcati, i capelli acconciati con elaborata cura sono ancora neri e lucidi e sotto l'abito alla moda si intuisce un corpo agile e snello. Nel portamento, nel modo di parlare, nel modo in cui finge di non accorgersi degli sguardi altrui, rivela una lucidissima coscienza di sé e del proprio fascino. La metamorfosi è compiuta: non è più una donna, è una diva, adesso.

«Sediamoci» lo invita con un sorriso ammaliante.

Davide esegue senza riuscire a ricambiare, lei se ne avvede e inclina la testa, come a chiedere clemenza.

«Speravo facesse piacere anche a te incontrarmi.»

«Direi di risparmiarci lo sforzo di farla sembrare una qualunque rimpatriata tra amici.» Ha superato il trauma di rivederla, ma continua a temere la ragione di quell'incontro.

Il sorriso di lei vacilla, fin quasi a spegnersi.

«Davide, lo so. Devo chiederti perdono. Per l'aiuto che ti ho costretto a darmi, tanto tempo fa, e per il modo in cui me ne sono andata. Mi sono chiesta tante volte, in questi anni, se avrei dovuto rifarmi viva, scriverti, o se fosse meglio sparire per sempre...» L'accento napoletano ha lasciato il posto a una vaga inflessione francese, Davide lo nota con un pizzico di rammarico.

«È andata bene così. Siamo entrambi sopravvissuti, mi pare.»

Leda annuisce, anche se quel tono sbrigativo la mortifica. Lo sforzo di far funzionare quella conversazione ricade tutto su di lei, ma non si arrende.

«Ho chiesto notizie di te, quando sono arrivata in città. Ho saputo che sei un industriale, adesso, che hai aperto una fabbrica.»

«Non ancora, ma è questione di giorni. Di te, piuttosto, ho letto cose grandiose.» Lo dice più per sviare il discorso da sé, ma lei si lancia ugualmente nel racconto delle sue tournée e dei suoi viaggi in Europa, negli Stati Uniti, in America Latina.

Mentre l'ascolta, Davide tenta di capire cosa prova per lei. La donna che ha davanti è stata la sua grande fortuna e la sua grande rovina, ha portato terremoto e scompiglio nella sua esistenza, ma ora, dopo tanto tempo, è solo un'estranea a cui non ha molto da dire. All'improvviso non sa più perché è venuto, trova ridicola l'idea di mettersi a fare il resoconto degli ultimi quattordici anni nella hall di un hotel e ha una gran voglia di andarsene. O di arrivare al punto.

«Leda, perché hai voluto vedermi?»

Lei ammutolisce di colpo. Prende un respiro profondo, poi lo dice tutto d'un fiato: «Voglio cercare mio figlio. Voglio conoscerlo e, se vorrà, portarlo con me a Parigi. Tu sei l'unico che può aiutarmi».

Lui resta impassibile, ma solo in apparenza: quella richiesta, per quanto oscuramente prevista, gli spezza le gambe. E all'improvviso si fa strada in lui, più nitida che mai, la consapevolezza di non volerla soddisfare.

«Ti ho già aiutata quattordici anni fa, quando volevi abbandonarlo. Ora non venire a chiedermi di tornare indietro.»

Leda è visibilmente spiazzata, non si aspettava quel rifiuto. «Ma io non ti chiedo di fare niente, solo di dirmi dove si trova.»

Davide lascia vagare lo sguardo lontano. Più cerca dentro di sé, più trova ragioni da darsi. «Anche se lo sapessi, non te lo direi. Credo che dopo così tanto tempo sia meglio per tutti rispettare la scelta fatta allora.»

La donna realizza in fretta di non avere carte per convincerlo, la supplica è l'ultima che le resta: «E va bene, ti capisco. Capisco il tuo disprezzo e il tuo biasimo. Io non ho il diritto di chiedere niente, ho sbagliato e sono l'unica causa del mio male. Ma lo sai anche tu, Davide: non avevo scelta, allora, eri d'accordo anche tu che non potevo tenerlo, quel figlio. Lo ammetto: ho pensato di poterlo dimenticare, di potermi rifare una vita, di avere, un giorno, altri figli. Ma questo non è accaduto. Mi ritrovo a trentacinque anni, adesso, sola, disincantata, delusa dagli uomini, e *lui* è rimasto il mio unico legame. Ho già lasciato il mondo dello spettacolo, ho deciso: smetto con quella vita, ho dei soldi da parte e voglio dedicarmi a mio figlio, risarcirlo per quel poco che posso delle sofferenze che gli ho causato...».

«E magari farne il bastone della tua vecchiaia» conclude Davide, gelido. L'istinto di proteggersi, e di proteggere Gaspare, lo rende cattivo. «Comodo, molto comodo, ora che sei tu ad avere bisogno.»

Quella sferzata le toglie il fiato. Più della frustrazione è l'incredulità, l'incapacità di ritrovare l'uomo che ha amato dietro quella maschera di gesso. Allunga le mani sul tavolo a cercare le sue, caparbiamente decisa a umiliarsi.

«Ti prego, se mi hai voluto anche solo un po' di bene, non negarmi quest'ultimo favore. Sono sua madre. E se non vuoi farlo per me, fallo per lui: ha il diritto di conoscermi.»

Davide, però, si sottrae al contatto.

«Devo andare, mi dispiace.»

Si alza in piedi, raccoglie il pacchetto di sigarette dal tavolo e lo mette in tasca. Lei resta immobile sulla sedia, annichilita da quella inaspettata sconfitta, ma, prima che lui possa allontanarsi, solleva un braccio e lo ferma.

«Aspetta.» Apre la borsetta con mani tremanti e ne tira fuori un biglietto da visita. «È il mio indirizzo di Parigi. Prendilo.»

«Non vedo cosa dovrei farci.»

«Prendilo» insiste. «Caso mai tu voglia ripensarci.»

Davide accetta il cartoncino e lo mette in tasca senza degnarlo di uno sguardo. No che non ci ripenserà, non gli è mai stato chiaro come adesso quanto quel ragazzo conti per lui.

«Addio, Leda.»

A passi decisi, attraversa la hall e raggiunge l'uscita. Fuori, il sole è abbagliante e il rumore della città lo investe con violenza, gli sembra di essere riemerso da un buco profondo, di aver compiuto un viaggio nel ventre della terra. Ne è venuto fuori con la coscienza schiacciata e il cuore indurito, ma almeno ha impedito a Leda di portargli via l'unica cosa buona che gli abbia mai lasciato. Non ha privato una madre del proprio figlio, ripete a se stesso, ha solo difeso ciò che è suo.

61

C'è un recinto, attorno a Davide.

Fuori, la realtà, con il suo caos e la sua ingovernabile vastità; dentro, il mondo che lui stesso ha creato e che comprende la famiglia, l'impresa di suo padre, gli affetti più cari. Il compito che si è dato, lo scopo consapevole della sua vita, è prendersi cura di quel mondo come di un giardino, farlo prosperare e proteggerlo, compattarlo attorno a sé.

Tra le responsabilità di cui si è fatto carico, c'è anche quella di mantenere il buon nome e il prestigio della famiglia, ed è questo particolare aspetto che negli ultimi tempi lo angustia maggiormente. Finché sono stati mastri liquoristi, i Campari non hanno dovuto preoccuparsi troppo di reputazione e parentele: suo padre si è sposato due volte, entrambe per amore. Ora, però, le cose sono cambiate, i discendenti di Gaspare sono saliti di qualche gradino sulla scala sociale e fanno parte a pieno titolo della grande borghesia milanese, sono in tutto e per tutto una famiglia di industriali. Come tali, perciò, devono comportarsi. Se i soldi aprono le porte del bel mondo, sono le giuste scelte in fatto di alleanze e clientele a permettere di accomodarcisi dentro. In sostanza, bisogna fare un buon matrimonio. E, nei piani di Davide, dovrebbe essere Guido a provvedere in tal senso.

Ha avuto di recente degli abboccamenti con Alberto Riva, il più importante costruttore di turbine elettriche del Paese e uomo dalle molte entrature nella comunità d'affari milanese. Riva è padre, tra l'altro, di una graziosa fanciulla, Diletta, che proprio in questi giorni ha compiuto diciannove anni. Troppo giovane per Davide, ma perfetta per suo fratello.

I Campari sono stati invitati al ricevimento organizzato per il compleanno della ragazza, che si è tenuto ieri nella villa monzese dei Riva, e Davide si era raccomandato con Guido perché venisse a omaggiare la festeggiata. Lui, però, ha pensato bene di non presentarsi.

Stamattina, i due fratelli hanno il consueto appuntamento al Circolo del Giardino per l'allenamento settimanale di scherma. Il maggiore è arrivato per primo, e attende seduto su una panca di legno. La scuola è quasi vuota a quest'ora, solo due allievi si allenano in fondo alla sala sotto la supervisione di un istruttore e lui segue distrattamente l'incontro, facendo ruotare la sciabola su se stessa.

«È molto che aspetti?»

Guido gli compare accanto come uno spettro, dentro la giacca trapuntata di velluto bianco. Ha l'arma in una mano e la maschera sotto l'altro braccio.

«Almeno stavolta ti sei degnato di venire» risponde Davide, alzandosi. La placida noncuranza del fratello non fa che irritarlo ancora di più.

Chiusa la giubba e indossati maschere e guanti, si dirigono entrambi alla pedana. Entrano nelle casse di pece greca per dare attrito alla suola di bufalo degli scarpini, quindi montano sul legno, l'uno di fronte all'altro.

«Dovrai mandare un biglietto a Diletta Riva per scusarti della tua maleducazione» gli intima Davide, agitando il ferro verso di lui.

«Non credo di aver deluso nessuno, dal momento che non ho mai assicurato la mia presenza.»

«L'ho fatto io per te.»

«Dunque è un problema solo tuo. La prossima volta non parlare a nome mio. Tre assalti, cinque stoccate. Cominciamo?»

Eseguono il saluto portando la sciabola davanti al viso, prima in orizzontale, poi in verticale, quindi la ripongono al fianco. Attraverso le maschere passano sguardi acuminati.

«In guardia!» È Davide a dare il comando.

Tutti e due si pongono di lato, con le gambe leggermente divaricate e l'arma spianata verso l'avversario.

Guido è il primo a tentare l'affondo con una stoccata al fianco destro, ma Davide para di seconda, quindi rilancia con un fendente che però va a vuoto. Il fraseggio di attacchi e parate prosegue incalzante per qualche istante, finché non è Guido ad alzare la mano per accusare la stoccata.

«Toccato!»

Davide incassa il primo punto con un cenno di assenso, ma non gli dà quasi il tempo di respirare che subito si rifà sotto. Si muove rapido e insidioso, con la chiara intenzione di vergarlo, e Guido, che di solito è più agile di lui, fatica a piazzare qualche colpo. Un ultimo affondo e Davide lo umilia con un traversone, facendogli scorrere la punta della sciabola in diagonale per tutta la lunghezza del tronco. Lui allarga le braccia, a protestare impotenza.

«Cosa c'è, fratello? Qualcosa ti rode?» domanda irritato, scoprendo la faccia. Sotto il panno imbottito, la spalla è dolorante.

Anche Davide si libera della maschera. «Tu cosa dici?»

Suo malgrado, Guido si rassegna a quel confronto: «Ti ho già detto che non mi metterò a fare la corte alla figlia di Riva solo per farti un favore. Mi dispiace se questo rovina i piani del grande industriale!».

L'altro lascia andare una risata sarcastica. «Pensi che faresti un favore a me? Mentre tu non ne avresti nessun vantaggio!»

«Io ho già una donna, anche se fingi di non saperlo.»

Stavolta il tono è di aperto scherno: «Sono anni che la tua donna è partita per Nuova York. Chissà dov'è e con chi, e tu non ti sei ancora fatto passare il capriccio».

«Pensa quello che vuoi. Ida tornerà, e appena torna io la sposo.»

L'espressione di Davide si fa improvvisamente cupa: «Perfino un mentecatto come te non oserebbe tanto».

«Altrimenti?»

Gli si avvicina e gli punta la sciabola sul petto. «Non hai mai fatto niente per la famiglia, né per l'azienda. Hai solo preso e preso, sputando nel piatto in cui mangiavi. Tutto quello che ti si chiede, ora, è di prendere una moglie alla tua altezza. Non mi sembra poi tanto!»

Guido non arretra, anzi, preme lo sterno contro la punta arrotondata dell'arma, facendola flettere, poi disarma il fratello e la lancia lontano. Il fracasso del metallo sul pavimento per un momento richiama l'attenzione dei presenti. Non ha più paura di lui, non lo teme più, l'eroe della sua infanzia è diventato un uomo cinico e calcolatore, che non merita nemmeno il suo rispetto.

«Sì, hai fatto tutto tu, da solo, ed è stata una tua scelta. Dicevi che noi eravamo i fratelli Campari, che avremmo fatto grandi cose insieme, ma erano bugie. Tu vuoi solo comandare su tutto e tutti, e pretendi anche che ti si dica grazie.»

«Non mi sembra di aver mai sentito quella parola uscire dalla tua bocca.»

«Se è questo che vuoi, sarai subito accontentato» quasi lo deride, Guido. «Sei tu il più forte, il più in gamba, il più furbo tra noi, lo sei sempre stato. Grazie, fratello, per tutto quello che hai fatto per me. Ora, però, lasciami vivere la mia vita.»

Fa per allontanarsi, ma Davide lo afferra per la giacca e lo strattona verso di sé, fin quasi a sfiorargli il viso. Non può tollerare quella pretesa di superiorità, quell'aria di sdegno.

«Eri tu a chiedermi di stare dove sono ora, ricordi? Mi volevi con voi, per voi, a prendermi il peso di tutto! Io ho fatto quello che mi è stato chiesto. E tu? Non hai nessun obbligo, tu? Adesso che è il momento di starmi affianco, adesso che sono io a chiedere qualcosa a te, sei troppo occupato a vivere la tua vita!»

Preme la fronte contro la sua, così forte che sembra volerci entrare dentro. «Guai a te!» gli ringhia addosso.

Poi, con uno spintone lo allontana da sé ed esce dalla sala. L'incontro è finito, per oggi.

62

Il fuoco cova sotto la cenere.

Dopo una lunga crisi economica che ha investito il Paese, già afflitto da povertà e disoccupazione, il malcontento popolare si riaccende in quei primi giorni del settembre 1904. Gli operai della Campari si sono appena trasferiti dalla vecchia officina di via Galilei a Sesto San Giovanni, mentre la città che si sono lasciati alle spalle comincia a ribollire di nuovo. Nonostante lo sciopero non sia più considerato un reato dall'entrata in vigore del codice Zanardelli, quindici anni fa, è ancora oggetto di una violenta repressione. Il 4 settembre, a Buggerru, in Sardegna, l'esercito ha sparato contro i minatori che chiedevano una riduzione delle ore di lavoro, lasciandone a terra quattro; la Milano operaia si è sollevata contro l'ennesimo bagno di sangue e, mentre la mobilitazione era già in corso, in Sicilia i carabinieri hanno aperto il fuoco contro una protesta di contadini. I sindacalisti rivoluzionari di Arturo Labriola invocano da giorni uno sciopero generale, sarebbe la prima volta che accade in Italia, e di nuovo si sentono battere in lontananza tamburi di guerra.

Dalla porta dell'ufficio, Davide osserva i suoi uomini e le sue donne al lavoro, e si chiede per quanto riuscirà a evitare che quei richiami arrivino anche alle loro orecchie. Far costruire la fabbrica lontano dalla città è stata una scelta dettata da molte ragioni, in primis economiche – i prezzi dei terreni a Milano sono saliti alle stelle –, ma c'è un altro fondamentale vantaggio in quel dislocamento: tenersi fuori dal magma rivoluzionario, uscire dalla concentrazione dei capannoni e degli stabilimenti industriali, dove la vicinanza tra operai fa divampare incendi alla prima scintilla.

Non può permettersi levate di scudi, braccia incrociate, contrattazioni estenuanti. Per l'edificazione della fabbrica ha dato fondo a tutti i risparmi, ha acceso mutui e fidi bancari, bisogna ripartire subito con la produzione e cominciare a fare utili. Ora non si scherza più: se qualcosa andasse storto, il tonfo sarebbe catastrofico e definitivo.

La cerimonia d'inaugurazione è tra due settimane, ma la grande macchina si sta già mettendo in moto: gli operai della vecchia guardia prendono confidenza con le nuove macchine e le nuove procedure, mentre Perego assume altro personale. Ci sono già due apprendisti e ne arriveranno ancora.

Demetrio e Gino hanno preso i novellini sotto la propria ala. Mentre mostrano loro la catena di riempimento delle bottiglie, turatura, capsulatura ed etichettatura, li tartassano con scherzi e battute triviali, provocando l'ilarità della Iole e dell'Elvira che, poco distanti, sono alle prese con la spremitura degli agrumi. Uno dei due ragazzi, il più timido, arrossisce e così si attira addosso una scarica di prese in giro supplementari. Il morale è alto, si avverte un certo entusiasmo, perfino. D'altra parte, perché non dovrebbero essere contenti? Lavorano in un ambiente moderno e all'avanguardia, con processi automatizzati, spazi adeguati e aria salubre, e nella busta paga si vedono riconosciuto il costo dell'abbonamento alla tramvia che da Milano li porta a Sesto ogni giorno. Davide ha pensato a tutto, ha fatto le cose per bene, i suoi dipendenti non hanno proprio nessun motivo di rivoltarglisi contro, anzi, gli piace pensare che vedano in lui un capofamiglia, un padre autoritario ma comprensivo. Ogni mattina, quando arriva alla fabbrica, va a salutarli dando la mano a uno a uno: è un modo per ribadire che c'è un'alleanza tra loro, che lavorano per lo stesso obiettivo. E per chi non si è comportato bene, per chi si è approfittato della sua generosità, la punizione peggiore è non ricevere quella stretta.

«Largo!»

Maruchèt entra trasportando una grossa damigiana rivestita di corda e la appoggia contro il muro. Dietro di lui, altri tre uomini fanno la spola da un carro appena arrivato: è l'ultimo carico da via Galilei, liquori già stagionati e pronti per essere imbottigliati, dopodiché il trasloco sarà concluso. Si ripulisce con un fazzoletto l'attaccatura dei capelli: sono brizzolati ma ancora folti, e gli riversano rivoli di sudore sulla fronte. Di quell'uomo taciturno e leale Davide sa di potersi fidare, in questi anni è stato i suoi occhi e le sue orecchie tra le file del personale, gli ha riferito ogni mal di pancia, ogni pettegolezzo, e ha tenuto a bada gli elementi più bizzosi.

Tuttavia la fabbrica non va avanti da sola, la presenza e il controllo del padrone sono indispensabili. Davide è ancora il custode esclusivo della ricetta del Bitter, la più complessa tra quelle in preparazione allo stabilimento e la più soggetta a imitazioni. Gli operai possono manipolare gli ingredienti, ma non ne conoscono l'esatto dosaggio: l'unico a presiedere al delicato compito della pesatura delle erbe e delle spezie, a parte lui, è il responsabile del laboratorio chimico, il dottor Soncini, mentre la ricetta originale è conservata in un forziere, nel suo ufficio.

Alla fine di ogni giornata di lavoro, poi, Davide siede all'esterno, davanti alla scala d'ingresso della fabbrica, per controllare l'uscita del personale. Se qualcuno è poco stabile sui gradini o si tiene troppo tenacemente alla ringhiera è segno che si è concesso qualche assaggio extra e merita un richiamo. Non è una questione di perdita economica, ma più di principio: non gli piace farsi prendere in giro, i dipendenti devono sapere che la sua benevolenza non è accordata una volta per sempre, e che il padrone ha occhi dappertutto.

All'improvviso, da fuori, si sentono fischi e slogan urlati in un megafono. Prima in lontananza, poi sempre più vicino. Davide si sposta alla finestra e vede in strada un manipolo di una ventina di persone. Vengono da Monza e marciano in direzione di Milano, vanno a unirsi agli altri lavoratori che manifestano da quella mattina davanti alla Camera del Lavoro, dove si sta deliberando lo sciopero generale. Quando passano davanti alla fabbrica, i loro richiami si fanno ancora più forti e insistenti, cercano di attirare l'attenzione di chi è dentro.

«Lavoratori, uniamoci contro lo sfruttamento dei padroni! Il sindacato ha bisogno anche di voi!»

Per un momento il ritmo all'interno dello stabilimento rallenta, uomini e donne alzano la testa dagli strumenti di lavoro, in ascolto. Demetrio, Gino e qualche altro lasciano le postazioni e si avvicinano all'ingresso per guardare fuori. Davide li osserva con i nervi tesi e la mandibola serrata, in silenzio. Maruchèt incontra il suo sguardo e, senza bisogno di ricevere ordini, interviene.

«*Vegnì via de lì, cavròn!*»

Ne afferra un paio e li spinge verso l'interno.

«*Moccà-giò e tornè indree al lavô. Andem!*»

Tutti si rimettono all'opera, e il rumore delle macchine, gradualmente, finisce per coprire le urla del corteo che si allontana.

Gli operai della Campari sono disciplinati, leali, hanno un sano timore del padrone e la parola "sciopero" non è mai uscita dalle loro bocche. Ma di questi tempi non si sa mai. Sono strani, questi tempi moderni, sono folli, scriteriati, sono tempi di lotte e di tentazioni rivoluzionarie. È bene mantenere alta la guardia.

Il giorno successivo, il 15 settembre 1904, lo sciopero generale è proclamato. Ancora una volta, gli inviti alla calma di Filippo Turati restano inascoltati e in città si diffonde il caos. Chiudono negozi, caffè, uffici, scoppiano proteste e risse con le forze dell'ordine, c'è qualche sparo. L'eco dei cannoni di Bava Beccaris torna a rimbombare inquietante nelle orecchie dei milanesi.

Anche in quel frangente, Davide continua a uscire di casa tutte le mattine per andare alla fabbrica, confidando nel fatto che i suoi operai faranno lo stesso. Non ne ha la certezza assoluta e, ogni volta che li vede arrivare e distribuirsi alle rispettive postazioni, tira un intimo sospiro di sollievo. A loro, però, non dà a vedere quella preoccupazione, non manifesta il minimo dubbio: che non pensino di essere ringraziati perché continuano a fare il loro dovere.

Come un incendio, lo sciopero si estende a quasi tutte le città d'Italia: Genova, Torino, Bologna, Roma, Napoli, Bari, Palermo, e molte altre. Stavolta anche nelle campagne ci si rivolta contro i padroni e si invoca la rivoluzione.

«Non è il momento, Davide. Non capisco che fretta ci sia. Bisogna rimandare l'apertura della fabbrica» lo ammonisce Letizia, preoccupata da ciò che legge sui giornali. «Pensaci bene. Pensa a cosa avrebbe fatto tuo padre.»

«Hai scelto proprio un buon momento per metterti a fare l'industriale» si accoda Guido con sussiego, come se la cosa non lo riguardasse.

Davide però si rifiuta di fare un passo indietro, di farsi dettare i tempi da altri, e continua imperterrito per la sua strada, avanti e indietro da Sesto San Giovanni, a schiena dritta e testa alta. Tutto quello che ha se l'è guadagnato da solo, col sudore della fronte, con anni di fatica e di impegno, nessuno ora venga a dirgli che non gli appartiene di diritto, che deve condividerlo con quelli. *FORTIOR ADVERSIS* aveva scritto Gaspare nei suoi quaderni, e lui quel motto se l'è stampato in mente.

Nel tardo pomeriggio di una giornata ancora estiva, Davide controlla dalla finestra del suo ufficio l'uscita del personale, alla fine dell'orario di lavoro: oggi non si è seduto come al solito all'esterno, nel parco, perché il cielo minaccia temporale. Mentre cominciano a scendere le prime gocce e si aprono gli ombrelli, vede due figure, un uomo e una donna, avvicinarsi al gruppo dei lavoratori fuori dai cancelli e fermarsi a discutere con loro. Non riesce a distinguerne chiaramente le facce, ma gli sembra di riconoscere, tra i parapioggia e i corpi assiepati, quella di Ida Moiraghi. Resta per un momento interdetto, dubbioso su ciò che i suoi occhi hanno visto, quindi recupera l'impermeabile ed esce a verificare. A causa della pioggia battente, però, il capannello si è già disperso, e quando arriva sulla strada gli operai si stanno già allontanando verso la fermata del tram. Davide si volta per tornare dentro, ma sotto la tettoia, sul lato corto dell'edificio, nota Gaspare, in piedi accanto alla sua bicicletta. Ha passato il pomeriggio alle calcagna di Perego, come ogni giorno da due settimane a questa parte, ed è uscito dallo stabilimento insieme agli altri, ma sta ancora aspettando che spiova.

Davide lo raggiunge con una breve corsa. Appena si accorge di lui, il ragazzo ripone in tasca un foglio che aveva in mano.

«*Che cativ temp, eh?* Smetterà, prima di sera?» butta lì, come niente fosse.

Davide si porta al suo fianco e si mette a guardare la pioggia scendere.

«Cosa volevano quelle persone all'uscita?»

«Boh... non ho capito bene» farfuglia Gaspare. «*E pò, chi l'è che ga temp de dagh atrà?*»

Tenta maldestramente di liquidare la questione, subodora possibili guai e non vuole danneggiare nessuno. Allunga una mano fuori dalla tettoia, ha fretta di andarsene.

«Mi sa che sta spiovendo, io mi avvio.»

Fa per recuperare la bicicletta appoggiata al muro, ma Davide non ha finito: «Quel foglietto che ti sei messo in tasca... perché non lo dai a me?».

Gaspare si paralizza, come se gli avessero lanciato un coltello tra le scapole. Poi, rassegnato, tira fuori il corpo del reato e glielo consegna.

«Volevo buttarlo appena fuori di qua» si giustifica. «E ti giuro che nessuno degli altri ci ha dato peso.»

Davide apre il foglio. È un volantino stampato in caratteri fitti, che parla di diritti del proletariato e di tempi ormai maturi e, in definitiva, invita ad astenersi dal lavoro perché lo sciopero sia sempre più esteso e generalizzato.

«È la prima volta che vengono o ce ne sono state altre?» domanda.

«Non è la prima volta. Ieri erano alla Stazione, quando gli operai tornavano a casa.»

«Anche quella signorina?»

Il ragazzo conferma: in un primo momento si limita ad annuire, poi decide di vuotare il sacco. «Dice che bisogna boicottare l'inaugurazione, che la fabbrica non bisogna proprio farla partire, se prima non si strappano certe condizioni.»

Per un tempo indefinito, Davide resta in silenzio a scrutare il cielo fuori dalla tettoia.

«Va bene. Puoi andare, adesso» dice a un tratto.

In effetti, ha smesso di piovere. Gaspare afferra la bici e monta in sella. Prima di partire, però, si volta indietro.

«Non ho fatto la spia, vero?»

«Non hai fatto nessuna spia. E ora torna a casa.»

Il ragazzo dà un colpo di pedali, sfila fuori dal recinto dello stabilimento e si avvia sulla strada a gran velocità. Davide lo guarda allontanarsi e diventare sempre più piccolo, poi accartoccia il volantino e lo getta nel fango.

63

La nuova sede della Camera del Lavoro si trova in via Crocefisso, un'anonima strada in zona Ticinese. In questi giorni di agitazioni sindacali, davanti all'entrata c'è un grande andirivieni e un passaggio costante di polizia.

Ida esce da una riunione appena conclusa, conversando con alcuni compagni, ma a pochi passi dall'incrocio con via della Chiusa si ferma di colpo. Davide è lì, immobile sull'altro lato della strada, e sta chiaramente aspettando lei.

Si stacca dal gruppo e lo raggiunge.

«Siete venuto a darmi il bentornato?» lo apostrofa, sicura di sé.

«Non biasimo gli americani per avervi rimandata indietro» ribatte lui. «Di gente come voi non ne vogliono da quelle parti.» La squadra dall'alto in basso tenendo le mani dietro la schiena. «Non sono affari miei, a ogni modo. Io sono qui solo per avvisarvi di non farvi più vedere davanti alla mia fabbrica.»

Un sorrisetto di sfida affiora alle labbra di Ida.

«Credete di essere il primo a minacciarmi? Dovrete essere più circostanziato, se intendete farmi paura.»

«Signorina, non vi conviene mettermi alla prova. State qui o tornate in America, non me ne importa un accidente, purché non veda ancora la vostra faccia in giro. Questo è quanto.»

Le volta le spalle e fa per andarsene, ma lei lo arpiona con la voce.

«Mi dispiace per voi, ma la mia faccia la vedrete, e molto spesso anche, visto che stiamo per diventare parenti.»

Davide si blocca di colpo. Ida gli si para davanti e gli mostra la mano sinistra. «Vedete? Me lo ha dato vostro fratello.»

All'anulare brilla il piccolo anello di Letizia, quello che Gaspare le ha regalato quando Davide è nato.

«Restituitelo immediatamente» le sibila minaccioso.

«Non vedo perché. È una promessa di matrimonio e io ho intenzione di accettarla.» Sa di essere la sua spina nel fianco e si conficca più a fondo che può per somministrare il suo veleno sapiente: «Sposerò vostro fratello e diventerò una Campari».

Con uno scatto, Davide le afferra il polso.

«Toglietelo subito, per Dio.»

Lei cerca di liberarsi, ma lui stringe ancora più forte.

«Toglietelo, ho detto!»

All'improvviso, due mani pesanti gli atterrano sulle spalle e lo tirano via.

«Lasciala stare!»

Davide si gira e si ritrova davanti Guido, la faccia stravolta dall'ira. «Come ti permetti di toccarla?» gli abbaia contro.

«Le hai dato l'anello di nostra madre, devi essere completamente impazzito!»

«Io non rendo conto a te di quello che faccio, hai capito? Tu non sei il padrone di tutto, ficcatelo in testa. Sei solo un uomo patetico!»

Guido gli assesta una spinta sul petto, poi un'altra, poi un'altra ancora, costringendolo ad arretrare, ma Davide è solo apparentemente travolto. «*Io* sarei patetico? E cosa sei tu, che ti fai abbindolare da un'opportunista? Quella donna vuole soltanto i tuoi soldi, non l'hai ancora capito? Sei così sciocco che nemmeno te ne...»

Il pugno lo colpisce violento e inatteso. Uno scoppio di dolore alla bocca, d'istinto ci porta sopra le mani e, quando le abbassa, le trova piene di sangue. Guido lo guarda torvo, con il pugno destro chiuso, pronto a colpire ancora. Lui, però, non mostra paura né intenzione di reagire, tira fuori dalla tasca un fazzoletto e si mette a tamponare la ferita con gesti calmi, controllati.

«Con questo abbiamo finito, fratello. Tu con me hai chiuso» dichiara cupo, definitivo.

«Bene. Siamo d'accordo, per una volta» conferma Guido.

Prende la mano di Ida e la porta via di là, mentre Davide resta a guardarli continuando a ripulirsi dal sangue. Ognuno per la propria strada, ognuno con la propria vittoria.

64

La marea delle proteste popolari si ritira in modo pressoché spontaneo. A differenza dei suoi predecessori e forse memore dei loro errori, il presidente del Consiglio Giovanni Giolitti non ha ordinato la repressione ma ha lasciato fare, ha permesso che la rabbia sfogasse, che il malcontento si esprimesse. Il bubbone della rivolta è cresciuto fino a raggiungere il massimo della virulenza e poi si è sgonfiato da sé, senza particolari conseguenze, anzi, lasciando tutto più o meno uguale a prima. Le nuove strutture di potere sorte dal processo di industrializzazione si sono ormai solidificate e il corpo della nazione si è irrobustito nelle sue deformità. È un mostro squilibrato e contorto ma dotato di anticorpi, capace di assorbire il dissenso e neutralizzarlo. Evolve, si adatta, a volte soffre, ma sopravvive a tutto.

Anche la ferita sul labbro di Davide è quasi completamente guarita, nel frattempo. Se la ricontrolla nello specchio dell'atelier Rosti, il più prestigioso di Milano, mentre prova l'abito che si è fatto cucire per la cerimonia d'inaugurazione.

«I pantaloni cadono perfetti, a piombo» osserva il sarto, compiaciuto. «Solo la giacca la stringerei un minimo.» Si porta alle sue spalle e si mette ad appuntare spilli sulla cucitura dietro la schiena. «Non ammetto imperfezioni alla vostra eleganza, signor Campari. Sapete di essere l'uomo del momento, vero?»

«Non c'è bisogno che mi aduliate, signor Rosti.»

«Nessuna adulazione. Quel che avete fatto non è da tutti e dovete esserne orgoglioso.»

Certo, è orgoglioso, e sa bene che è il suo momento. Solo il litigio con Guido gli ha guastato un poco la festa. L'insorto è tornato a casa soltanto il tempo di fare le valigie, dicendo che per un po' si sarebbe trasferito, senza specificare dove. Letizia l'ha pregato, ha pianto, l'ha implorato in nome del padre defunto, ma non è riuscita a trattenerlo. Non che fosse del tutto impreparata a quell'epilogo: percepiva da anni i movimenti tellurici che minavano la pace tra i fratelli, risentiva di ogni minima vibrazione e intuiva che era solo questione di tempo prima che esplodessero in superficie. Ma da quando il figlio minore è andato via, ha rivolto a malapena la parola al maggiore e ha passato gran parte del tempo chiusa nella sua stanza.

Davide l'ha lasciata fare, sa che prima o poi si adatterà e se ne farà una ragione, come fanno sempre le donne con le decisioni degli uomini. Che Guido non sarà presente all'inaugurazione non è poi così grave, la fabbrica non gli è mai interessata e non ne ha fatto mistero, per tutto questo tempo ha continuato a definirla "un monumento eretto all'ego di suo fratello". Va bene, faccia come crede, se ne stiano pure da parte, lui e la sua promessa sposa. Di disfattisti come loro si può fare a meno.

Il sarto gli annoda una cravatta di seta al collo e lo invita a specchiarsi di nuovo per avere un'idea dell'effetto finale.

Completo fresco lana grigio scuro dal taglio impeccabile, camicia bianca e scarpe verniciate con ghette anch'esse bianche. Il gilet tira un po' sulla pancia, ma Davide è soddisfatto di ciò che vede. Meglio: è soddisfatto di se stesso.

Quella sera, mentre sorseggia un distillato nel fumoir, dopo una cena consumata in solitaria – Letizia ancora una volta ha disertato la tavola –, viene raggiunto dalla cameriera.

«*Sciur* Campari, c'è qualcuno per voi. Un giovane che dice di chiamarsi Gaspare.»

Stupito, Davide le fa cenno di lasciarlo passare. La donna sparisce in corridoio e, poco dopo, il ragazzo compare sulla soglia. È la prima volta che mette piede in quella casa, non è mai stato invitato a entrarci, così come non è mai stato presentato al resto della famiglia. Con quell'improvvisa incursione ha violato i confini implicitamente stabiliti tra loro, e Davide suppone che il motivo debba essere grave.

«Vieni avanti» lo esorta.

Il ragazzo entra nel salottino guardandosi attorno più con curiosità che soggezione e prende posto davanti a lui, sulla poltrona gemella.

«Dobbiamo parlare» annuncia, attribuendo a entrambi un'esigenza che evidentemente è sua soltanto.

«Posso prima offrirti da bere?»

Gaspare scuote la testa.

«No, grazie.»

Lo studia, come in cerca del punto in cui colpire con minor danno. E, quando parla, il tono è disteso, privo di recriminazione.

«Perché non mi hai detto niente di Leda?»

Come di riflesso, Davide agita il bicchiere tra le dita, facendone roteare il contenuto. Si concentra su quel piccolo movimento circolare e controllato, mentre attorno a lui tutto si scompone.

«Dovevo immaginare che non avrebbe mollato la presa» commenta, trovando dentro di sé un incongruente residuo di affetto verso di lei. Conosce quella donna e la sua determinazione, e non riesce a odiarla, nonostante tutto. Alza gli occhi su Gaspare.

«Come ti ha trovato, alla fine?»

«Maria, la levatrice.»

Annuisce e manda giù un sorso dal bicchiere. Quindi lo abbandona sul tavolino davanti a sé e si alza in piedi, appoggiandosi allo schienale della poltrona.

«Lei ottiene sempre quello che vuole. Questa è una cosa importante da sapere, se hai intenzione di averci a che fare.»

«Certo che ne ho intenzione, è mia madre.»

La cocente conferma che glielo porterà via. Anzi, che l'ha già fatto.

Gaspare cambia posizione sul cuscino, si schiarisce la voce. «A ogni modo, io sono venuto...»

«Sei venuto a dirmi quanto mi odi per averti nascosto tutto, per così tanto tempo» lo anticipa Davide, guardandolo negli occhi come se potesse leggergli dentro. «Che mi disprezzi perché ti ho mentito più e più volte, che perfino davanti alla richiesta di tua madre di ricongiungersi con te ho fatto prevalere il mio egoismo su quelli che sapevo essere i tuoi desideri. Che, in definitiva, per tutto questo tempo io ho rubato il tuo affetto, un affetto che non mi spettava in nessun modo e che non merito.»

Gaspare si alza a sua volta, gli si mette di fronte. Lo guarda come un figlio che vede per la prima volta la debolezza del padre.

«Sono venuto a dirti grazie, Davide.»

Un colpo disinnescato, una mancata detonazione.

«Ero arrabbiato, all'inizio, non lo nego. Sono stato sul punto di piombare qui e metterti le mani addosso. Ma poi mi sono ripetuto tutte le cose che Leda mi ha detto di te, che l'uomo che ha conosciuto era un uomo buono, che se mi hai fatto questo è solo per una ragione: perché mi vuoi bene.»

Le labbra di Davide si aprono meccanicamente, ma non emettono suono. Quelle parole lui non avrebbe mai avuto l'ardire di pronunciarle, ma Gaspare lo ha sollevato anche da quest'onere.

«Stare accanto a te mi ha reso quello che sono» prosegue il ragazzo. «E, qualunque colpa tu abbia, io resto tuo debitore.»

Si ferma per deglutire, Davide nota il suo pomo d'Adamo andare su e giù velocemente.

«Vai via con lei?» gli chiede.

Lui annuisce. Poi, quando sente di avere di nuovo il controllo della voce, riprende: «Stanotte stessa. Mi sta aspettando nel suo hotel e mi ha detto di porgerti i suoi più cari saluti».

Apre le braccia, con brusca timidezza. «Possiamo abbracciarci?» Senza aspettare risposta, gliele getta al collo e lo stringe.

Davide si abbandona a quell'abbraccio come un padre che avverte per la prima volta la forza di un figlio. Sa che lasciarlo andare è la cosa giusta e che non avrebbe mai avuto il coraggio di farla.

«Tornerai?» Ha bisogno di sentirsi dire che quello non è un addio.

«Chissà. Magari verrai tu a trovarmi a Parigi» sorride Gaspare.

Hanno entrambi gli occhi lucidi e fingono di non accorgersene mentre si stringono la mano e si promettono di rivedersi, un giorno non troppo lontano.

65

Milano, ottobre 1904

«È permesso?»

Davide apre la porta della stanza di sua madre, dopo aver bussato a vuoto più volte. È di ritorno dal barbiere, è perfettamente sbarbato e profumato e ha indosso l'abito nuovo. Letizia è seduta in poltrona, in abiti da casa, e lavora a maglia davanti alla finestra.

«Sei ancora così?» si sorprende Davide con una punta di insofferenza. «Lo sai che tra poco dobbiamo andare.»

«Io non vengo» risponde la donna, continuando a sferruzzare. Innocua e micidiale, come solo lei sa essere.

«Mamma, non dire sciocchezze. Certo che vuoi esserci all'inaugurazione della nostra fabbrica.»

«Non così. Divisi, uno contro l'altro, pieni di rancore. Questi non siamo più noi.»

Quell'improvvisa presa di posizione irrita oltremodo Davide, che però controlla le proprie reazioni. «Saremo ancora più divisi se tu non vieni. Cosa penserà la gente?»

«*Me ne importa on fig secc* di quello che penseranno, pensino quel che vogliono. A me non piace come si sono messe le cose, e le cose si sono messe male dacché hai cominciato a costruire la fabbrica.»

Davide inizia a smaniare. Questo è il suo giorno, e l'ultima cosa di cui ha bisogno sono le bizze di sua madre. Facendo leva sulla poca pazienza che gli resta, prova a prenderla con le buone, le si accovaccia accanto e le parla con voce carezzevole, lisciandole il polsino del vestito.

«Mamma, questo successo ti appartiene più che a ogni altro. Sei l'unica che ha creduto in me, anche contro il volere di papà, anche quando nemmeno io ci credevo. Mi hai dato fiducia, mi hai dato la spinta per arrivare dove sono arrivato. Vuoi lasciarmi solo proprio adesso?»

Letizia mette via il lavoro a maglia e sospira, un sospiro lento e profondo. Gli fa una carezza sul viso con la mano ruvida e lo guarda come quando era bambino e doveva perdonargliene una grossa.

«Hai ragione, sai? Nessuno ti ha voluto bene come te ne ho voluto io. Dicono che i figli si amano ugualmente tutti, ma io vi ho amato ognuno in modo diverso. E per te ho sempre desiderato questo: che smettessi di sentirti meno di tuo padre, che ti accorgessi di valere quanto e più di lui.»

«E allora perché non vuoi darmi soddisfazione, adesso?»

Il volto di Letizia si contrae in una smorfia dura, ritira la mano che gli teneva sulla guancia e posa lo sguardo su un punto lontano.

«Perché hai lasciato indietro tuo fratello, e questo non te lo perdono.»

«Guido ha scelto da solo di andarsene!» sbotta Davide, scattando in piedi.

«Non c'era più spazio per lui, qui, non te ne sei accorto? Te lo sei preso tutto tu e non eri ancora contento.» Letizia lo tiene sotto tiro con i suoi occhi liquidi. «Ma non c'è successo se non è di tutti. Noi siamo una famiglia, prima che un'azienda, e tu l'hai dimenticato.»

Davide macera frustrazione. Conosce bene quella faccia, il ritratto della testardaggine, sa che non riuscirà a farle cambiare idea, e non ha voglia né tempo di sorbirsi altre prediche.

«E va bene. Così sia.»

Se ne va a grandi passi, uscendo senza chiudersi la porta alle spalle.

Il cielo è terso, in questo 1° ottobre 1904, il sole splende e non ci sono nuvole all'orizzonte. Quando l'auto di Davide arriva davanti alla fabbrica, c'è già un gruppetto di operai e di curiosi ad attendere. Scende dalla vettura e si infila all'interno, dove trova Maruchèt pronto a prendergli cappello e bastone e a ricevere ordini. In realtà, non c'è molto da fare se non aspettare che le persone arrivino e che il numero dei convenuti sia abbastanza consistente da rappresentare un pubblico.

Dalla finestra dell'ufficio, Davide osserva la strada riempirsi lentamente di gente: ci sono fotografi, giornalisti, c'è perfino una piccola banda, reclutata da Perego per l'occasione.

Quando finalmente sopraggiungono le autorità, la cerimonia può cominciare. Il sindaco di Sesto San Giovanni, qualche assessore e un onorevole prendono posto sulla sommità delle scale, davanti all'ingresso dello stabilimento. Ognuno pronuncia un breve discorso, per lo più tirate retoriche e autocelebrative sul progresso industriale e sulle future sorti della cittadina, della regione, dell'intera nazione.

Davide se ne sta in disparte e quasi non li ascolta, immerso in tutt'altri pensieri scruta i volti dei presenti. Sono tutti là, attorno a lui, per lui. Tutti tranne quelli che contano davvero. È riuscito a costruire il suo mondo, a far sì che il recinto che lo conteneva resistesse a urti e intemperie, ma non ha potuto impedire che le persone desiderassero uscirne fuori. Prima Quintilia, poi Guido, e ora Gaspare e sua madre. Tradimento, ingratitudine, diserzione. Alla fine, lo hanno lasciato solo col suo trionfo.

Conclusi i discorsi ufficiali, lo invitano a salire le scale, sotto una pioggia di applausi.

Una volta in cima, alza gli occhi e inquadra la scritta che sormonta l'ingresso della fabbrica, quel nome inciso nella pietra: GASPARE CAMPARI. Suo padre in qualche modo è lì, trasfigurato nella fredda immobilità di un'insegna e allo stesso tempo incarnato in lui. Un padre e un figlio che non si sono mai capiti, che non si sono mai davvero incontrati, e che alla fine, così gli sembra oggi, sono diventati la stessa cosa. Chissà perché questo pensiero lo fa sentire ancora più solo.

Getta un ultimo sguardo alle persone radunate per strada e, all'improvviso, un volto familiare balena tra gli altri: Guido? Prova a metterlo a fuoco, ma gli sfugge subito. Lo cerca affannosamente, in subbuglio, chiedendosi come interpretare quella presenza: un tardivo ripensamento, un augurio, una minaccia? Ma non c'è proprio niente a cui dare significato, dal momento che quella faccia è già sparita, inesorabilmente inghiottita nell'anonimato della folla.

Qualcuno lo invita a raggiungere il nastro teso davanti alla porta della fabbrica, e una ragazzina vestita a festa gli porge un paio di forbici adagiate su un cuscino perché possa tagliarlo. Davide le impugna e, mentre avvicina le lame alla stoffa, si ritrova a considerare che in fondo ogni successo richiede una cesura, uno strappo. Non si attraversa la vita restando integri, si perdono pezzi per strada man mano che si avanza. Realizzi un sogno e ti accorgi d'un tratto che non sei la stessa persona che l'aveva sognato, ti volti e alle tue spalle non c'è più nessuno. Ma non puoi tornare indietro, puoi solo andare avanti.

Inutile chiedersi cosa poteva andare diversamente, il risultato delle sue scelte è di fronte a lui, solido e immutabile, perciò nessun ripensamento, adesso, nessuna incertezza: un taglio netto e via. Si comincia.

Nota dell'autrice

Lo ammetto: fino a un anno fa il nome Campari era per me esclusivamente sinonimo di aperitivi e serate conviviali. Come spesso succede con gli oggetti e le abitudini che entrano a far parte del nostro quotidiano senza scalpore, in modo quasi naturale, non mi ero mai soffermata a riflettere sulla storia e sulle origini dell'onnipresente bevanda rossa. Ogni volta che mi trovavo davanti una bottiglia firmata Campari, poi, ero in contesti di svago e relax, momenti in cui l'animo non è particolarmente predisposto a grandi interrogativi o slanci analitici.

Così fino a quando, l'estate scorsa, non mi sono trovata a sorseggiare uno Spritz al bancone di un bar a Milano. Mentre aspettavo che il barman preparasse il mio drink, l'occhio mi è caduto sull'etichetta, ho notato quel nome, Davide Campari, e subito dopo la scritta MILANO che campeggiava in rilievo, sopra un simbolo in apparenza araldico. È stato allora che, per la prima volta, mi sono resa conto dell'esistenza di un binomio indissolubile tra il Bitter che mi apprestavo a bere e la città in cui mi trovavo. E mi sono chiesta chi fosse quel Davide Campari il cui nome trionfava su una bottiglia a me così familiare. Come prevedibile, ho subito interrogato il mio smartphone, ma quella prima ricerca mi ha lasciato con molte più domande che risposte. E poi c'era quella particolare sensazione – una specie di solletichio che a Roma chiamerebbero "friccico" – che si prova quando si annusa una storia.

Poco tempo dopo, eccomi a comprare su eBay due testi che si sarebbero poi rivelati fondamentali per questo lavoro: *Campari 1860-1960. Vicenda di un aperitivo e di un cordial* di Giovanni Cenzato e *Trent'anni e un secolo di Casa Campari* di Guido Vergani, entrambi fatti pubblicare dall'azienda in occasione di due anniversari della sua fondazione. Lì dentro ho trovato molte risposte ai miei interrogativi e la conferma di avere dissotterrato una storia.

Quello che avete tra le mani, dunque, è il risultato di questa ricerca unito alla mia libertà di narratrice, è un romanzo che racconta una storia realmente accaduta, ma in cui sono stati inseriti elementi di fantasia. Scrivendolo, mi sono data una semplice regola: rispettare con scrupolo date e fatti noti, concedendomi di inventare tutto ciò che non trovava spazio nei documenti ufficiali.

Per spiegarmi meglio, potrei dire che sono veri il contesto storico, le informazioni relative al marchio e all'azienda, così come i nomi e le date di nascita e di morte dei componenti della famiglia Campari e il loro ruolo nell'impresa. È il racconto delle loro vite private e sentimentali, delle loro emozioni più intime, invece, a essere per lo più frutto d'invenzione. D'altronde queste non sono faccende di cui si possa trovare traccia nelle fonti, ecco perché sono materia non di storiografia ma di romanzo, appunto.

I due testi sopraccitati sono molto dettagliati sulla storia aziendale e, se trattano le vicende della famiglia, lo fanno in modo collaterale, proprio perché le due entità in ampia misura hanno coinciso. La Campari era un'impresa di famiglia e allo stesso tempo una famiglia che ha fatto impresa. Né Cenzato né Vergani hanno ritenuto di doversi dilungare sulle vite private dei celebri liquoristi: il compito dichiarato era quello di decantare i loro traguardi professionali. Anche volendo, però, non credo sarebbero stati in grado di fornire più informazioni di quelle che hanno disseminato qua e là nei loro scritti: a valle di accurate ricerche, posso affermare che non esistono notizie certe e dettagliate su amicizie, simpatie politiche, amori ufficiali o ufficiosi dei Campari. Sembra fossero persone abbastanza schive e, pur essendo personaggi noti a Milano, non hanno mai fatto parlare troppo di sé. Senza contare che sono vissuti in un'epoca in cui tra pubblico e privato esisteva ancora una netta linea di demarcazione.

Ma per chi desidera sapere con più precisione cosa c'è di vero e cosa d'inventato in queste pagine, ecco una disamina più dettagliata dei fatti narrati.

Davide fu effettivamente il primo milanese a nascere nella Galleria Vittorio Emanuele II e a ricevere per questo una targa firmata dal sindaco.

Riguardo alla successione di Gaspare, si sa che Letizia prese in mano le redini dell'azienda e che effettivamente Giuseppe, il figlio maschio più grande, rinunciò a un ruolo attivo negli affari per dedicarsi agli studi letterari e diventare sacerdote rosminiano. Allo stesso tempo, è certo che Davide andò in Francia per affinare le sue conoscenze di liquorista, ma non è stato possibile risalire al luogo esatto del suo apprendistato: è stata una mia scelta, perciò, collocarlo presso i Jourde, famiglia di liquoristi realmente esistita che, all'epoca, produceva il Cordial-Médoc. Il personaggio di Etienne è una mia creazione, così come quello di Leda Baroni (e, di conseguenza, di suo figlio Gaspare).

Edoardo Brambilla è davvero il nome della persona che nel 1902 vendette a Davide Campari la Casa Alta e il terreno circostante, su cui poi l'imprenditore fece erigere la fabbrica, ma sono una mia invenzione le caratteristiche del personaggio e il fatto che i due fossero compagni di banco al liceo. La Casa Alta è ancora esistente, accanto all'attuale *headquarter* della Campari di Sesto San Giovanni, e ospita un ristorante e una scuola per barman. L'antica fabbrica, poco distante, è inserita ora nel complesso fatto costruire tra il 2007 e il 2009 su progetto degli architetti Mario Botta e Giancarlo Marzorati, e all'interno delle sue mura racchiude la Galleria Campari, in cui sono raccolte testimonianze iconografiche e audiovisive sulla storia del marchio, come le numerose pubblicità che l'azienda ha fatto produrre da creativi e artisti per ogni mezzo di comunicazione, dal manifesto alla televisione. Una delle strade che passano davanti all'*headquarter* è attualmente intitolata a Davide Campari, a testimoniare il debito di riconoscenza di Sesto San Giovanni verso l'imprenditore.

A proposito di Leda: la sua figura è liberamente ispirata a quella di Lina (al secolo Natalina) Cavalieri, *chanteuse* e soprano di inizio Novecento, famosa per la sua straordinaria bellezza. Alcune fonti riportano in modo piuttosto vago una presunta infatuazione di Davide Campari per lei, ma non mi è stato possibile ricostruire i tempi e i modi di quello che, a quanto pare, era un sentimento a senso unico. L'idea che mi sono fatta nel corso delle mie ricerche, anzi, è che questa sia in realtà solo una diceria, frutto di un equivoco, dovuto al fatto che il quarto marito della Cavalieri fosse un certo Giuseppe Campari, pilota di automobili e in nessun modo imparentato con la famiglia di liquoristi. Tra l'altro, alcune fonti riportano che sua moglie fosse tale Lena Cavalleri, anche lei cantante lirica ma altra persona rispetto alla quasi omonima Lina Cavalieri. Il livello di confusione della vicenda, insomma, era tale che ho preferito dar vita a un personaggio di fantasia.

Con la figura di Leda, inoltre, ho cercato di riempire un grosso buco nella biografia di Davide. Tutto quel che si sa dei suoi legami sentimentali, infatti, è che nel 1917 sposò Quintilia Poggeschi, quando lui era cinquantenne e lei sessantenne. Questo matrimonio tardivo, avvenuto quando lei era già vedova, mi ha fatto pensare a un amore duraturo ma ostacolato da qualche tipo di impedimento. Neppure della "signora Campari", purtroppo, sono riuscita a scoprire altro, se non, appunto, il nome di battesimo e il fatto che fosse già stata sposata.

Allo stesso modo, non sono stata in grado di reperire notizie su Ida Moiraghi, moglie di Guido Campari. Così ho pensato di usare questo personaggio per dare corpo alla rivalità tra i due fratelli che, sebbene mai raccontata apertamente, traspare tra le righe, soprattutto nel lavoro di Vergani. Le simpatie politiche di

Guido sono una mia invenzione, ma la suddivisione dei ruoli all'interno dell'azienda – lui alla conduzione del Caffè, Davide alla produzione – è ampiamente citata nelle fonti e, vista l'intraprendenza e i successi del fratello maggiore, è facile pensare che il più giovane soffrisse di un complesso d'inferiorità. Ma la prova più evidente del fatto che qualcosa minasse la pace famigliare è la rottura consumatasi nel 1910, quando Guido uscì dalla società e la Gaspare Campari Fratelli Successori divenne semplicemente la Davide Campari. Alla morte di Davide, Guido tornò a dirigere l'azienda, e questo a mio parere corrobora l'ipotesi di un attrito tra i due. Vergani lo suggerisce in tono cauto, ammettendo che esiste una sorta di mistero su questo punto. A ogni modo, torna forte l'impressione che i Campari fossero molto riservati e che evitassero accuratamente di far trapelare all'esterno le loro questioni private.

Un altro elemento che si fa notare per la propria assenza, nella storia di questa famiglia, è la discendenza. La seconda generazione dei Campari, infatti, è stata poco prolifica. Gaspare aveva avuto due figlie dalla prima moglie Margherita, morte entrambe per malattia in tenera età, poco prima della madre. Dopo essersi risposato con Letizia, aveva avuto altri cinque figli. Ma, di questi cinque, solo Antonietta ed Eva hanno avuto a loro volta eredi: Antonio Migliavacca e Alberto Perelli Cippo. Giuseppe era ovviamente legato al voto di castità, ma resta un fatto insolito per l'epoca la mancanza di discendenti sia di Davide sia di Guido.

Allargando lo sguardo: l'introduzione di personaggi storici come Giuseppe Verdi, Arrigo Boito, Anna Kuliscioff, Filippo Turati e altri non è arbitraria, anzi, è comprovato che il Caffè Campari fosse frequentato da grandi personalità del tempo, che si ritrovavano nelle sue sale non solo per degustare le specialità della casa, ma anche per godere di una raffinata e prestigiosa convivialità. Pare anche accertato che Filippo Cavallotti abbia lasciato scritta sul piano di un tavolo una delle sue ultime poesie.

Sono autentici, inoltre, i testi dei documenti che riguardano l'azienda, come la domanda di registrazione del marchio, e quelli delle réclame. Anche l'articolo relativo alla morte di Gaspare è davvero comparso sul «Corriere».

La resa del quadro storico e culturale è stata una delle mie principali preoccupazioni. Oltre ai già citati *Trent'anni e un secolo di Casa Campari* e *Campari 1860-1960. Vicenda di un aperitivo e di un cordial*, sono molti i testi che mi hanno fatto da guida nella stesura di questa storia e nel racconto delle vicende sociali e politiche che fanno da sfondo. Di seguito, per il lettore curioso che vuole approfondire la conoscenza del periodo, segnalo i più significativi.

Sulla storia di Milano ho trovato estremamente interessanti *Milano, l'avventura di una città* di Marta Boneschi e *Milano 1848-1898. Ascesa e trasformazione della capitale morale*, a cura di Rosanna Pavoni e Cesare Mozzarelli. Il *Demetrio Pianelli* di Emilio De Marchi, poi, mi ha trasportata nelle atmosfere ottocentesche, così come *Piccolo mondo antico* di Antonio Fogazzaro e la lettura di alcuni articoli dall'archivio del «Corriere della Sera». Nell'elaborazione del personaggio di Leda mi è stato di grande aiuto il libro di Franco Di Tizio *Lina Cavalieri. "Massima testimonianza di Venere in Terra"*. Sulla storia della Scala ho consultato *La Scala racconta* di Giuseppe Barigazzi. Per avere un'idea di cosa fosse e di come funzionasse il laboratorio di un liquorista dell'epoca mi sono affidata, tra i vari testi specialistici e non, a *Il liquorista* del dott. A. Castoldi e a *Il liquorista pratico* di Luigi Sala.

Per il linguaggio di Leda il testo di riferimento è stato il *Vocabolario napoletano-italiano* di Raffaele Andreoli (1887), mentre, per ricreare il milanese del tempo, i miei testi di riferimento sono stati il *Vocabolario milanese-italiano* di Francesco Cherubini del 1839 (consultabile grazie a una ristampa anastatica del 1948) e il *Dizionario milanese-italiano* di Cletto Arrighi del 1896 (ristampato nel 2008). Entrambi i repertori fanno riferimento a un milanese che è vicino dal punto di vista cronologico alle vicende narrate, ma è un po' diverso dal dialetto comunemente noto, diciamo quello che la stragrande maggioranza della gente conosce attraverso le canzoni e il cabaret (ad esempio, nella musica di Enzo Jannacci o Nanni Svampa o nel teatro di Dario Fo). Il dialetto è stato quindi trascritto secondo criteri che rispondono alla letteratura in materia di inizio Novecento, ma occorre dire che le lettere non si pronunciano *esattamente* come sono scritte: nella parlata milanese la "o" accentata è spesso pronunciata come una "u" (più o meno chiusa), mentre nella coniugazione dei verbi spesso la lettera finale di una forma (ad esempio *set*, "sei") non viene pronunciata o quasi.

Quello che mi premeva raccontare in questo romanzo non era tanto il dettaglio di vite le cui tracce si sono perse nei meandri della storia, quanto un'atmosfera, un contesto, un'ascesa imprenditoriale oggettivamente formidabile; e poi una città, Milano, che in quei vivacissimi anni post risorgimentali fu un'irripetibile fucina di creatività e innovazione, l'*humus* più fertile per far germogliare il talento dei fondatori di uno dei marchi tuttora più riconoscibili nel mondo, da oltre centocinquant'anni sotto gli occhi e il palato di tutti noi. La storia dei Campari è, in definitiva, la storia di un'alchimia, di un incontro fortunato tra un ambiente favorevole e una spiccata intraprendenza individuale.

Ho provato a raccontare tutto questo e, allo stesso tempo, a ridare una seconda vita attraverso i miei personaggi ai Campari, persone reali, dalle esistenze non straordinarie, ma che hanno lasciato un'impronta indelebile sui nostri costumi e sul nostro immaginario. Come fu per loro con gli avventori del Caffè, tanti anni fa, spero anch'io di aver procurato qualche ora di piacere e spensieratezza ai miei lettori.

Ringraziamenti

Prima di tutto i miei ringraziamenti vanno alla casa editrice. A Federica Magro, che ha creduto in questo progetto e mi ha onorata della sua fiducia. A Caterina Campanini, che è stata il nume tutelare di questa storia e mi ha seguita con premurosa dedizione e visione acuta durante i lunghi mesi di lavorazione, scontrandosi con le mie timidezze e le mie (poche!) impuntature. A Gianluca Herold, che con prontezza e grande intelligenza si è fatto carico di tutte le mie domande, andando a scovare le risposte ovunque e comunque. A Giovanni Ubbiali, che ha scaldato con pennellate di milanese il linguaggio dei miei personaggi. A Chiara Forini, che ha fatto lo stesso con le battute di Leda. E allo Studio Littera, che si è preso cura delle mie pagine trasformandole in un libro.

Nell'elaborazione della trama e nello scioglimento di alcuni nodi narrativi è stato di fondamentale importanza l'aiuto delle mie amiche e colleghe Alessandra Di Pietro e Maria Teresa Venditti. Loro sono un po' la mia mente diffusa, la risorsa supplementare a cui so di poter attingere quando incontro i miei limiti. Grazie, sorelle.

Per le informazioni riguardanti la liquoreria di fine Ottocento vorrei ringraziare Roberto Poeti, ex professore di chimica appassionato di vini e distillati.

Per quanto concerne le abitudini alcoliche dei milanesi dell'epoca, Alberto Capatti, storico della gastronomia italiana.

Al dottor Paolo Cavallo, direttore della Galleria Campari, e alla sua collaboratrice, la dottoressa Bianca Munari, va il mio ringraziamento per avermi accompagnata in una interessantissima visita al loro istituto, e per le risposte che hanno gentilmente fornito a ogni nostra richiesta.

Alle mie domande sulle procedure per diventare rosminiani ha garbatamente risposto don Ludovico Gadaleta, bibliotecario e archivista del Centro studi rosminiani.

Per la musica dell'epoca e gli strumenti di riproduzione, come il fonografo, vorrei ringraziare Stefano Campagnolo, musicologo, Luciano D'Aleo e Massimiliano Lopez, dell'Istituto centrale per i beni sonori ed audiovisivi. Un grazie speciale a Luca Pellegrini, appassionato di opera, collega, ma soprattutto amico prezioso, compagno di tante avventure.

Per i dettagli sulla Scala e sulla rappresentazione dei *Maestri cantori di Norimberga* del 1889 sono debitrice a Mattia Luigi Palma, critico teatrale e coordinatore di redazione de «La Scala Magazine», e ad Andrea Vitalini, responsabile degli Archivi della Scala.

Le informazioni sulla medicina dell'epoca e in particolare sulle malattie infantili mi sono state fornite dal dottor Maurizio de Filippis e dal professor Paolo Mazzarello. Inoltre su questo tema ho consultato la dottoressa Gianna Barrella, amica fidata: grazie per quelle lunghe telefonate e per esserti così tanto appassionata all'argomento.

Un'altra cara amica, Sara Fusani, mi ha aiutata a immaginare i luoghi del soggiorno di Davide in Aquitania. Grazie per essere stata la mia donna a Bordeaux.

Sulle automobili dell'epoca ho ricevuto un valido aiuto da Federico Paolini, autore di diversi libri sull'argomento, e da Donatella Biffignandi, che è stata responsabile del Centro di documentazione del Museo dell'automobile. Sulla corsa Arona-Stresa ho avuto una piacevole conversazione telefonica con Alessandro Ciapparelli, promotore della corsa commemorativa, a cui rinnovo il mio grazie per la sua disponibilità.

Con la professoressa Cristina Cenedella ho fatto una interessantissima chiacchierata sui brefotrofi e sulle condizioni degli orfani a fine Ottocento.

A Renzo Musumeci Greco va un sincero grazie per avermi dato un assaggio della magia della scherma e per avermi aperto la sua scuola, piena di storia e tradizione.

Voglio ringraziare inoltre la dottoressa Gabriella Intermesoli, perché ha visto arrivare questo libro molto prima di me e perché ci ha creduto, anche quando io non l'ho fatto.

E poi tutta la mia famiglia per il calore con cui mi ha circondata e per l'entusiasmo dimostrato nei confronti di questa mia nuova avventura professionale. A mia sorella Maria Cristina sono grata in particolare per avermi regalato un ambitissimo weekend di tranquillità e concentrazione.

Infine voglio dire grazie a Gabriele, compagno di vita, per aver interpretato con ammirevole aplomb il ruolo non facile di mio primo critico (quella primissima stesura del primo capitolo era davvero orribile, lo so!), ma soprattutto per essere stato lì ogni volta che ho avuto bisogno di lui e per esserci stato ancora, anche se un passo indietro, quando ho sentito di dovermi isolare dal resto del mondo. Grazie di cuore.

Indice

Finito di stampare nel mese di gennaio 2024
presso Grafica Veneta – via Malcanton 2 – Trebaseleghe (PD)
Printed in Italy